PINOCCHIO

Le Avventure di Pinocchio

PINOCCHIO

Le Avventure di Pinocchio: Carlo Lorenzini

ar n-a chur i nGaedhilge díreach ón Iodáilis ag
PÁDRAIG Ó BUACHALLA

le réamhrá nua ó
DÓNAL Ó BUACHALLA

Carlo Chiostri a dhein na pictúirí

2001
GOLDSMITH

GOLDSMITH TEÓRANTA
An Droichead Nua   Co. Cill Dara

An chéad chló: 1933
An dara cló: 2001

Eagrán teóranta de 500 cóipeanna
sínte ag an tEagarthóir

Uimhir 454

arna chló i Saorstát na tSeice
le cabhair Karl Stutz Verlag

RÉAMHRÁ

Sa naoú haois déag, bhí seilbh ar fheirm droch-thalaimh ag Muinntir Uí Bhuachalla i gCúl an Mhothair, i bparóiste Bhaile Mhúirne, in iarthar Chorcaí. Bhí ochtar cloinne aca: seisear buachaill agus beirt chailín.

D'éag an t-athair agus é óg, agus dá bharr sin, ní nach iongnadh, bhí saoghal an-leánmhar ag an mbaintreach, chomh dona san gur cuireadh as seilbh í ar feadh scaithimh mar nach raibh sé ar a cumas an cíos a sholáthar.

Ar ndóigh, ní raibh dul as ag na buachallí ach dul thar tír amach; chuaidh ceathrar – as a chéile – go San Francisco, áit in ar fhoghluim Pádraig Iodáilis, Fraincís agus Spáinis.

Le himeacht aimsire, fuair sé post ag múineadh na dteangacha san, agus Béarla, ar ndóigh.

Chomh fada as is féidir a dhéanamh amach, maruíodh an mac ba shine, Mícheál, ins an gcrith-talún mílteach a thárla i San Francisco sa bhliain 1906.

I ndiaidh an chogaidh chathardha, d'fhill an triúr abhaile, timpeall 1925/27. Chuir Pádraig fé i dtigh a dhriothár Donnchadh, m'athair, agus ós rud é go raibh féith na scribhneóireachta go láidir ann, thosaigh sé ar aistriúcháin lom direach ón Iodáilis – *Eachtra Phinocchio* - agus in a dhiaidh sin ar aistriúcháin eile díreach ón bhFraincís agus ó'n Spáinís, agus chomh maith leis sin ag bailiú cnuasacht amhrán Bhaile Mhúirne.

Ós rud é go rabhas-sa ana-mhór leis, im gharsún óg, mhuín sé na trí theanga sin dom.

Taréis dó na h-aistriúcháin éagsúla a chríochnú chuaidh sé go Baile Átha Cliath ag lorg oibre – ach is beag an teacht isteach a bhí aige, mar nach raibh éileamh seasamhach ar a shaothar. I gcaitheamh a chuarda, chónaigh sé liom-sa in árasán a bhí agam i bPlás Herbert. Bhí an-suim aige in amhráin Gaeilge agus ins an mbéaloideas, agus bhailig sé cnuasachtaí díobh araon; ach faraoir géar, níl trácht ná tuairisc ortha anois.

D'éag sé timpeall na bliana 1952 i gcúram a ghaolta, Muintir Uí Loinnsigh, i bParóiste Bhaile Mhúirne.

Duine fíor-uasal ab ea é, go raibh Gaeilge chruinn bhlasta agus eolas fairsing ar na teangacha rómánsacha aige.

Bhí saothar trí bhliain ar a luighead in aistriúchán Phinocchio!

Dónal O'Buachalla
Bealtaine 2001

EACHTRA PHINOCCHIO

I

Cionnus a ráinig go bhfuair Silín Ceárdaidhe smután adhmaid a ghoileadh agus a gháireadh mar a dhéanfadh leanbh.

Silín Ceárdaidhe.

BHI ann tráth . . . "Rí" adéarfaidh na léightheoirí beaga láithreach. Níorbh eadh, a leanbhaí. Tá dearmhad orraibh. Smután adhmaid a bhí ann.

Níor smután d'adhmad dhílis féin é ach smután connaidh—ceann de na smutáin a cuirtear sa teallach chun na teine a dheargadh agus chun na ttighthe a théidheadh.

Ní fheadar sa cheart cionnus mar a thuit sé amach, ach seo mar a bhí an sgéal ag an smután adhmaid. Do ráinig do bheith i gceárdchain siúinéara gurbh ainm do Antonio Ceárdaidhe. Do tugtaí Silín Ceárdaidhe air, mar bhí dath cróndearg ar a chuingcín mar a bhíonn ar shilín aibidh.

A thúisge a chonnaic Silín Ceárdaidhe an smután adhmaid do léim a chroidhe le háthas, is do chrom sé ar bheith ag cuimilt a bhas dá chéile. "Seadh," ar seisean leis féin, agus é ag cogaint na cainnte,

" is maith an t-am 'nar ráinig don smután adhmaid seo bheith agam. Bainfead áis as chun cos búird a dhéanamh de."

Chómh luath is do bhí an méid sin ráidhte aige, siúd chun na hoibre é. Rug sé láithreach ar an dtuaigh faobhair chun tosnú ar an gcoirt a bhaint den smután agus chun cos an bhúird a shíneadh amach. Le linn a lámh a bheith árduithe aige chun an chéad bhuille a bhualadh d'airigh sé guth ana-

. . . d'airigh sé guth ana-chaol . . .

chaol a' rádh i n-athchuinighithe cruadha, "Ná buail chómh trom san mé."

Tuigfidh sibh féin cionnus mar a bhí an sgéal ag Silín Ceárdaidhe nuair a airigh sé an guth. Do leig sé an tuagh chun tailimh gan an buille a bhualadh. Do tháinig sgeon 'na dhá shúil, is d'fhéach sé mór-thimcheall an teinteáin d'iarraidh a dhéanamh amach cad as go dtáinig an guth caol san. Ní fhaca sé duine ar bith. D'fhéach sé fén bhfuarma, is ní fheaca sé aoinne. D'fhéach sé isteach san alamóir a bhíodh dúnta de ghnáth, is ní raibh daonna ann. D'fhéach sé isteach sa chliabh go mbíodh na séibhíní agus an min-ramh ann ; is ní fheaca sé neach. D'osgail dorus na ceárdchan bige chun súil-fhéachaint a thabhairt ar an sráid ; is ní fheaca sé samhail.

" Seadh," ar seisean agus é ag gáiridhe leis féin agus ag cíoradh a pheiribhig le n-a mhéireanna. " Tuigim anois é. Is fuiriste a thuisgint gurbh amhlaidh a shamhluigheas an glóirín caol."

Do thóg sé an tuagh 'na láimh arís is do bhuail sé buille tréan ar an smután.

" Och ón ! Dia lem anam ! " arsan guth beag caol, " táim millte agat."

Ar chloisint an méid sin do Shilín Ceárdaidhe do cheangail sé don talamh. Bhí a dhá shúil ag imtheacht as a cheann le hanaithe, is bhí a bhéal ar leathadh le sgannradh. Chómh luath is tháinig a chainnt do dubhairt sé agus snagadh 'na ghlór agus é ag crith le heagla :

" Cad as go dtáinig an glóirín úd adubhairt ' Och ón' ? Go fírinneach níl duine ar bith annso. Arbh fhéidir go mbeadh sé foghlumtha ag an smután so cionnus gol agus blaidhreach a dhéanamh ar nós leinbh ? Ní fhéadfainn a chreideamhaint go bhféadfadh san bheith amhlaidh. An smután san, féach annsan air. Níl ann ach smután connaidh, ná fuil aon tairbhe eile ann ach é chur sa teine. Is maith a bheirbheochadh sé corcán praisge. Ní fheadar an amhlaidh a bheadh aoinne i bhfolach ann ? Má tá aoinne i bhfolach ann is do is measa."

Agus é ag cainnt ar an gcuma san, rug sé ar an smután adhmaid le n-a dhá láimh is chrom sé ar bheith á bhualadh go neamhchlé i gcoinnibh fallaí an tseomra. Annsan chuir sé cluas air féin féachaint an aireochadh sé an glór thar n-ais. Bhí sé

ag éisteacht ar feadh sgaithimh agus níor airigh
sé drud.

" Tuigim anois," ar seisean, agus é ag sleamhnú a
mhéireanna tré n-a pheiribhig, is é ag iarraidh bheith
ag gáiridhe, " gurab amhlaidh adubhart féin ' Och
ón ' nó gur shamhluigheas im aigne é ! Tugaimís
fén obair arís." Toisg go raibh eagla fós air bhí sé
ag mionchrónán amhráin chun breis mhisnigh a chur
air féin.

Bhí an tuagh curtha i leathtaoibh aige is do rug sé
ar an bplána chun an smutáin a cheartú agus a
shlachtú. Nuair a bhí sé ag leigint an phlána air,
d'airigh sé an glóirín beag céadna arís, agus é ag
gáiridhe, á rádh leis :
" Cuir uait ! ná bí am ghigilt ! "

Nuair a airigh Silín Ceárdaidhe an méid sin thuit
sé i gceann a chos mar a bhuailfeadh an caor é.
Nuair a tháinig sé chuige féin do ráinig do bheith
'na shuidhe ar an úrlár.

Do shamhlófá go raibh atharrach crutha tagaithe
ar a ghnúis ; agus le neart sgannradh bhí dath gorm
tagaithe air—fiú ar a chuingcín go mbíodh dath
cróndearg i ngeall leis i gcómhnaidhe air.

II

Bronnann Silín Ceárdaidhe an smután adhmaid ar a chara Geppetto, agus tógann Geppetto leis é chun babliac a dhéanamh do féin. Babliac d'fhéadfadh rinnce, cleasaidheacht, gleacaidheacht agus cleas an chuaille a dhéanamh ar áilleacht an domhain.

LE n-a linn sin do buaileadh ag an ndorus. "Dein ar t'aghaidh," arsan saor adhmaid is gan ann éirghe den úrlár.

Sa neomat san do tháinig duine beag foirbhthe anamamhail isteach sa cheárdchain. Geppetto ab ainm do. Polendina a thugadh garsúin aimhleasta sa chómharsanacht mar leasainm air, nuair a oir dóibh é chrádh agus é chiapadh, mar gheall ar an bpeiribhig a bhí air a bheith ar dath na mine buidhe.

Fear teasaidhe laisceanta ab eadh Geppetto. Mo thruagh-sa an té thabharfadh Polendina air. Nuair a tugtaí an ainm sin air is beag ná go n-imthigheadh sé le craobhacha.

. . . tháinig duine beag foirbhthe anamamhail isteach. Geppetto ab ainm do.

"Dia is Muire dhuit, a Antonio," arsa Geppetto. "Cad tá agat á dhéanamh annsan ar an úrlár?"

"Táim ag múineadh do na seangáin cionnus áireamh a dhéanamh," arsa Antonio.

"Go dtéighidh san chun sochair duit," arsa Geppetto.

"Cad a thug annso chugham tú, a Gheppetto, a dhaltha?" arsa Antonio.

"Mo chosa," arsa Geppetto. "Agus ar mhaith leat a fhios a bheith agat, a Antonio, go bhfuilim tagaithe chun athchuinghe beag d'iarraidh ort?"

"Táim ullamh chun pé rud is toil leat a dhéanamh duit," arsan saor adhmaid, ag éirghe aniar ar a chabhail.

"Do phreab smaoineamh isteach im aigne ar maidin indiu," arsa Geppetto.

"Sgaoil chughainn é," arsa Antonio.

"Táim ag cuimhneamh," arsa Geppetto, "ar bhabliac a chumadh dhom fhéin, agus babliac thar babaliac a bheidh agam. Beidh a fhios aige cionnus rinnce, gleacaidheacht agus cleas an chuaille a dhéanamh; agus ba mhaith liom an domhan mór a shiubhal leis an áiltheoir seo, i dtreo is go bhféadfainn blúire beag aráin agus braon fíona a sholáthar dom féin. Cad é do thuairim den sgéal?"

"Mhuise Dia leat, a Pholendina," arsan glór beag caol arís, is nárbh fhios cad as go raibh sé ag teacht.

Nuair a airigh Geppetto Polendina á ghlaodach air, do las sé le feirg agus le fíoch go raibh sé chómh dearg le fuil. D'iompuigh sé ar an saor adhmaid go mí-chéadfadhach, is d'fhiafruigh sé dhe go tufanta athúmhlta cad 'na thaobh do bheith ag caitheamh asmhucháin leis.

"Cé atá ag caitheamh asmhucháin leat?" arsa Antonio.

"Do thugais Polendina orm," arsa Geppetto.

"Ní mise thug ort é."

"Is róbheag ná déarfair gur mé féin a thug orm

féin é," arsa Geppetto. "Ach deirim-se gur tusa thug orm é."

" Ní mé," arsa Antonio.

" Is tú," arsa Geppetto.

" Go deimhin is go dearbhtha dhuit, ní mé," arsa Antonio.

" Adeirim-se leat gur tú," arsa Geppetto.

Do leanadar de bheith ag cur na séithe i mbéal a chéile agus ag nimhniú a chéile, gurab é an rud a tháinig as, ná gur láimhseáladar a chéile. Do rugadar ar dhá chéas cinn ar a chéile is bhíodar ag smúcháil is ag dórnáil agus ag giulcadh a chéile go rabhadar araon buailte amach. Nuair a bhí an bhruighean i leathtaoibh do thárla go raibh peiribhig Gheppetto i ngreim a lámh ag Antonio agus peiribhig an tsiúinéara idir a fhiacla ag Geppetto.

" Tabhair dom mo pheiribhig," arsa Antonio.

" Agus tabhair-se dhómh-sa mo cheann féin agus deinimís síothcháin," arsa Geppetto.

Nuair a fuair gach seanduine acu a pheiribhig féin thar n-ais do chrothadar lámh le chéile, agus do mhionnadar go mbeidís 'na gcáirde ag a chéile 'n fhaid a mhairfidís.

. . . do ghluais sé abhaile go lúthgháireach.

" Agus anois, a Gheppetto, a dhaltha," arsa Antonio, " ó's rud é go bhfuil an tsíothcháin fighte fuaighte, cad é seo a theastuigheann uait ? "

" Ba mhaith liom beagán adhmaid a fhagháil uait chun babliac a dhéanamh dom fhéin. An dtabharfair dom é ? " arsa Geppetto.

" Tabharfad agus fáilte," arsa Antonio.

Bhí áthas ar Antonio nuair a airigh sé an méid sin, is seo leis láithreach chun an smutáin adhmaid a bhronnadh ar a chara Geppetto.

Do thóg sé an smután den fhuarma, is nuair a bhí sé chun é thabhairt do, tháinig mar a bheadh anam sa smután. Do sgeinn sé d'urchar as a lámhaibh, is do bhuail sé Geppetto bocht le fuinneamh ins na luirgne caola.

" Á ! go deimhin, a Antonio, is cneasta béasach mar bhronnann tú do chuid ! Is ró bheag ná fuilim martruithe agat," arsa Geppetto.

" Dearbhuighim duit," arsa Antonio, " nach mise a dhein é ! "

" Ní fuláir mar sin," arsa Geppetto, " nó is mé féin a dhein é."

" Is ar an smután adhmaid," arsa Antonio, " is cóir a mhilleán a bheith."

" Tá a fhios agam," arsa Geppetto, " gurab é an smután a ghortuigh mé, agus tá a fhios agam chómh maith céadna gur tusa a chaith ins na luirgne orm é."

" Deirim go fírinneach nach mé a chaith leat é," arsa Antonio.

" Thugais t'éitheach," arsa Geppetto.

" A Gheppetto," arsa Antonio, " ná bí am ghriogadh ar an gcuma san, nó má bhíonn tú glaodhfad Polendina ort."

" Éist, a bhreallsúin," arsa Geppetto.

" Éist féin, a Pholendina," arsa Antonio.

" Bain uait féin, 'amadáin," arsa Geppetto.

" Seadh do cheamhramán mar thusa, a Pholendina," arsa Antonio.

" Mara n-éistir go mear, a mhoncaí ghránna, cuirfead ceiridhe ort," arsa Geppetto.

" Is mise atá beag-bheann ort, a Pholendina," arsa Antonio. Nuair a airigh Geppetto Polendina á ghlaodhach an tríomhadh huair air, tháinig buile bhalc air, agus thug baoithléim isteach chun an tsiúinéara. Ní miste a rádh ná gur dheineadar cuimil a' mháilín dá chéile.

Nuair a bhí deire leis an smúcháil, do ráinig go raibh dhá ghearra sa mbreis ar chuingcín Gheppetto agus dhá chnaipe d'easnamh ar chasóigín an fhir eile. Taréis iad a bheith i mbun an chúitimh le chéile, do chrothadar lámh le chéile, is do mhóideadar go mbeadh caradas buan eatortha as san amach.

Annsan do chuir Geppetto an smután adhmaid chuige, agus taréis a bhuidheachas a ghabháil le hAntonio do ghluais sé abhaile, agus is é bhí go lúthgháireach.

III

Taréis teacht abhaile do Gheppetto tosnuigheann sé ar an mbabliac a chumadh. Bhaist sé Pinocchio mar ainm air. Céad chleasaidheacht Phinocchio.

ÍOR sheomra ró spéireamhail an t-ionad chómhnaithe a bhí ag Geppetto. Bhí an t-árus beag ar úrlár íochtair an tighe, agus gan de sholus ann ach an méid a tháinig ón staighre isteach. Ní fhéadfadh sé bheith i dtaoibh le níos lugha triosgán—cathaoir bhriste, leabaidh ná raibh ar fónamh agus seanabhórd caithte. Nuair a raghfá isteach sa tseomra leathdhorcha so, is nuair a fhéach-fá ar fhalla tóin an tighe ba dhóigh leat go raibh teallach agus teine ar lasadh ann, agus corcán ós cionn na teine agus é ag fíbín. Níorbh iad a bhí ann, ámh. Is amhlaidh a bhí a gcló nó a n-ionchruth tarraingthe, daithte ar an bhfalla.

Chómh luath agus bhí Geppetto tagaithe abhaile rug sé ar na húirlísí is do chrom sé ar an mbabliac a shíneadh amach.

" Cad í an ainm a bhaistfead air ? " ar seisean leis féin. " Tabharfad Pinocchio air. Cuirfidh an ainm sin an rath air. Bhí aithne agam ar líontighe agus Pinocchio ab ainm don athair agus don mháthair agus don chlainn. Bhí saoghal seascair acu go léir, bhíodh an té ba shaidhbhre acu ag lorg déarca."

Nuair a bhí Pinocchio baistithe aige ar an mbab-liac do tháinig árdfhonn chun na hoibre air. Do chum sé an ghruaig ar an gcéad dul síos. Annsan an t-éadan, agus 'na dhiaidh sin na súile. Ní miste dhuit a rádh ná go dtáinig iongnadh agus allthacht air taréis na súile bheith cumtha aige nuair a chon-naic sé go rabhadar ag corruighe agus ag amharc go

géar air. Ba dhóbair do Gheppetto bocht tuitim i
laige nuair a chonnaic sé an dá shúil adhmaid ag
faire agus dubhairt sé agus criothnú 'na ghlór :

" A shúile ghránna mhalluithe cad na thaobh díbh
bheith ag féachaint orm ar an gcuma san ? "

Ní bhfuair sé aon fhreagra. Taréis na súl, do chum
sé an tsrón ; ach is ar éigin a bhí an tsrón déanta
aige nuair a thosnuigh sí ar bheith ag fás, agus bhí
sí ag fás agus ag fás, agus ar an dtaobh istigh de
bheagán neomataí, ní raibh aon teora leis an bhfaid

. . . ní raibh aon teora leis an bhfaid a
bhí sa smachail chuingcín.

a bhí sa smachail chuingcín. Bhí Geppetto ar a
dhícheall d'iarraidh baint di ach dá mhéid gearradh
agus ciorrbhú a bhí aige á dhéanamh uirthi is eadh
is mó bhíodh sí ag dul i bhfaid.

Taréis na sróna bheith déanta aige do chum sé an
béal. Ní raibh san críochnuithe ar fad aige nuair a
phléasg an béal ar gháiridhe agus ar bheith ag fon-
ómhaid fé Gheppetto bhocht.

" Cuir uait an gáiridhe adeirim leat," agus is é

bhí go tinn cráidhte ; ach ba mhar a chéile dho
bheith ag cainnt leis an mbabliac agus bheith ag
cainnt leis an gcloich.

" Cuir uait an gáiridhe sin adeirim leat arís," arsa
Geppetto go bagarthach i n-árd a chinn agus a
ghotha.

Do stad an béal annsan de bheith ag gáiridhe,
ach i gcionn beagán aimsire do sháith sé amach
leadhb mór d'á theangain.

" A Phinocchio, sín chugham mo pheiribhig
láithreach ! " . . .

Níor leig Geppetto air go dtug sé fé ndeara an
droch-mhúineadh sin is do lean sé den obair i dtreo
is ná loitfeadh sé an rud a bhí aige á dhéanamh.
Taréis an béal a bheith déanta aige, do chum sé
an smeigín, an muineál, na guailne, an bolg, na
lámha agus na basa. Is ar éigin a bhí na basa críoch-
nuithe aige nuair a mhothuigh sé an pheiribhig á

shnapadh dá cheann. D'árduigh sé a cheann, agus
má dhein, cad is dóigh leat a chonnaic sé? Do
chonnaic sé a pheiribhig bhuidhe i ndorn an bhabliac.
"A Phinocchio, sín chugham mo pheiribhig
láithreach!" arsa Geppetto. Ach i n-ionad a pheir-
ribhig a thabhairt thar n-ais do is é rud a dhein
Pinocchio ná é chur ar a phlaoisgín féin i dtreo gur
múchadh é geall leis.
Nuair a chonnaic Geppetto an t-iomchur droch-
mhúinte sin, bhí sé níos buaidheartha agus níos

"Beiridh air! Beiridh air!" do liúigh
Geppetto . . .

mó tré chéile ná mar a bhí sé riamh roimis sin.
Thug sé aghaidh ar Phinocchio agus adubhairt:
"Ariú, a chladhaire! Nílir críochnuithe ar fad fós,
agus sin é tú cheana ag tabhairt tarcuisne don té
dhealbhuigh tú. A dhailtín, is olc an tógaint tú!"
is do thriomuigh an fear bocht na deora a bhí
tagaithe le n-a shúile.
Bhí na cosa agus na troighthe fós gan déanamh.
Nuair a bhí na troighthe déanta ag Geppetto dho
do buaileadh speach sa chuingcín ar an nduine
mbocht.

"Seadh," ar seisean, "níl fághalta agam ach an méid atá tuillte agam. Bhí sé ceart agam a thuairimiú ó thúis gur mar sin a bheadh, ach tá sé ró dhéannach anois agam bheith ag cásamh an sgéil."

Annsan do thóg sé Pinocchio 'na bhaclainn is do chuir sé 'na sheasamh ar an úrlár é chun go múineadh sé siubhal do. Do bhí na cosa ana-ghabhtha suas ag Pinocchio is do rug Geppetto ar láimh air chun a mhúineadh dho cionnus cos a chur thairis an gcois eile.

Ba ghearr go raibh Pinocchio ag siubhal uaidh féin. Ar ball beag bhí sé ag rith ar fuaid an teinteáin. Thug sé fé ndeara go raibh an dorus osgailte is nuair a fuair sé an chaoi air do chuaidh sé de sgiúird reatha amach sa tsráid, is as go bráth leis.

Siúd Geppetto 'na dhiaidh ach do rug an babliac na cosa uaidh. Bhí sé ag pocléimnigh mar a bheadh girrfhiadh, is d'aireofá gach aon phléasg aige á bhualadh ar chlochaibh na sráide, i dtreo gur dhóigh leat gur fiche fear go mbeadh clabhcaí bróg ortha a bhí ag déanamh an fhothroim.

"Beiridh air! Beiridh air!" do liúigh Geppetto chómh hárd is do bhí ann. Ach is amhlaidh a stad na daoine a bhí ar an mbóthar mar a bheidís fé dhraoidheacht, ag féachaint ar an mbabliac ag rith i dtánaiste an anama, agus marar gháireadar a ndóthain fé ní lá fós é.

Dob ádhmharach mar a ráinig go raibh gárda sa treo, is nuair a airigh sé an gheoin do cheap sé go mb'fhéidir gurbh amhlaidh a bhí bramach éigin taréis ceann a thógaint leis féin, is go raibh sé ag rith leis ó n-a mháistir. Do sheasaimh an gárda go dána i lár an bhóthair agus a dhá chois ar leathadh aige.

Nuair a chonnaic Pinocchio an gárda, agus é tamall maith uaidh, agus an bóthar go léir tógtha suas aige, do thuig sé cionnus mar a bhí an sgéal. Is é rud a bheartuigh sé a dhéanamh ná sleamhnú

amach idir a dhá chois; ach do bhí breall air mar
do rug an gárda, gan corruighe as an áit 'na raibh
sé, go gasta ar chuingcín air—ar an smachail chuing-
cín ba dhóigh leat a deineadh d'aon ghnó chun go
mbeadh caoi ag na gárdaí chun breith air—is thug
sé suas é don té bhí ar a thóir. Do cheap Geppetto

. . . do rug an gárda go gasta ar chuingcín air——

stathadh a bhaint a cluais Phinocchio ach nuair a
bhí sé chun beirthe ortha ní rabhadar ann chuige,
mar le neart deithnis do dhearmhad sé iad a chumadh.
Rug sé ar chúl cinn air is thug sé roinnt tacht-
anála dho, is do gheall sé tóinín te dho nuair a
shroisfeadh sé an baile.

Nuair a airigh Pinocchio an chainnt sin thuig sé
cad a bhí 'na chomhair, is do chaith sé é féin ar an
dtalamh, is ní raghadh sé níos sia. Um an dtaċa
san bhí dallacháin agus amalóga ag cnósach agus
ag seasamh mórthímcheall ortha, agus b'iad ba
bhreághtha chun an sgéil do chíoradh is do shlám-
adh.

Dubhairt cuid acu gur mar seo a bhí an sgéal,
agus dubhairt tuille acu gur mar siúd a bhí sé.

" Mo thruagh-sa an babliac," arsa cuid acu,
" tá cúis a dhóthain aige chun cur suas de dhul
abhaile."

Dubhairt tuille acu go drochaigeantach :

" Ba dhóigh leat ar Gheppetto gur dhuine uasal
é ach ní headh ach a mhalairt, agus má fágtar an
babliac fé na choimirce is baoghalach don rud
bocht."

Do dhein na dallacháin an oiread san rí-rá
cainnte gurab é an rud a tháinig as an sgéal ná
go dtug an gárda cead a chos do Phinocchio is
gur árduigh sé Geppetto leis chun é chur i mbraigh-
deanas. Níor fhéad Geppetto bocht fiú amháin
focal a rádh chun é féin a shaoradh. Bhí sé ag gol
agus ag sgreadaigh, mar a bheadh gamhain le
linn na scine do chur ann. Dubhairt sé agus é ag
osnghail :

" Ariú, a mhic na croiche, dob olc an banbh
ascala agam tú is nuair a chuimhnighim ar a bhfuil
fachta ded dhuadh agam chun babliac cneasta
macánta a dhéanamh dhíot ní hiongnadh dhom
bheith go sgólta cráidhte ! ach bhí sé de dhualgas
orm tú chur ar an saoghal. Seadh. Bhí sé ceart
agam cuimhneamh roim ré ar na nithe sin."

Gach ní a tharla 'na dhiaidh sin is geall le sgéal
dochreidte é, ach inneosad duit é ins na caibidle
seo leanas.

IV

*An rud a thuit amach idir Pinocchio agus Píobaire
an Teallaigh. Tuigfear as an sgéal ná taith-
neann le buachaillí aimhleasta cómhairle ná
teagasg a ghlacadh ó dhaoine níos eolgaisighe
ná iad féin.*

INNEOSAD díbh, a dhalthaí, cionnus mar a
bhí an sgéal ag an aimhleastóir sin Pinocchio
an fhaid a bhíothas ag breith Geppetto chun
é chur i bpríosún agus gan aon choir déanta ag an
nduine mbocht. Nuair a fuair Pinocchio é féin
saor a crúcaí an ghárda, do chuir sé ar na cosaibh
chómh dian i nÉirinn is d'fhéad sé é agus anonn
leis de sgiúird reatha treasna na bpáirceanna
abhaile. Bhí a leithéid de bhuinne fé gur léim sé
go héasga thar cladhthacha móra árda, fáileanna
droighin agus díoghracha uisge, díreach mar a
dhéanfadh mionnán gabhair nó páinteach girr-
fhéidh go mbeadh na fiadhaithe ar a thóir.

Nuair a tháinig sé ar aghaidh an tighe amach
do ráinig go raibh an dorus ar leathosgailt. Do
thiomáin sé roimis isteach é, agus a thúisge bhí
an bolta cip curtha aige air do chaith sé é féin ar
an úrlár agus do chuir sé osna mór as le sásamh.

Ach b'shin é an t-áthas ná raibh buan mar chuala
sé rud éigin sa teinteán ag rádh "crinc! crinc!
crinc!"

"Cé atá ag glaodhach orm?" arsa Pinocchio
agus sgeit 'na chroidhe.

"Mise atá ann."

D'fhéach Pinocchio i dtreo na háite n-ar airigh
sé an glór ag teacht as, agus do chonnaic sé an
criogar, ag dreapadh suas ar feadh an fhalla.

"Innis dom, a chriogair," arsa Pinocchio, "cé thú féin."

"Is mise Píobaire an Teallaigh agus táim im chómhnaidhe san áit seo le breis agus céad bliain."

"Bíodh san mar atá ach is liom-sa an áit seo anois," arsan babliac, "agus b'é do leas bailiú leat láithreach, agus gan oiread agus féachaint id dhiaidh."

"Ní imtheochad as an áit seo," arsa Píobaire an Teallaigh, "go n-innsead fírinne mhór dhuit."

"Innis dom é," arsa Pinocchio, "agus ná bí i bhfad leis."

"Is mairg do na garsúin," arsan Píobaire, "ná gabhann leor le cómhairle a n-aithreacha agus a máithreacha, is a imthigheann ón mbaile go sílteach suarach éadtrom. Ní bheidh rath ná séan choidhche sa tsaoghal so ortha, agus luath nó mall beidh 'na chathú ortha."

"Ariú tiomáin leat is bí ag seinnt do phoirtín duit féin fé mar is maith leat," arsa Pinocchio, "ach tá a fhios agam-sa go dianmhaith cad a dhéanfad. Bead ag fágaint na háite seo amáireach mar, má fhanaim annso, imtheochaidh orm an rud a imthigheann ar an aos óg go léir. Beidh orm dul ar sgoil agus caithfead bheith ag foghluim mar bhíonn cách. Agus ba mhaith liom a innsint 'na rún duit ná fuil aon dúil agam-sa i léigheann ; is mó go mór an caitheamh aimsire a bheadh agam ag rith i ndiaidh na bhfeidhleacán nó bheith ag dreapadóireacht suas ins na crannaibh chun breith ar na gearrcaigh sa nid."

"Mo thruagh thú, a ghloig bhoicht," arsa Píobaire an Teallaigh, "is beag an rud a chuireann tormas ort. An amhlaidh ná fuil a fhios agat cad é an chríoch a bhéarfaidh tú nuair a bheidh tú id fhear mhór ghroidhe má dheinir an méid sin ? Beir id bheithidheach iomchuir ag gach aoinne. Cuirfear ualach

trom ort agus gheobhair bata agus bóthar. Tóg-
faidh gach aoinne paor díot."

" Éist do bhéal, a Phíobaire na ndrochthairn-
gireachta," arsa Pinocchio go hárd agus go garg.

Ach do bhí an Píobaire foidhneach, eagnaidhe,
agus i n-ionad aon tsuim a chur sa chainnt droch-
mhúinte sin, do lean sé air ag cainnt gan aon phioc
corrabhuaise.

" Agus," ar seisean, " mara
dtaithneann leat dul ar sgoil
ná foghlumófá ceárd éigin
i dtreo is go bhféadfá do
chuid a thuilleamh go neamh-
spleádhach macánta ? "

" Ar mhaith leat mé a
innsint duit," arsa Pinocchio,
is bhí deire na foidhne caithte
aige geall leis, " ná fuil ach
an t-aon cheárd amháin de
cheárdaibh an domhain go
léir, a bheadh chun
mo thoile ? "

" Agus cad í an
cheárd í sin, led
thoil ? " arsan Pío-
baire.

" Cead a bheith
agam ar bheith ag
ithe is ag ól is ag
codladh, gan bac a
bheith orm bheith ag
gluaiseacht ó áit go
háit, agus caitheamh
aimsire bheith agam ó mhaidin go hoidhche," arsa
Pinocchio.

. . d'aimsigh sé Píobaire an
Teallaigh díreach sa cheann.

" Ba mhaith liom a chur ar do shúilibh duit,"
arsa Píobaire an Teallaigh, " gurab é an deire a
bhíonn, beagnach i gcómhnaidhe, ar an muinntir

go mbíonn san mar shlighe mhaireamhna acu, ná go seoltar go tigh na mbocht iad, nó go gcuirtear i mbraighdeanas iad."

" B'fhearra dhuit tú féin a sheachaint, a Phíobaire na ndrochrún," arsa Pinocchio, "mar is ró bhaoghalach duit, má leanann tú de bheith ag tabhairt drochchainnte dhom, go ndíolfair as."

" Ní fhéadaim gan truagh a bheith agam duit, a Phinocchio bhoicht," arsa Píobaire an Teallaigh.

" Is cad 'na thaobh go bhfuil an truagh go léir agat dom ? " arsa Pinocchio.

" Mar is babliac tú agus, rud is measa ná san, tá ceann adhmaid ort," arsa Píobaire an Teallaigh.

Nuair a airigh Pinocchio an méid sin, do léim sé 'na shuidhe, agus é ar buile. Do rug sé ar cheapórd adhmaid a bhí ar an bhfuarma is do raid sé leis an bPíobaire é.

B'fhéidir gur cheap Pinocchio ná tiocfadh leis é bhualadh ; ach, mar ba mhí-ádhmharaighe ar domhan é, d'aimsigh sé Píobaire an Teallaigh díreach sa cheann.

Is ar éigin d'fhéad an Píobaire bocht " Dia lem anam " a rádh sarar sglog sé, is d'fhan sé annsúd ceangailte den fhalla.

V

Tagann ocras ar Phinocchio. Téigheann sé ag cuardach féachaint an bhfaghadh sé ubh chun soghluist a dhéanamh do féin, ach nuair a bhí gach aoinní ag éirghe go háluinn leis, eitleann an soghluist amach tríd an bhfuinneoig uaidh.

BHÍ cómhntráth na hoidhche ann um an dtaca so. Agus i dteannta pé cathú agus mairg a bhí ar Phinocchio i dtaobh Píobaire an Teallaigh a mharbhú, bhí saghas lagachair air. Is dócha gurbh é ualach na bputóg bhfolamh a bhí ag cur air. Pé sgéal é, do chuimhnigh sé ná deaghaidh aoinní 'na ghoile feadh an lae, roimis sin.

Do tháinig dúil i mbiadh aige mar is é nádúir an leinbh ocras a bheith go minic air ; agus tagann ocras buile air nuair a thuigeann sé go mbíonn gannachúis nó uireasbhaidh bídh ann. Ba ghearr go raibh madar-uchta ar iomchur ag Pinocchio.

Do rith sé láithreach go dtí an teallach bréige mar a raibh an corcán bréige ar fíbín. Do dhein sé mar a bheadh sé chun an chlúdaigh a bhaint den chorcán chun go bhfeiceadh sé cad a bhí istigh ann. Is fuiriste cás Phinocchio a thuisgint, nuair a thuig sé cad a bhí aige. Do chrom an smachail sróna ar bheith ag dul i bhfaid—bhí faid a dóthain innti ó thúis—is ba ghearr go raibh leathbhannlámh eile d'fhaid innti.

Do chrom sé ar rith síos agus suas, anonn agus anall ar fuaid an teinteáin, is do chuarduigh sé na cómhairthíní, na halamóirí, is na cúiláisiúin féachaint an bhfaghadh sé aon bhlúire aráin—fiú amháin blúire d'arán chríona, nó crúistín aráin, nó cnámh a caithfí chun an mhadra, nó beagán de leite ghéar díomblasta a bheadh ag tosnú ar dhreoghadh, nó easna éisg, nó cloch silín, nó smut d'aoinní i n-ao' chor go bhféadfadh sé bheith á chogaint. Ach ní bhfuair sé faic na frighde.

Bhí an t-ocras ag géarú air ar feadh na haimsire is ní bhfuair sé aon fhaoiseamh uaidh, ach bheith ag mianfadhach; agus le gach mianfadhach acu bhíodh béal air, uaireannta, ó chluais go cluais. Nuair a bhíodh mianfadhach déanta aige do chromadh sé ar bheith ag briotaireacht le lagachar agus le neart ocrais.

Dubhairt sé agus é ag gol go croidhe-bhriste:

" Do bhí an ceart ag Píobaire an Teallaigh. Do dheineas aimhleas dom féin nuair a imthigheas ón mbaile, is nár ghabhas leor lem athair. Dá mbeadh m'athair annso ní bheinn ag fagháil bháis den mhian-fadhach. Ó! nach gránna go léir an galar an t-ocras!"

Le n-a linn sin, pé féachaint a thug sé, do shamh-luigh sé go bhfeaca sé cruinneoigín éigin bán i gcarn a bhí déanta den sguabachán—rud cosamhail le hubh circe. Chuaidh sé de ruthag fé n-a dhéin is do rug sé air. Ubh ceart a bhí ann.

Ní fheadair aoinne sa cheart cad é an t-áthas a bhí ar an mbabliac. Níor mhór duit bheith sa chás chéadna chun é thuisgint i gceart. Cheap sé ná raibh ann b'fhéidir ach taidhreamh, is bhíodh sé ag ionntáil an uibh 'na bhasaibh agus á infhiúchadh. Ba mhór an t-aiteas bheith ag féachaint air á phógadh.

"Seadh," ar seisean leis féin, " cad é an tslighe is fearra dhom gabháil chuige chun é ullmhú. An gcuirfead i gcíste baise é? Ní dhéanfad! Is fearr é ullmhú sa mhéis! Airiú nach deaghbhlasta bheadh sé é ullmhú sa bhfriocht-oigheann! An mbeirbheochad i gcorcáinín uisge é? Ní dhéanfad. Is é an tslighe is giorra chun é ullmhú é chur san oigheann mar tá mian marbhuightheach agam chun é ithe."

Ní túisge bhí an méid sin ráidhte aige ná chrom sé ar é ullmhú. Do chuir sé an t-oigheann beag ós cionn sorn beag a bhí lán de sméaróidí dearga, is do chuir sé uisge san oigheann i n-ionad ola nó beagán ime. Nuair a thosnuigh an t-uisge ar fhiuchaidh, "tac!" do bhris sé plaosg an uibh ós a chionn chun go dtuiteadh a raibh ann isteach san oigheann; ach i n-ionad an ghealacáin agus an bhuidheacáin do theacht amach as an bplaosg is é rud a sgeinn amach ná gearrcach beag deagh-bhéasach. D'úmhluigh an gearrcach go módh-mharach don bhabliac agus dubhairt:

"Gabhaim míle buidheachas leat, a Phinocchio, toisg duadh an phlaoisg a bhaint díom. Go rabhair go maith go bhfeiceam a chéile arís agus cuir mo mhórmheas i n-úil do mhuinntir an tighe."

Nuair a bhí an méid sin ráidhte ag an ngearrcach do chroith sé a sgiatháin agus amach leis tríd an bhfuinneoig, a bhí ar osgailt; agus as go bráth leis.

D'fhan an babliac mar a bhí aige. Bhí sé mar a bheadh sé fé dhraoidheacht. Bhí sgárd 'na dhá shúil. Bhí a bhéal ar leathadh, agus brúsgar an phlaoisg 'na láimh aige. Nuair a tháinig sé chuige féin, beagán, ón allthacht a bhí air, do chrom sé ar ghol agus ar sgreadaigh, agus bhí sé ag gabháil dá chosaibh ar an dtalamh le neart buile agus éadóchais.

"Seadh," arsa Pinocchio agus é ag gol, "Is fíor go raibh an ceart ag Píobaire an Teallaigh á innsint. Dá bhfanainn-se i bhfochair m'athar d'fhéachfadh sé im dhiaidh is ní bheinn ag fagháil bháis leis an ocras! Ó, nach gránna millteach an galar é an t-ocras!"

Toisg a ghoile a bheith ag glaodhach níos géire ná riamh air is ná feadair sé cad ab fhearra dho

a dhéanamh chun é chur chun suaimhnis cheap
sé go mb'fhearra dho gabháil amach agus cuaird
a thabhairt fén mbaile beag sa chómharsanacht,
le hionchas go mbuailfeadh duine éigin daonnacht-
amhail uime a thabharfadh smut beag aráin mar
dhéirc do.

VI

Tuiteann a chodladh ar Phinocchio agus a chosa leigithe anuas ar an sorn aige. Dúisigheann sé ar maidin lárnabháireach agus na troighthe ar fad dóighte dhe.

IDHCHE scallaoideach, thar a dtáinig d'oidhcheannta eile, ab eadh í. Oidhche thóirthneacha ab eadh í. Bhí na splanncacha chómh mór san gur dhóigh leat ar an spéir gurbh amhlaidh a bhí sí tré theine. Bhí gaoth fhuar nimhneach ann, a raghadh go croidhe ionnat, ag feadghail go feargach fuasaoideach agus buithirí ceo bóthair aici á fhuadach chun siubhail; is bhí sí ag suathadh agus ag luasgadh gach uile chrann dá raibh fén dtuaith, i dtreo go rabhadar ag cnagarnaigh is ag déanamh díosgáin.

Bhíodh ana-eagla ar Phinocchio roimis na tóirthneacha agus na splanncacha, ach ba threise ar an ocras ná ar an eagla aige; is dá dheasgaibh sin siúd chun an doruis é agus amach leis, is do bhain sé an baile beag amach de ruaig reatha, i gcéad éigin de thruslógaibh—a theanga amuich aige, agus saothar air mar a bheadh ar ghadhar fiadhaigh.

Ach ní raibh aon léas soluis le feisgint i n-aon bhall. Bhí an áit tréigthe. Bhí tighthe na gceannaithe dúnta. Bhí na dóirse is na fuinneogacha dúnta. Ní raibh fiú amháin gadhar le feisgint sa tsráid. Ba chosúil le roilig an áit.

Um an dtaca so bhí sé as a mheabhair geall leis, is bhí an t-ocras ag cur chómh dian san air go rug

sé ar bhaschrann doruis is chrom sé ar bheith á
bhualadh go teann. Agus bhíodh sé á rádh leis
féin :

" Eireochaidh
duine éigin is tioc-
faidh sé chun na
fuinneoige."

Agus tháinig.
Tháinig seanduine
agus caipín breac
air, chun na fuinn-
eoige, is do labhair
sé go hárd is go
searbh leis agus
dubhairt :

" Cad tá uait
an t-am míthráth-
amhail seo d'oidh-
che ? "

" Tá, go dtabh-
arfá blúire aráin
dom, led thoil, is
bheinn buidheach
go deo dhíot,"
arsa Pinocchio.

D'fhill sé abhaile, é buailte amach,
caillte ag an ocras. . . .

" Feith annsan,
is bead thar n-ais
láithreach," arsan
sean-duine, mar bhí sé á cheapadh gur dhuine éigin
de sna haimhleastóirí garsún a bhí aige, go mbíodh
sé de chaitheamh aimsire istoidhche acu bheith ag
bualadh baschrann na ndóirse chun daoine maithe
deaghnósacha, a chodladh an oidhche go sámh
dóibh féin, a chrádh.

Do hosgladh an fhuinneog i gcionn leath neomaite,
is do labhair an guithín go hárd le Pinocchio arís—
b'é guithín an tsean-duine bhig é—agus dubhairt :

" Druid annso isteach agus bíodh do chaipín ullamh agat 'na chomhair."

Do dhruid Pinocchio isteach 'na chómhgar. Ní raibh aon chaipín fós aige, agus mhothuigh sé mórnán mór uisge á dhortadh anuas sa cheann air, mar a doirtfí ar chrobh-préacháin feochta a bheadh ag fás istigh i soitheach, is do fliuchadh ó bhathas go bonn é.

D'fhill sé abhaile, é buailte amach, caillte ag an ocras, agus driuch ghearrcaigh a bheadh fliuch báithte air. Agus mar ná raibh sé de neart ann fanamhaint 'na sheasamh do shuidh sé síos do féin. Agus chun go mbeadh taca aige fé n-a chosa salacha bracacha, do bhuail sé anuas ar sorn lán de sméaróidí dearga iad.

Thuit a chodladh san áit sin air, is nuair a bhí sé 'na chodladh do ghaibh na troighthe an teine i ndiaidh ar ndiaidh, ní nárbh iongnadh, mar d'adhmad ab eadh iad, deineadh fiadhghual díobh. Bhriosguigheadar is deineadh luaith dhíobh.

Do chodail Pinocchio leis agus é ag sranntarnaigh, chómh maith agus dá mba nár leis féin na cosa i n-ao' chor, ach le duine éigin eile. Do dhúisigh sé sa deire, nuair a bhí an lá ag breacadh mar bhí duine éigin ag bualadh ag an ndorus.

D'fhiafruigh sé, agus é ag cuimilt a shúl, agus ag mianfadhach :

" Cé tá ann ? "

" Mise atá ann," arsan guth. B'é an guth é ná guth Gheppetto.

VII

*Filleann Geppetto abhaile agus tugann sé don bhab-
liac an lón a bhí tabhartha ag an nduine mbocht
leis 'na chómhair féin.*

BHÍ an codladh ins na súilibh ar feadh na
haimsire ag Pinocchio bocht, is ní raibh sé
tabhartha fé ndeara fós aige go raibh na
troighthe ar fad dóighte dhe. Agus mar gheall air
sin, chómh luath is chuala sé glór a athar do sgeinn
sé anuas den tsuidheachán chun rith go dtí an dorus
agus an ceap a tharrang. Níor éirigh leis san a
dhéanamh mar, mo dhá léir! taréis dó nó trí de
bharrathuislibh a fhagháil, is amhlaidh a buaileadh
tuairt de ar an dtalamh, is do síneadh ó lúb ladhar ar
leacachaibh an teinteáin é.

Nuair a buaileadh i gcoinnibh an tailimh é do
dhein sé an oiread fothroim is do dhéanfadh mála
pónairí a thuitfeadh ón gcúigmhadh húrlár.

San am san bhí Geppetto ag glaodhach go hárd
ón mbóthar air is á rádh, " Osgail an dorus dom ! "

" A dhaid, ní féidir dom é dhéanamh," arsan bab-
liac á fhreagairt, agus é ag gol ar a dhícheall agus á
iomlasg féin ar an úrlár.

" Agus cad 'na thaobh ná féadfá é dhéanamh ? "
arsa Geppetto.

" Mar do hitheadh na cosa dhíom," arsa
Pinnocchio.

" Agus cé d'ith dhíot iad ? " arsa Geppetto.

" An cat," arsa Pinocchio, ar fheisgint an chait ag
súgradh dhi féin agus snaoidhgair adhmaid aici á
bhualadh agus á chaitheamh ó thaobh le n-a laipíní.

" Osgail dom go mear, adeirim leat arís," arsa
Geppetto, " agus mara ndeinir, bheirim-se m'fhocal

dhuit go dtabharfad-sa ' an cat ' duit nuair a raghad isteach."

" Ní fheadaim seasamh, creid uaim é. Nach mé an truagh ! Is olc an sgéal agam é ! Beidh sé de bhith anuas orm go gcaithfead bheith im shraoill-

. . . agus isteach tríd an bhfuinneoig leis.

eadh féin ar ghealacán mo ghlún an chuid eile dem shaoghal," arsa Pinocchio.

Bhí Geppetto á cheapadh gurbh áilteoireacht éigin eile an osnghail ghuil sin, is bhí sé láncheapaithe ar deire a chur leis an obair sin. Siúd ag dreapa-dóireacht anáirde ar an bhfalla é agus isteach tríd an bhfuinneoig leis.

Ar dtúis, bhí fonn air cainnt agus gníomh dá réir a dhéanamh ; ach annsan nuair a chonnaic sé

Pinocchio agus é sínte ar an dtalamh, agus é fágtha gan troighthe, dáiríribh, tháinig truagh aige dhó. Rug sé láithreach air is thóg sé 'na bhaclainn chuige é, agus chrom sé ar bheith á phógadh agus ag múirnínteacht air ; agus, ar seisean leis, agus na deora móra solusmhara ag tuitim anuas le n-a ghruadhanna, agus é ag gol as ag blaidhrigh :

" Mo Phinocchio bán ! cionnus a ráinig duit do throighthe a dhóghadh ? "

" Ní fheadar san, a dhaid, ach creid an méid seo go fírinneach uaim, gur scallaoideach anródhach an oidhche í. Agus ní imtheochaidh a cuimhne as mo cheann an fhaid mhairfead. Bhí tóirthneacha agus lasracha ann, is bhí ocras mór orm, agus dubhairt Píobaire an Teallaigh liom : ' Is maith an ceart é imtheacht ort ; drochalltán iseadh tú, agus tá sé tuillte agat.' Agus dubhart-sa leis : ' B'fhearra dhuit féachaint rómhat féin, a Phíobaire '. . . agus dubhairt seisean liom : ' Babliac iseadh tú, agus is ceann adhmaid atá ort,' agus do chaitheas an ceap-órd adhmaid leis, is do sglog sé. Bíodh a mhilleán aige air féin, níor oir dómh-sa é mharbhadh. Agus mar dheimhniú air sin, do chuireas an mhias ar na sméaróidí dearga a bhí sa choire, ach do sgiúird an gearrcach amach agus dubhairt : ' Go rabhair slán go bhfeiceam a chéile arís, agus tabhair mo shlán agus mo bheannacht do mhuinntir an tighe ! ' Bhí an t-ocras ag dul i méid i gcómhnaidhe, agus b'ar an adhbhar san a tháinig an sean-duine go raibh an caipín breac air, chun na fuinneoige agus go ndubh-airt : ' Deisigh isteach is bíodh do chaipín ullamh agat,' agus doirteadh an mórnán uisge ar mo cheann, mar ní haon asmhuchán do dhuine bheith ag lorg smut aráin, an eadh ? is d'fhilleas abhaile láith-reach mar do bhí an t-ocras mór ag cur orm i gcomh-naidhe, is chuireas mo chosa ar an sorn chun mé féin a thriomú, is bhuailis-se abhaile annsan chugh-am—agus táid siad dóighte dhíom . . . agus tá an

t-ocras orm i gcómhnaidhe ... agus táim gan troigh-
the fém chosa anois. Ith hith; ith hith ... ith hith."
Chrom Pinocchio bocht ar bheith ag gol chomh hárd
san agus ar bheith á shuathadh féin gur airigheadh
trí mhíle ó bhaile é.

Níor thuig Geppetto as an ráiméis chainnte sin
ach an t-aon ní amháin, 'sé sin, go raibh an babliac
ag fagháil bháis leis an ocras. Tharraing Geppetto
trí cinn de phéirínibh amach as a phóca, is le linn é
bheith á síneadh chun Pinocchio dubhairt leis :

" Lón dom féin ab eadh na trí cinn sin de phéiríní,
ach bronnaim ó chroidhe ort iad ! Ith iad is go
ndeinidh siad maith is sláinte dhuit."

" Má's maith leat mé á n-ithe bain na croicinn
díobh led thoil," arsa Pinocchio.

" Na croicinn a bhaint díobh ? féach air sin ! "
arsa Geppetto agus lán a chroidhe d'iongnadh air.
" Ba dheacair liom a chreideamhaint ó aoinne, a
laogh is a chuid, go rabhais chómh beadaidhe san
ná an cogansach agat chómh deacair a shásamh ;
Fóiríor ! ní mór do gach aoinne—ní mór fiú amháin
do sna leanbhaí as an gcliabhán—taithighe a dhéan-
amh ar gach saghas bídh a chaitheamh ; bolamac
a ól as gach aon chupán, is greim d'ithe as gach aon
tsliogán, mar ná feadair aoinne sa tsaoghal bhraonach
so cad a thuitfidh amach dó. Bíonn an roth ag casadh
i gcómhnaidhe."

" B'fhéidir an ceart a bheith agat," arsa Pinocchio
" ach táim-se á rádh leat-sa, dáiríribh, ná híosad-sa
choidhche aon toradh crann ná bainfear an croiceann
de. Ní fhulaingeochadh mo ghoile na croicinn."

Taréis sgian a tharrang amach do Gheppetto
macánta, agus stuaim agus foidhne a ghlacadh, do
lom sé na trí péiríní is do chuir sé na croicinn ar
chúinne an bhúird.

Taréis an chéad phéirín a bheith ithte ag Pinocchio
—is d'ith sé de dhá ghreim é—dhein sé mar a bheadh
sé chun an croidhleachán a chaitheamh uaidh. Ach

rug Geppetto greim ar láimh air is níor leig sé dhó é dhéanamh, agus dubhairt leis san am chéadna :

"Ná caith uait é ; is beag rud sa tsaoghal so nach féidir áis éigin a bhaint as."

"Go deimhin agus go fírinneach duit, nílim chun aon chroidhleachán d'ithe uait ! " arsan babliac go hárd, is bhí sé á chasadh agus á lúbadh féin ar nós nathar-nimhe.

"Cá bhfios d'aoinne san ! Is mó cor a thagann sa tsaoghal so ! " arsa Geppetto, is ní tháinig aon phioc feirge air. Ach b'é an chuma 'na raibh an sgéal fé dheire, i n-ionad na gcroidhleachán a chaitheamh an fhuinneog amach, gur buaileadh go slachtmhar ar chúinne an bhúird iad i dteannta na gcroiceann.

Nuair a bhí na trí péiríní ithte, nó ba chirte a rádh, nuair a bhíodar alpaithe ag Pinocchio, dhein sé mianfadhach mhór fhada, agus dubhairt sé annsan agus é ag pusghail ghoil :

"Tá ocras fós orm—tá ocras taréis athluithe orm."

"Ach im thaobh-sa dhe, a leinbh bháin, níl pioc a mhair agam a fhéadfainn a thabhairt duit," arsa Geppetto.

"A bhfuil aoinní i n-ao' chor, i n-ao' chor agat ? " arsa Pinocchio.

"Níl sgaile bídh fé iadh an tighe, ach amháin croicinn agus croidhleacháin na bpéiríní," arsa Geppetto.

"Go dtugaidh Dia grásta na foidhne dhúinn ! " arsa Pinocchio, "nuair ná fuil aoinní eile ann íosad ceann de na croicinn."

Dhírigh sé ar bheith ag cogaint. Bhí sé ag cur gronnaí 'na bhéal ar dtúis, ach as san amach do mheil sé 'na gceann is 'na gceann iad, an fhaid a bheifeá ag féachaint thart. Agus taréis na gcroiceann a bheith ithte aige d'ith sé na croidhleacháin, is nuair a bhíodar san ithte aige, bhí sé ag cuimilt

a bhuilg, go sásta, agus dubhairt sé agus teann-
áthas air : " Féach anois, gur mé atá ar mo thoil."

" Agus ar ndóin chíonn tusa leis," arsa Geppetto.
"go raibh an ceart agam nuair adubhart leat nár
cheart a thoil féin a thabhairt don ghoile nuair
nárbh fhonn leis ach mísleáin, soghluiste, agus
beatha bhog shoghail a chaitheamh. Ariú, a ghamh-
ain, níl a fhios ag aoinne ó indiu go dtí amáireach
cad é an chríoch a bhéarfaidh sa tsaoghal bhriong-
lóideach so é. Saoghal guagach míofhoirtiúnach
iseadh an saoghal so."

VIII

Athchumann Geppetto na troighthe do Phinocchio is díolann sé a chasóg féin chun Aibghidir a cheannach do.

CHÓMH luath is do baineadh an t-ocras den bhabliac do dhírigh sé ar bheith ag tormas agus ag gol, mar theastuigh pheidhre de throighthe nua uaidh.

. . . do leig Geppetto dho bheith ag gol leis ar feadh leath an lae ;

Ach chun pionós a chur air mar gheall ar a chuid bradghaile do leig Geppetto dhó bheith ag gol leis agus bheith ag dul ins na trithí dubha ar feadh leath an lae ; agus taréis an méid sin dubhairt leis :

" Agus cad 'na thaobh gur cheart dom na troighthe a dhéanamh duit ? Seadh b'fhéidir chun bheith ag féachaint ort ag téalú ón mbaile arís."

" Geallaim óm chroidhe dhuit, a dhaid," arsan babliac, agus fail ann le neart osnghail ghuil, " go mbéad im bhuachaill mhaith feasta."

" Is fada dhúinn ag éisteacht leis an gcainnt sin ! Sid é an port a bhíonn ag an uile gharsún nuair a oireann dó rud éigin a fhagháil," arsa Geppetto ag tabhairt freagra air.

" Geallaim go fírinneach duit," arsa Pinocchio,

" go raghad ar sgoil agus go mbeidh meas orm agus urraim dom mar gheall ar mo chuid léighinn."

" Sid é an port a bhíonn ar bharra a bhéil ag an uile gharsún nuair a oireann dó rud éigin a fhagháil le mealladh nó le bladaireacht," arsa Geppetto.

" Ach ní mar a chéile mise agus na garsúin eile annso ! Labhraim-se an fhírinne i gcómhnaidhe— táim á gheallamhaint duit, a dhaid, go bhfogh- lumóchad ceárd éigin, agus gurab asam-sa a bheidh do mhuinghin agus gurab orm a bheidh do sheasamh nuair a bheir aosta," arsa Pinocchio.

Bíodh gur leig Geppetto air féachaint drae an bhodaigh a bheith 'na ghnúis, do líon a shúile de dheoracha boga teodha, is do mhéaduigh is do bhog a chroidhe ag an nduine mbocht le háthas nuair a chonnaic sé a dhúthrachtaighe a bhí Pinocchio ag cainnt, is an driuch suarach a bhí air. Ní dubhairt sé focal eile amach as a bhéal. Níor dhein sé ach breith ar na húirlisí a bhain le n-a chéird, agus ar dhá smután bheaga d'adhmad fialtirm, is dhírigh sé ar bheith ag obair go dícheall- ach.

Fé cheann uair a' chluig bhí na troighthe críoch- nuithe aige—dhá chois bheaga ghleoidhte chruadha féithleogacha agus iad chómh greannta san is dá mba cheárdaidhe éigin ealadhanta a bheadh taréis iad a dhéanamh.

Um an dtaca san dubhairt Geppetto leis an mbabliac:

" Dún do shúile agus codail."

Do dhún Pinocchio a shúile agus leig sé air bheith 'na chodladh is an fhaid a bhí an codladh bréagach aige á dhéanamh, do tháthuigh Geppetto na troigh- the mar ba cheart le beagán céireach ; is do chuir sé le chéile chómh maith san iad ná raibh fiú rian an táthú le feisgint.

Chómh luath is a thug an babliac fé ndeara go raibh na troighthe fé do léim sé anuas den bhórd, mar a raibh sé sínte, is dhírigh sé ar bheith ag ranngás, agus ag caitheamh a chos mar a dhéanfadh mionnán. Ba dhóigh leat air go n-imtheochadh sé as a chroiceann le neart mire agus áthais.

" Chun a chur i n-úil duit go bhfuilim buidheach díot is chun díolfiach a dhéanamh leat sa méid atá déanta agat dom," arsa Pinocchio, le n-a athair " raghad ar sgoil chómh luath agus is féidir é."

" Is maith an buachaill ! " arsa Geppetto.

" Ach chun dul ar sgoil ní mór dhom balcuis bheag éigin éadaigh a bheith orm," arsa Pinocchio.

Duine fíorbhocht ab eadh Geppetto, ná raibh fiú amháin cianóg bhearrtha 'na phóca aige, agus nuair ná raibh aon adhbhar eile aige do dhein sé culaithín don bhabliac de pháipéar ioldathach

. . . dhírigh sé ar bheith ag ranngás agus ag caitheamh a chos. . . .

bláthmhaisithe, do dhein sé pheidhre bróg de choirt chrann, agus biréidín de thaos aráin do.

Nuair a bhí Pinocchio gléasta, do rith sé chun amharc a fhagháil air féin sa scáthán—mias lán d'uisge ab eadh an scáthán. Bhí an oiread san mórála air go ndubhairt sé agus ceáfar ann :

" Is fíordheallrach le duine-uasal mé."

" Tá an uile phioc den cheart agat," arsa Geppetto á fhreagairt ; " ach tá an méid seo agam á rádh leat agus coingibh ós cómhair t'aigne é, ' nach í an

chulaith bhreágh mhaiseamhail a dheineann duine-
uasal de dhuine, ach an chulaith ghlan bhláthmhar."

" Ó's ag cuimhneamh air dom é, tá an rud is fearr
agus is gábhtaraighe de dhíth orm fós chun tosnú le
sgoil," arsa Pinocchio.

" Agus cad é féin ? " arsa Geppetto.

" Tá, Aibghidir a bheith i n-easnamh orm," arsa
Pinocchio.

" Is fíor dhuit, ach
cionnus a thiocfar ar
í fhagháil ? " arsa
Geppetto.

" Is ana-uiriste é
sin a dhéanamh, níl
le déanamh ach dul
go dtí an siopa lea-
bhar is í cheannach,"
arsa Pinocchio.

" Tá go breágh ! ach
cionnus a gheobhthar
an t-airgead ! " arsa
Geppetto.

" Níl sé agam-sa,"
arsa Pinocchio.

" Níl ná agam-sa,"
arsan sean-duine
bocht deaghchroidh-
each, agus tháinig
duairceas air.

. . . do dhein sé . . . biréidín de
thaos aráin do.

Tháinig mairg ar Phinocchio, leis, bíodh is gur
gharsún gliadarach lúthgháireach é, mar tuigeann
gach aoinne cad é rud an dealbhas nuair a theann-
tuigheann sé leo ; tuigeann fiú amháin na leanbhaí é.

" Sgéal gan leigheas foidhne is fearr chuige ! "
arsa Geppetto go hárd, is d'éirigh sé 'na sheasamh
de phreib. Chuir sé air a chóta buidhe doirtithe a
bhí lán de phreabánaibh agus do dheisiúchán
tuicineálta. Siúd amach leis as an dtigh is tháinig

sé thar n-ais i gcionn beagán aimsire. Nuair a fhill sé bhí an Aibghidir 'na láimh aige i gcómhair a mhic ach ní raibh a chasóg aige. Bhí sé 'na léine agus 'na bhríste is é ag cur shneachtaidh amuich.

" Agus, a dhaid, cá bhfuil do chasóg uait ! " arsa Pinocchio.

" Do dhíolas í," arsa Geppetto.

" Cad 'na thaobh duit í dhíol ? " arsa Pinocchio.

" Mar bhí an brothal ag cur orm," arsa Geppetto.

Do thuig Pinocchio brigh an fhreagartha san láithreach bonn baill. Tháinig dásacht 'na chroidhe —agus gan ar a chumas srian a chur leis—is do léim sé suas ar mhuinéal Gheppetto agus do chrom sé ar an uile phioc dá aghaidh a phógadh.

IX

Díolann Pinocchio an Aibghidir i dtreo go bhféadfadh sé dul go dtí amharclann na mbabliac.

NUAIR a bhí deire aige le bheith ag cur an tsneachtaidh, siúd ar an mbóthar chun na sgoile Pinocchio, agus a Aibghidir bhreágh nua fé n'asgail aige. Agus é ag cur an bhóthair de bhí mórán nithe ag rith tré n'aigne : Bhíodh an bior ullamh aige i gcómhair na feola fiadha agus an fheoil fhiadh ar an gcnoc fós, agus gach aon fhiadh acu níos breághtha ná a chéile.

Dubhairt sé agus é ag cainnt leis féin :

" Táim chun léightheoireacht a fhoghluim ar sgoil indiu ; foghlumóchad sgríbhneoireacht amáireach, agus um anoirthear cuirfear eolas ar uimhrigheacht. Nuair a bheidh san déanta, agus mé oilte, tuillfead mórán pinginí airgid, agus leis an gcéad lámh airgid a bheidh im sheilbh cuirfead casóg mhaiseamhail d'éadach olna á dhéanamh dom athair. Ach cad é sin agam á rádh ? É dhéanamh d'éadach olna, an eadh ? Cuirfead casóg óir agus airgid go mbeidh cnaipí luachmhara solusmhara innti, á dhéanamh dó. Tá sé tuillte go dianmhaith ag an nduine mbocht. Féach, cá beag dhuit, go bhfuil sé 'na léine agus 'na bhríste agus an fuacht nimhe seo ann, chun leabhair a cheannach dómh-sa agus chun tabhairt suas a chur orm ! An dtabharfadh aoinne eile ach na haithreacha easnamh is anródh dóibh féin ar son a. . ."

An fhaid a bhí an straidhn air agus é ag cainnt ar an gcuma san do shamhluigh sé go gcualaidh sé tamall maith uaidh ceol binn luaimneach na bhfeadán agus dórd na mbodhrán. Fí-fi-fi, fí-fi-fi... Zum-zum, zum-zum.

Do sheasaimh sé suas is chuir sé cluas air féin. Bhí na fuaimeanna ag teacht aníos a híochtar sráide fada a bhí treasna thíos ag dul amach go baile beag a bhí cois trágha.

"Cad 'na thaobh go bhfuil an ceol san á sheinnt?" arsa Pinocchio leis féin. "Is mór an truagh go bhfuil orm dul ar sgoil indiu—mara mbeadh san..."

D'fhan sé mar a raibh aige agus é i gcás idir dhá chómhairle. Ach ar aon chuma níor mhór dó socrú in'aigne ar cad a dhéanfadh sé—an raghadh sé ar sgoil nó an raghadh sé ag éisteacht le ceol na bhfeadán. Is é adubhairt an t-áilteoir sa deire, agus é ag baint crothadh as a shlinneánaibh:

"Raghad ag éisteacht le ceol na bhfeadán indiu, is raghad ar sgoil amáireach. Tá fuighleach aimsire agam chun dul ar sgoil."

Ní túisge a bhí an méid sin ráidhte aige ná chaoluigh sé leis síos an tsráid threasna, agus bhain sé as na cosaibh é, is dá mhéid greadadh a bhí aige á dhéanamh b'eadh ba ghléinighe a chloiseadh sé ceol na bhfeadán agus clagarnach na mbodhrán. Cá bhfuair sé é féin, sa deire, ach istigh i gceartlár mhacha a bhí tuillte lán de dhaoine. Agus bhí an sluagh ag brúghadh tímcheall cábáin mhóir a bhí déanta d'adhmad is d'éadach canafáis go raibh na mílte dathanna air.

"Cad tá ar siubhal sa chábán mhór so?" arsa Pinocchio, ag ionntáil anonn ar gharsún ón gcómharsanacht a bhí san áit.

"Léigh an rud atá sgríobhtha ar an gcairt fógartha agus beidh a fhios agat," arsan garsún.

"Do léighfinn go fonnmhar é, ach ní thig liom é dhéanamh indiu thar a bhfuil de laetheannta eile," arsa Pinocchio.

"A alltáin! má's mar sin atá an sgéal agat, léighfead-sa dhuit é," arsan garsún. "Tuig gurab é an rud atá ar an gcairt fógartha san i litreacha san atá chómh dearg le fuil ná : AMHARCLANN MHÓR NA MBABLIAC."

" Agus an fada ó thosnuigh an aistidheacht ? " arsa Pinocchio.

" Beidh sé ag tosnú láithreach," arsan garsún.

" Agus an mór a caithtear a dhíol chun dul isteach ? " arsa Pinocchio.

" Dhá phingin," arsan garsún.

" Ar mhiste leat dhá phingin a thabhairt dom ar an Aibghidir nua so ? "

Bhí an galar rún, agus an fhiosracht, ar iomchur ag Pinocchio is níor fhan aon mheas ná smacht aige air féin agus dubhairt sé leis an ngarsún le n-a raibh sé ag cainnt, agus gan aon náire air 'na thaobh : " An dtabharfá iasacht dá phingin go dtí amáireach dom ? "

" Do thabharfainn go fonnmhar, ach thar a bhfuil de laetheannta eile," arsan buachaill ag athnasg air, " ní fhéadfainn iad a thabhairt duit indiu."

" Díolfad mo chasóg leat ar dhá phingin má seadh," arsan babliac annsan.

" Cad a mheasfá dhom a dhéanamh led chas- óigín de pháipéar dhaithte ? Dá dtuiteadh cith báistighe uirthi ní bheadh aon dul agam choidhche ar í bhaint díom," arsan garsún.

" Ar mhaith leat mo bhróga a cheannach ? " arsa Pinocchio.

" Bheidís go seoidh chun na teine d'adú," arsan garsún. "An mór a thabharfair dom ar mo bhir- éidín ? " arsa Pinocchio.

" Nach mé bheadh tógtha leis ! B'é an tabhartas dom é ! Biréidín de thaos aráin ! Ba chloigeann i gconntabhairt é ! Ba bhaoghal dom na franncaigh a theacht agus é d'ithe dem cheann ! " arsan garsún.

Bhí Pinocchio i n-adhairc ghabhair. Dob áil leis tairisgint eile a thabhairt uaidh : ach ní raibh san de mhisneach aige. Bhí sé ag stadarnghail— bhí sé i gcás idir dhá chómhairle. Bhí sé i bpúnc. Fé dheire do labhair sé agus dubhairt :

" Ar mhiste leat dhá phingin a thabhairt dom ar an Aibghidir nua so ? "

" Garsún mise, is ní béas liom aoinní a cheannach ó gharsúin eile," arsan té bhí ag tabhairt chainnte do Phinocchio, is a bhí a bhfad níos tuisgionaighe agus níos ciallmhaire ná é.

" Tógfad-sa é ar dhá phingin," arsa ceannuith- eoir sean-bhalcuisí, a bhí i láthair an chómhráidh, de ghlór árd.

Díoladh an leabhar ar an láthair sin. Dob adhbhar machtnaimh é—an sean-duine bocht san, Geppetto, a bheith sa bhaile 'na léine agus 'na bhríste agus é ag crith leis an bhfuacht d'fhonn Aibghidir a cheannach dá mhac.

X

*D'aithin na babaliac a ndritháir, Pinocchio, agus
dheineadar ana-aghnó dhe, ach nuair a bhí
gach ní níos fearr ná a chéile acu, tháinig Alpaire
na Gríosaighe, is ba dhóbair do Phinocchio
go mbéarfadh drochchríoch é.*

NUAIR a chuaidh Pinocchio isteach i n-amhar-
clainn bhig na mbabliac, do thuit rud
amach a chuir rí-rá ar siubhal, is ba dhóbair
dóibh an phraiseach a bheith ar fuid na mias acu.

Tuigidh an méid seo, go raibh an brat árduithe
is an chleasaidheacht ar siubhal um an dtaca san.

Annsúd, ós cómhair na ndaoine, ar an árdán
bhí Airlicín agus Puilcinealla, is iad ag bruighean
is ag achrann mar ba ghnáth leo, is bhíodar ag
bagairt ó am go ham greadadh is cútanáil a
thabhairt dá chéile.

Bhí an lucht seallaidh ag féachaint ortha agus
ag éisteacht go haireach leo, is bhíodar ag dul
fuar marbh le neart suilt is gáiridhe, nuair a
airighidís an bheirt áilteoirí ag tabhairt geach-ré-
seadh agus cá-bhfios-san-dómh-sa dá chéile, ag
gobadh is ag dul i gcochalaibh a chéile. Bhíodar
á thabhairt chómh teith sin dá chéile is chómh mór
dáiríribh is dá mba dhá ainmhidhe chearta chiall-
mhara iad, nó beirt de dhaoine saoghalta.

Pé sgéal é do stad Airlicín go hobann den aith-
riseoireacht. Thug sé a aghaidh ar an bpobal
agus ag síneadh a mhéire dhó i dtreo dhuine éigin
i n-íochtar an tighe do leig sé cainnt go dramat-
amhail as agus dubhairt :

" A Chomhachta na bhFlaitheas ! An im

dhúiseacht nó im chodladh dhom ? Níl amhras ar
bith ná gurab é Pinocchio an té sin thíos . . ."

" Is é Pinocchio é—ní hé a mhalairt é ! " arsa
Puilcinealla.

" Is é an duine domhan céadna é ! " arsan
Ruaidhteoigín uasal, de ghlór caol árd, laistiar
den árdán is í ag sgrogghail d'iarraidh féachaint.

" Is é Pinocchio é ! Is é Pinocchio é ! " arsa na
babanna go léir, is gach aon liúgh ar fásgadh acu.

" Níl amhras ar bith ná gurab é Pinocchio an té sin thíos . . . ."

" Is é Pinocchio é ! Is é Pinocchio ár ndritháir
féin é ! Gurab é do bheatha agus do shláinte é,
a Phinocchio ! " ar siad go léir.

" A Phinocchio, gaibh annso aníos chugham,"
arsa Airlicín de glór árd. " Tair annso go bhfáisgidh
do dhritháracha barróg feadh an chuim ort."

Nuair a fuair Pinocchio an cuireadh fial fáilteach
san, thug sé léim as a chorp ó úrlár an tighe thiar
anáirde go hionad na n-uasal is na maithe móra ;
is chuaidh sé de léim eile as san anáirde ar cheann

an stiúrthóra a bhí ar an bhfuirinn ceoil, is sgeinn sé ón áit sin suas ar an árdán.

Ní féidir trácht ná cur síos a dhéanamh ar na barróga a rugadar aisteoirí an chualachta, idir fhear agus bean, ar Phinocchio. D'fháisgeadar agus do phógadar ó sháil rinn é. Bhíodar á phriocadh le neart áthais agus caradais, chun a chur i n-úil dó an bháidh dhílis fíorbhráthardha a bhí acu leis.

Chuirfeadh an radharc san iongnadh agus áthas ar aoinne. Ach nuair a chonnaic an lucht seallaidh ná raibh an aisteoireacht ar siubhal, ná aon chuimhneamh ar í chur chun cinn, bhris ar an bhfoidhne acu is chromadar ar bheith ag glaodhach is ag liúighrigh is á rádh : " leantar den aisteoireacht ; an aisteoireacht atá uainn."

Ach ba bheag an tairbhe dhóibh bheith ag cur díobh ; ba shaothar i n-aisge é mar ní bhfuaradar aon toradh ar a gcuid cainnte. Mar i n-ionad leanamhaint den aithriseoireacht is amhlaidh a méaduigheadh fé dhó ar an ngleo agus ar na gártha a bhí ag na babaliac, agus taréis Pinocchio a bhualadh anáirde ar a nguailnibh chúcha do rugadar leo go caithréimeach é gur shroiseadar bunshoillse an árdáin.

Díreach le n-a linn sin, siúd amach an babliacaire go raibh crot chómh gránna san air go gcuirfeadh sé éaracht ort fiú amháin féachaint air. B'é dath na troighneach ar an bhfalla a bhí ar an meigeall a bhí air, is bhí sé chómh fada san go raibh sé ag sroisint an tailimh—cá beag dhuit go mbíodh sé ag satailt air nuair a bhíodh sé ag siubhal. Bhí béal chómh mór le béal oighinn air. Ba dheallrach an dá shúil a bhí air le dhá lanntaer go mbeadh gloine dhearg ortha agus solus ar lasadh ionnta. Bhíodh sé ag baint fuaime a fuip a bhí déanta de nathracha-nimhe agus d'eirballaibh sionnach, agus iad fighte ar a chéile.

Ar theacht i láthair don bhabliacaire—is ní

raibh aon choinne le n-a theacht—bhí gach aoinne
chómh ciúin leis an marbh. D'fhéadfaí fuaim
sgiathán beiche bige a chloisint dá mbeadh sé ann—
rud ná raibh. Tháinig crith cos agus lámh ar na
babaliac, idir fhear agus bean.

" Cad 'na thaobh duit teacht isteach im amhar-

" Cad 'na thaobh duit teacht isteach im amharclainn, is an
áit a bheith 'na chíorthuathail mar gheall ort ? "

clainn is an áit a bheith 'na chíorthuathail mar gheall
ort ? " arsa fear mór na mbabliac le Pinocchio, de
ghlór gharbh, mar adéarfadh Dubhdara na nAdharc
le linn cliath shlaghdáin a bheith air.

" Ní mise, a dhuine-uasail oirdheirc," arsa

Pinocchio, " is cionntach sa ghnó-so, is ní cóir bheith á agairt orm."

" Ní beag san de ! fág mar sin an sgéal ! Beidh innsint agus áireamh eile againn ar an sgéal san anocht," arsa fear mór na mbabliac.

B'shin mar a bhí an sgéal. Nuair a bhí deire leis an aisteoireacht chuaidh an babliacaire go dtí an chistin mar a raibh molt breágh aige á ullmhú i gcómhair béile na hoidhche. Bhí an molt ar bhior, agus an bior á chasadh go breágh mall réidh ós cómhair na teine. Toisg gan a dhóthain adhbhar teine a bheith aige, chun é chríochnú agus a ullmhú sa cheart, is go mbeadh dath ruadhdhonn air, do ghlaoidh sé ar Airlicín agus ar Phuilcinealla agus dubhairt leo :

" Tugaidh annso chugham an babliac a gheobhaidh sibh ceangailte den staic. Measaim gur babliac é atá déanta d'adhmad thirm stéaguithe agus táim deimhnitheach ach é chaitheamh sa teine go mbeidh lasair ghlan áluinn agam chun an rósta a dhéanamh."

Bhí leisge agus neamhfhonn ar Airlicín agus ar Phuilcinealla i dtosach bárra, ach do thug fear mór na mbabliac drochfhéachaint ortha a sgann-ruigh iad, is do dheineadar a réir. Bhíodar thar n-ais sa chistin i gcionn beagán aimsire agus Pinocchio ar a mbaclainn acu, agus é ag lúbadh is ag ionfhairt mar a bheadh eascú nuair a tógfaí as an uisge í, d'iarraidh é féin a réidhteach. Bhí sé ag béicigh go truaighmhéileach is ag rádh : " A dhaidí, a chroidhe 'stigh, tair im chabhair ! Comraighe m'anama ort ! Ó ! a dhaidí," adeireadh sé, " saor mé, Ó a dhaidí, a chroidhe 'stigh——"

XI

Cuireann Alpaire na Gríosaighe sraoth as, maitheann sé do Phinocchio ; agus cosnann Pinocchio a chara Airlicín, 'na dhiaidh san, ar an mbás.

BA dhóigh leat ar Alpaire na Gríosaighe—mar b'shin é ab ainm dó—gur dhuine neamhchradhsgalach é.   Ní deirim-se gurbh eadh ná nárbh eadh. Árrachtaidhe ab eadh é, é féin agus a mheigeall gránna cíordhubh a bhí ag déanamh sgáth is clúdaigh dá ucht agus dá chosa ar fad mar a dhéanfadh barrabéal. I n-a dhiaidh san níor dhrochdhuine é. Mar dheimhniú air sin, nuair a chonnaic sé Pinocchio á thabhairt 'na láthair, agus é ag spriúchaigh ar a dhícheall, is ag liúighrigh, is ag rádh : " Ní oireann dom bás d'fhagháil ! ní oireann dom bás d'fhagháil ! "   do ghlac truagh dhó é. Nuair a rug an radharc san greim ar chroidhe aige, tháinig fonn sraothartaighe air, is bhí sé ag déanamh a dhíchill ar an sraoth a bhrúghadh fé.   Fé dheire do bhris snáithín na sraothartaighe aige is chuir sé sraoth mór láidir as.   Bíodh go raibh Airlicín buaidheartha basgaithe 'na aigne, is é casta ar a chéile mar a bheadh dronnóigín, do las a shúile agus a ghnúis le háthas nuair a chualaidh sé an sraoth sin, agus ag claonadh a chinn dó i dtreo Phinocchio dubhairt i gcogar leis :
" Tá sgéala maithe agam duit, a dhritháir. Tá an fear mór taréis sraoth a chur as, agus is cómhartha é sin go bhfuil truagh tagaithe aige dhuit. Tánn tú ó bhaoghal feasta."
Ní miste dhíbh a fhios a bheith agaibh chun an sgéil a thuisgint, go mbíonn sé de bhéas ag an uile dhuine nuair a thagann truagh aige d'aoinne go

ngoileann sé, nó ar an gcuid is lugha dhe, leigeann sé
air bheith ag triomú a shúl. Ach níorbh ionann an
cás ag Alpaire na Gríosaighe é ; an uile uair go
nglacadh truagh é ba bhéas aige sraoth a chur as.
Ní raibh ann ach slighe, ar nós a lán slite eile, chun a
chur i n-úil gur ghriog pé mothú a tháinig ann an
croidhe aige.

Do lean fear na mbabliac de bheith go gruamdha
goirgeach taréis an sraoth a chur as, is do liúigh ar
Phinocchio is dubhairt :

" Cuir uait anois ! Bíodh deire agat leis an ngol
san ! Chuir do chuid guil is éagcaoineadh pian im
chliabhlach . . . mothuighim greim, mar a bheadh,
mar a bheadh . . . uht sí ! uht sí ! " is dhein sé dhá
shraoth eile.

" Dia linn is Muire ! " arsa Pinocchio.

" Dia farais sin linn ! " arsa Alpaire na Gríosaighe.

" Agus an maireann t'athair agus do mháthair fós ? "
ar seisean le Pinocchio.

" Maireann m'athair. Ní raibh aon aithne riamh
agam ar mo mháthair." arsa Pinocchio.

" Bhrisfeadh sé croidhe t'athar," arsa Alpaire na
Gríosaighe, " dá ndeininn-se an rud a bhí ar m'aigne
anois beag ; sé sin, tú chaitheamh isteach sa ngríos-
aigh ! An sean-duine bocht ! tá truagh agam dó !
Uht sí, uht sí, uht sí," agus chuir sé trí shraoth
eile as.

" Dia linn is Muire ! " arsa Pinocchio.

" Dia farais sin linn ! " arsa Alpaire na Gríosaighe.
" Agus ar an dtaobh eile den sgéal, is ceart truagh
a bheith dómh-sa leis, mar, fé mar is eol duit, níl a
thuille connaidh agam chun an mhuilt atá dá róstadh
agam d'ullmhú sa cheart ; is go deimhin le fírinne
do dhéanfá-sa áis mhór dom ! Ach do ghlac truagh
mé, anois beag, is ní mór dom foidhne a dhéanamh.
Cuirfead babliac éigin dem chualacht it ionad-sa,
sa teine fén mbior. . . A' gcloistí, a fheara armtha."

Ar chloisint an ghlaodh san dóibh, tháinig beirt

fhear armtha—d'adhmad ab eadh iad san leis—'na láthair gan mhoill. Bhíodar ana-árd teircfheolach, agus caipíní ar dhéanamh lanntaera ar a gceann, agus claidheamh nochtuithe i láimh gach nduine acu.

Dubhairt fear na mbabliac leo, láithreach, agus glothar 'na sgórnaigh :

" Beiridh ar Airlicín dom——"

" Beiridh ar Airlicín dom ; ceangluighidh go maith é, agus caithidh isteach i gcoimhleithin na teine é. Teastuigheann uaim-se an molt a bheith rósta sa cheart ! "

Is tuigithe d'aoinne cionnus mar a bhí an sgéal

ag Airlicín annsan. Tháinig an oiread san sgann-
radh air gur thuit sé i gceann a chos.

Nuair a chonnaic Pinocchio an bheart neamh-
chradhsgalach san a bhí le déanamh ag fear na
mbabliac, do dhein sé suas air is chaith sé é féin ag
a chosaibh, ar ghealacán a dhá ghlún is chrom sé
ar ghol go cruaidh, agus ar bheith ag sileadh na
frasa deor, i dtreo gur fhliuch sé gach uile fhionna
de mheigeall an fhir mhóir, agus dubhairt sé agus é
ag truaigínteacht air :

" Bíodh truagh agat dó, a Alpaire uasail ! "

" Tá dearmhad ort. Níl aon uaisle annso ! "
arsa fear na mbabliac á fhreagairt go neamhchneasta

" Bíodh truagh agat dó, a Ridire! " arsa Pinocchio.

" Níl ridirí ar bith san áit seo," arsan fear mór.

" Bíodh truagh agat dó, a Thaoisigh mhóir!" arsa
Pinocchio.

" Níl aon taoisigh sa bhall so ! " arsan fear mór.

" Bíodh truagh ag do Shoillse, agus maith dhó,"
arsa Pinocchio.

Nuair a airigh fear na mbabliac A Shoillse á
ghlaodhach air, do bhog a bhéal is tháinig breis
daonnachta agus ceannsachta ann ar an dtoirt agus
dubhairt le Pinocchio:

" Seadh má seadh ! Cad é an athchuinghe atá
agat le hiarraidh orm anois ? "

" Go maithfeá d' Airlicín—go ndéanfá trócaire
air," arsa Pinocchio.

" Ní féidir aon trócaire a dhéanamh sa ghnó so·
Má sgaoileas t'anam leat-sa ní mór dom é sin a
chur sa teine chun an mhuilt a róstadh mar is
ceart," arsan fear mór.

" Nuair is mar sin atá an sgéal," arsa Pinocchio
ag éirghe 'na sheasamh agus ag caitheamh a haitín
uaidh, " nuair is mar sin atá an sgéal, tuigim-
se cad is dualgas dom. Deinidh ar aghaidh, a
dhaoine foghanta ! Ceangluighidh mé is caithidh
isteach i gcoimhleithin na lasrach mé ! Ní dhéan-

fadh san an gnó go bráth—Airlicín a chur chun báis thar mo cheann-sa ! ní ceart é is ni cóir."

Do chuir an chainnt dhána neamheaglach so an uile dhuine de na babaliac, a bhí i láthair an ghnótha, ag gol. Bíodh is ná raibh ins na fir armtha ach smutáin adhmaid, ba dhóigh leat ar an gcuma 'nar ghoileadar gur dhá uan bheaga deoil iad, ag

Nuair a thuigeadar na babaliac go raibh maithte dho . . .
do chromadar ar rinnce agus ar dhamhsa.

méiligh i ndiaidh a máthar. Bhí croidhe Alpaire na Gríosaighe chómh cruaidh le cloich ach do bhog sé i ndiaidh ar ndiaidh, is thosnuigh sé ag sraothartaigh. Taréis trí nó ceathair de shraothannaibh a chur as d'osgail sé a dhá láimh go ceanamhail is dubhairt le Pinocchio :

"Is groidhe misneamhail an garsún tú! Tair annso i leith chugham is tabhair póg dom."

Do rith Pinocchio chuige láithreach, agus siúd ag dreapadóireacht anáirde ar a chuid féasóige ar nós easóige é, is ba mhór an seó an phóg le deiseacht a thug sé dhó i mbarra a shróna.

"Tá maithte agat dom mar sin, ná fuil?" arsa Airlicín, is ar éigin a aireofá a ghlóirín caol.

"Tá maithte agam duit," arsa Alpaire na Gríosaighe á fhreagairt.

Dubhairt sé annsan is é ag osnghail agus ag crothadh a chinn :

"Foidhne! Bead sásta leis an molt a dh'ithe fuarbhruithte anocht, ach an chéad uair eile, is mairg don té go dtuitfidh an crann air."

Nuair a thuigeadar na babaliac go raibh maithte dhó do chuadar do sgiúird reatha ar an árdán, agus taréis na soillse agus na lampaí a lasadh, mar is gnáth a dhéanamh nuair a bhíonn sgléip is ragairne ar siubhal, do chromadar ar rinnce agus ar dhamhas. Nuair bhí an lá taréis gealadh ní raibh deire leis an rinnce fós.

XII

Tugann Alpaire na Gríosaighe chúig bhuinn óir do Phinocchio, chun go mbeireadh sé chun a athar Geppetto iad ; agus i n-ionad san a dhéanamh leigeann Pinocchio don chat agus don Sionnach púicín a chur air agus imthigheann sé i n-aon-fheacht leo.

MAIDEAN lárnabháireach a bhí chughainn, do ghlaoidh Alpaire na Gríosaighe Pinocchio i leathtaoibh agus d'fhiafruigh de :

" Cad é an ainm atá ar t'athair ? "

" Geppetto," arsa Pinocchio.

" Cad í an cheárd atá aige ? " arsa Alpaire na Gríosaighe.

" É bheith le déirc," arsa Pinocchio.

" An bhfaghann sé mórán ? " arsa Alpaire na Gríosaighe.

" Gheibheann sé an oiread san is ná bíonn fiú cianóige 'na phóca choidhche aige. Cá beag dhuit gurbh éigean dó an chasóg a bhí ar a dhrom aige a dhíol chun Aibghidir a cheannach dómh-sa. Bhí an chasóg lán de phreabánaibh agus í deisithe chómh minic san gur dheallrach le goin galláin í," arsa Pinocchio.

" An t-aindiseoir bocht ! Tá truagh im chroidhe agam do," arsa Alpaire na Gríosaighe. " Féach, sin chúig bhuinn óir duit. Imthigh láithreach is beir chuige iad, agus tabhair mo bheannacht go hiomlán dó, agus ar choimirce Dé go raibh sé."

Ní miste a rádh ná gur ghaibh Pinocchio míle buidheachas le fear na mbabliac. Rug sé barróg 'na gceann is 'na gceann ar gach uile bhabliac den Chualacht is níor dhearmhad sé na fir armtha.

Siúd chun bóthair é agus é ag imtheacht as a chroiceann geall leis le háthas, chun filleadh abhaile.

Ach ní raibh an tríomhadh cuid de mhíle slighe curtha dhe aige, nuair a casadh air, ar an mbóthar, Sionnach go raibh cos bhacach aige agus Cat a bhí chómh dall le cloich, agus iad ag siubhal rómpa, is ag tabhairt cabhair is congnamh dá chéile mar

" Cionnus a thárla go bhfuil fios m'ainme agat ? "

a dhéanfadh beirt deaghchroidheach go mbeadh an mí-adh taréis iad araon a bhualadh. Bhí coiscéim bhacaighe sa tSionnach, is nuair a bhíodh sé ag siubhal do bhíodh an Cat mar theannta aige. Bhí an Cat caoch is do dheineadh an Sionnach eolas na slighe dhó.

" Dia is Muire dhuit, a Phinocchio," arsan Sionnach ag beannú go séimh cneasta dhó.

" Cionnus a thárla go bhfuil fios m'ainme agat ? " arsa Pinocchio.

" Tá aithne mhaith agam ar t'athair," arsan Sionnach.

" Cá bhfeacaís é ? " arsa Pinocchio.

"Chonnac indé é agus é 'na sheasamh ag dorus a thighe féin," arsan Sionnach.

"Cad a bhí aige á dhéanamh?" arsa Pinocchio.

"Bhí sé 'na léine agus 'na bhríste agus é ag crith leis an bhfuacht," arsan Sionnach.

"Mo thruagh m'athair bocht! Ach le congnamh Dé ní bheidh sé ag crith leis an bhfuacht feasta," arsa Pinocchio.

"Agus cad 'na thaobh ná beadh?" arsan Sionnach.

"Mar ráinigheann dómh-sa bheith im dhuine-uasal anois, féachfad 'na dhiaidh," arsa Pinocchio.

"Tusa id dhuine-uasal!" arsan Sionnach ag athnasg air. "Cé chreidfeadh tú?" ar seisean agus é ag drannaireacht gháiridhe. Do gháir an Cat leis ach do chrom sí ar bheith ag cíoradh a cuid féasóige le n-a laipíní i dtreo is ná tabharfaí fé ndeara í ag gáiridhe.

"Is beag an rud a bhaineann gáire asaibh," arsa Pinocchio go laisceanta. "Ní maith liom-sa go dtiocfadh formad orraibh liom, ach taisbeánfad rud díbh a chuirfidh uisge le nbhúr bhfiacla, féach-aidh! chúig bhuinn áilne óir—má tá aon tuisgint agaibh ionnta?"

Agus do tharraing sé amach na chúig bhuinn a bhí fachta aige ó Alpaire na Gríosaighe.

Do phreab croidhe an tSionnaigh le háthas nuair a chualaidh sé fuaim bhinn na mbonn, is do shín an chos úd, a bhí crapaithe mar 'dheadh, uaidh amach i gan fhios dó. Tháinig dá chnapshúil, gur dheallrach le dhá lanntaer ghlas uaithne iad, don Chat; ach do dhún sé chómh hobann san iad nár thug Pinocchio fé ndeara é.

"Anois," arsan Sionnach "cad é an tairbhe a bhainfir as an airgead san?"

"Ar an gcéad dul síos," arsa Pinocchio á fhreagairt, "ceannóchad casóg bhreágh nua dom athair, casóg ná beidh innti ar fad ach ór is airgead,

agus cnaipí solusmhara néamhainne iseadh bheidh
innti. Ceannóchad chómh maith Aibghidir dom féin."
" Aibghidir a cheannach duit féin an eadh ? "
arsan Sionnach.
" Gan dabht san ! " arsa Pinocchio. " Oireann
dom dul ar sgoil. Is beag an tairbhe aoinne sa
tsaoghal so gan beagán scolaidheachta air."

" Féach an
crot atá orm-sa,"
arsan Sionnach.
" Sin cos caillte
agam toisg é
bheith de dhíth-
céille orm fonn
f o g h l u m a a
bheith orm ? "
" Agus féach
orm-sa," arsan
Cat, " tá radharc
mo shúl caillte
agam toisg ain-
mhian bheith am
ghriogadh chun
foghluma."
Le n-a linn sin
do labhair an
Londubh bán ó chraoibh ar fhál ar thaobh an
bhóthair agus dubhairt :

Rug sé ar chéas cinn air, is
d'alp sí idir futh fath é . . .

" A Phinocchio, a chuid, ná tabhair aon chluas
do chainnt ná do chómhairle drochchómhluadair.
Má thugann tú beidh 'na chathú ort ! "

Ba mhaith an bhail ar an Londubh bocht dá
gcoimeádadh sé a chómhairle aige féin ! Siúd an
Cat de léim fé n-a dhéin. Rug sí ar chéas cinn air,
is d'alp sí idir futh fath é, sar a raibh uain aige
gíocs ná míocs a chur as.

Annsan taréis a béal a ghlanadh dhún sí a súile is
leig sí uirthi bheith 'na dall arís.

" An Londubh bocht ! Cad 'na thaobh duit an drochíde sin a thabhairt air ? " arsa Pinocchio leis an gCat.

" Chun ciall a mhúineadh dhó ! " arsan cat.

" Tuigfidh sé an chéad uair eile, gur fearra dhó gan a cheann a sháthadh i ngnó ná baineann leis," is do bhagair sí a súil i gan fhios ar an Sionnach.

Bhí níos mó ná leath na slighe curtha dhíobh acu nuair a stad an Sionnach go hobann agus dubhairt le Pinocchio :

" Ar mhaith leat breis a chur ar do chuid airgid ? "

" Ba mhaith ar ndóin ! ach cionnus a tiocfaí ar é dhéanamh ? " arsa Pinocchio.

" Ar mhaith leat céad, míle, ní headh ach dhá mhíle bonn óir a dhéanamh ded chúig bhuinn shuaracha ? " arsan Sionnach.

" B'é b'fhearr ná a chéile ach cionnus a gheobh-thaí é dhéanamh ? " arsa Pinocchio.

" Ar shlighe ana-shaoráideach," arsan Sionnach. " I n-ionad filleadh abhaile dhuit, b'é do bhuac teacht i n-aonfheacht linn-ne."

" Agus cá raghaimís, dá dtéighinn libh ? " arsa Pinocchio.

" Go dúthaigh na gCeanncait," arsan Sionnach.

Dhein Pinocchio machtnamh ar feadh sgaithimhín agus annsan dubhairt go daingean :

" Ní raghad le nbhúr gcois i n-ao' chor. Táim i ngar don bhaile anois, agus tá m'athair ag feitheamh liom. Ní fios d'aoinne an mó osna a chuir an sean-duine bocht as indé, nuair ná feacaidh sé ag teacht abhaile mé. Agus go deimhin, agus go ródheimhin is rí-olc an mac aige mise. Bhí an ceart ag Píobaire an Teallaigh nuair adubhairt sé : ' Ní féidir rath ná séan a bheith choidhche sa tsaoghal so ar ghar-súnaibh ná gabhann cómhairle.' Tá ciall cheannaigh fachta cheana féin agam, mar is mó bárthan atá taréis mé ghabháil. Um thráthnóna indé féin bhíos i gconntabhairt mh'anama i dtigh Alpaire na

Gríosaighe . . . Brrr! Cuireann fiú amháin a chuimhne fionnaitheacht orm."

"Dheallróchadh an sgéal mar sin," arsan Sionnach, "go bhfuilir ceapaithe ar dhul abhaile? Imthigh i n-ainm Dé, is tusa bheidh siar leis!"

"Tusa bheidh siar leis," arsan Cat ag deimhniú an sgéil.

"Dein machtnamh maith ar an sgéal, a Phinocchio, mar tá druim láimhe agat á thabhairt le séan agus le sonas," arsan Sionnach.

"Le séan agus le sonas," arsan Cat.

"Bheadh dhá mhíle bonn óir déanta ded chúig cinn-se as so go dtí amáireach," arsan Sionnach.

"Dhá mhíle, a' dtuigeann tú!" arsan Cat.

"Ach cionnus fhéadfadh an bhreis sin a theacht ortha i n-ao' chor?" arsa Pinocchio agus é 'na stalca le hiongnadh.

"Míneochad-sa láithreach duit cionnus a déanfar é," arsan Sionnach. "Tuig go bhfuil machaire beannuithe ar a nglaodhtar Machaire na Míorbhailtí, i dTuath na gCeanncait. Níl agat ach poll beag a dhéanamh sa mhachaire sin. Cuir isteach sa pholl san, abraimís, bonn óir. Annsan clúduigh an poll arís le beagán cré. Dein dá shoitheach d'fhíor-uisge a chrothadh air. Croith gráinnín salainn anuas air annsan. Téir' a chodladh istoidhche, is codail go sámh duit féin. Sgéithfidh an bonn i rith na hoidhche, agus tiocfaidh brat bláthanna air. Maidean lárnabháireach taréis éirithe dhuit, éirigh go dtí an machaire is beidh iongnadh saoghail rómhat ann! Beidh crann áluinn fé thromualach de bhonnaibh óir rómhat ann, is iad chómh hiomadamhail le gráinní ar dhéis i mí an Iúil."

"Annsan cuir i gcás," arsa Pinocchio, agus an mearbhall ag méadú i gcómhnaidhe air, "go gcuirfinn i bhfolach sa mhachaire sin mo chúig cinn de bhonnaibh, an mó bonn a gheobhainn?"

"Drochsgoláire ná déanfadh é sin a áireamh," arsan Sionnach á fhreagairt, "dhéanfadh duine an t-áireamh san ar a mhéireannaibh. Fág go mbeadh chúig céad bonn ar gach crann, méaduigh fé chúig an cúig céad, is beidh dhá mhíle agus chúig céad bonn, chómh greannta is dá dtagaidís as ceárd-chain an Rí amach."

"Ó, nárbh áluinn go léir an rud san!" arsa Pinocchio agus é ag rinnce le háthas. "Nuair a bheidh na buinn bailithe agam coimeádfad féin dhá mhíle acu, is bronnfad an chúig céad eile orraibh-se araon."

"Iad a bhronnadh orrainn-ne! Nár leigidh Dia go mbeadh sé mar asmhuchán le casadh le n-ár gcloinn gur dheineamair beart chómh spriúnlaithe is iad a ghlacadh?" arsan Sionnach.

"Nár leigidh Dia go nglacfaimís cianóg uait!" arsan Cat.

"Ba lag linn-ne bheith ag obair ar son toice díombuan an tsaoghail. Ní hé sin an fáth go mbímíd-ne ag obair! Ní hé sin! ach chun saidh-bhris a dhéanamh do dhaoine eile."

"Do dhaoine eile," arsan Cat.

"A bhuidhe le Dia mé theangmháil leo!" arsa Pinocchio. Chuir glionndar an tsaidhbhris a bhí geallta dhó, cuimhne a athar, cuimhne na casóige nua, cuimhne na haibghidire agus deaghnithe eile glan amach as a cheann, agus dubhairt leis an Sionnach agus leis an gCat:

"Téanaidh i n-ainm Dé. Raghad-sa libh."

XIII

Ósta na Piardóige Ruaidhe.

BHÍODAR ag siubhal rómpa gur shroiseadar, sa deire, le tuitimín na hoidhche, Ósta na Piardóige Ruaidhe. Agus is iad a bhí go tuirseach tréith.

"Fanaimís annso, ar feadh scaithimhín," arsan Sionnach, "go n-itheam greim bídh, is go gcuiream ár gcuid tuirse dhínn. Annsan beam ar siubhal arís ar uair an mheánoidhche chun bheith i Machaire na Míorbhailtí, nuair a bheidh an lá ag gealadh."

Taréis dul isteach sa tigh-ósta dhóibh, do shuidheadar a dtriúr chun búird. Ach má shuidheadar ní raibh an goile ró-mhór ag aoinne acu.

Níor fhéad an Cat a dh'ithe, le calcadh goile, ach chúig cinn déag ar fhicid de bhléitheacha agus annlan tomáta ortha, agus cheithre riar de thríopas maraon le cáise Pharma. Chuir sí fios trí huaire i ndiaidh a chéile ar im agus ar cháis sgríobhta mar mheas sí ná raibh a cheart leasuithe ar an dtríopas.

Bheadh an Sionnach sásta le ruainne beag éigin a bhlaiseadh. Do thárla go raibh órdú fachta ag an Sionnach ón liaigh cóir ceart bhídh a chur air féin, is b'éigean dó dá dheasgaibh sin bheith sásta le páinteach de ghirrfhiadh bheathuithe agus barróga de shicíní reamhra méithe, agus coiligh óga bheith mar annlann le n-a gcois sin aige. Taréis an girrfhiadh bheith ithte aige d'órduigh sé mar neartú ar a ghoile mias d'fheoil mhion bhruithte 'na mbeadh pitriscí, druidí, coiníní, froganna, airc luachra, agus úbhla breághtha, measgaithe ar a chéile. Thairis sin ní raghadh sé. Dubhairt sé go

raibh an oiread san fuatha aige don bhiadh ná
féadfadh sé greim eile a bhlaiseadh.
B'é Pinocchio an té chaith an chuid ba lúgha.
D'iarr sé smut de chnó agus cannta beag aráin.
Níor bhain sé le haoinní dá raibh sa mhéis. Bhí
salachar goile ag an mbuachaill mbocht ó bheith

B'é Pinocchio an té chaith an chuid ba lugha.

ag machtnamh go dlúth, is de shíor ar Mhachaire
na Míorbhailtí. Bhí na buinn óir ná raibh fachta
fós aige ag dul i n-ionad a bhídh dó.
Nuair a bhí béile na hoidhche caithte acu, dubh-
airt an Sionnach leis an óstóir : " Bíodh dhá sheomra
mhaithe ullamh agat dúinn—ceann acu do Phin-
occhio, agus an ceann eile dom chompánach agus
dómh-sa. Codlócham greas beag, sar a mbeam
chun bóthair. Ná dein dearmhad ar sinn a dhúis-
eacht ar a dó dhéag i dtreo is go mbeam ag ceann ár
riain i n-am, mar tá turas fada rómhainn."
" Ná bíodh aon eagla orraibh, a dhaoine-uaisle,

ná go nglaodhfar i n-am orraibh," arsan t-óstóir, is do bhagair sé a shúil ar an gCat agus ar an Sionnach chun a chur i n-úil dóibh go dtuigeann fear léighinn leath-fhocal.

Ní túisge bhí Pinocchio istigh sa leabaidh ná thuit sé dá chodladh is thosnuigh sé ar bheith ag taidhreamh. Ag taidhreamh dó, do samhluigheadh dó go raibh sé i lár mhachaire a bhí lán de sgairt-eacha is go raibh trom-ualach de thriopallaibh ar gach sgairt aca san is gur bhuinn óir gach uile triopall acu. Bhí na triopaill á suathadh agus glór aca á dhéanamh i dtreo is gur dhóigh leat gurbh é an rud a bheadh ar siubhal acu ná " An té go dteastuighimíd uaidh, tagadh sé annso agus tógadh sé sinn." Nuair a chonnaic Pinocchio an radharc san, bhí sé ag imtheacht as a chroiceann le háthas mar thuig sé go raibh geallamhaintí an tSionnaigh le cóimhlíonadh. Ach le linn na mbonn a ghlacadh idir a ladhracha do dhúisigh an dorus á bhualadh fé thrí é.

B'é an t-óstóir a bhí tagaithe chun an doruis chun a rádh leis go raibh an dá bhuille dhéag buailte.

" An bhfuil an mhuinntir eile atá im chualuadar ullamh ? " arsa Pinocchio.

" Táid agus seanullamh ! Táid siad imthithe le dhá uair a chluig," arsan t-óstóir.

" Agus cad chuige dhóibh an deithneas go léir ? " arsa Pinocchio.

" Mar do fuair an cat sgéala go raibh an piscín is sine aici breoidhte, go raibh fuachtáin ar a chosaibh agus go raibh sé i mbaoghal bháis," arsan t-óstóir.

" Agus ar dhíoladar a béile na hoidhche ? " arsa Pinocchio.

" Dhíoladar amás ! Daoine deaghbhéasacha iad san agus ní chuimhneochaidís ar mhasla den tsaghas san a thabhairt do dhuine-uasal mar thusa," arsan t-óstóir.

" Mar is peacach le Dia mé," arsa Pinocchio agus

é ag sgrabhadh a chinn, " go gcuirfeadh an masla san an-áthas orm. Agus," arsa Pinocchio annsan, " cá ndubhradar na cáirde maithe san leat go mbeidís ag feitheamh liom ? "

" Ag Machaire na Míorbhailtí ar maidin amáireach le breacadh an lae," arsan t-óstóir.

B'é an t-óstóir a bhí tagaithe chun a rádh leis go raibh an dá bhuille dhéag buailte.

Do dhíol Pinocchio bonn óir aca as an mbéile a d'ith sé féin, agus a béile na beirte eile a bhí 'na chuideachtain ; agus bhuail sé bóthar annsan.

Bhí an oidhche 'na sméaramhán le linn dó gluaiseacht. Bhí sé chómh dorcha san ná feicfeá do lámh agus í sínte amach uait agat. Bhí sé chómh ciúin sin ná haireófá duilleabhar ag corruighe i n-aon bhall id chómhgar. Ní raibh ag corruighe ach roinnt mionéan a bhíonn amuich istoidhche. Do bhuailidís Pinocchio ar bhior a chuingcín le n-a sgiatháin is iad ag gabháil treasna an bhóthair ag dul ó fhál go fál. Nuair a buailtí Pinocchio ar an gcuma san do léimeadh sé i ndiaidh a chúil, agus deireadh go hárd : " Cé tá annsan ? "

D'fhreagradh na cnuic a bhfad ó bhaile an macalla a bhíodh ag na cnuic sa chómharsanacht, agus adeiridís : " Cé atá annsan ? Cé atá annsan ? Cé atá annsan ? "

Le n-a linn sin, agus é ag cur a bhóthair de, do chonnaic sé feithide ana-bheag ar fad go raibh soluisín liathbhán dlúthdhorcha aici á thabhairt uait. Ba dheallrach le caochóigín soluis istigh i dtreillseán í.

" Cé hé tú ? " arsa Pinocchio léi.

" Mise samhailt Phíobaire an Teallaigh," arsan fheithide bheag á freagairt, de ghlóirín chómh lag-bhríoch san gur dhóigh leat gurbh as an saoghal eile a tháinig sé.

" Cad a bheir annsan tú ? " arsan babliac.

" Chun cómhairle a thabhairt duit. Fill thar n-ais abhaile, is beir leat chun t' athar bhoicht na buinn óir atá fanta it sheilbh. Tá sé ag gol is ag caoi nuair ná feiceann sé thú," arsa Samhailt Phíobaire an Teallaigh.

" Beidh m'athair 'na dhuine-uasal amáireach mar déanfar dhá mhíle bonn de na cheithre cinn seo," arsa Pinocchio.

" Ná tabhair aon iontaoibh, a mhaicín, leis an té gheallfadh duit tú dhéanamh saidhbhir idir maidean agus teacht oidhche. Sgeilfidí buile, nó cladhairí fill iseadh a leithéidí de ghnáth. Glac mo chómhairle agus fill thar n-ais duit féin," arsa Samhailt Phíobaire an Teallaigh.

" Ní hé oireann dom a dhéanamh ach mo chómhairle féin," arsa Pinocchio.

" Tá sé déannach san oidhche ! " arsa Samhailt Phíobaire an Teallaigh.

" Má tá féin, beatha dhuine a thoil," arsa Pinocchio.

" Tá an oidhche árd dhorcha ! " arsa Samhailt Phíobaire an Teallaigh.

" Má tá ní mheádhann san brobh," arsa Pinocchio.

" Tá an tslighe ana-chonntabharthach," arsa Samhailt Phíobaire an Teallaigh.

" Ní haon chabhair bheith liom, is í mo thoil féin a dhéanfad," arsa Pinocchio.

" Cuimhnigh ar an méid seo, go mbeidh 'na chathú, luath nó mall, ar na garsúin a dheineann a dtoil féin, is go n-oireann dóibh a slighe féin a bheith acu. Ná bí díchoisgithe," arsa Samhailt Phíobaire an Teallaigh. " Go n-éirighidh an oidhche leat, a Phinocchio, is go ndeinidh Dia díon duit is go saoraidh Sé thú ar chladhairí fill," arsa Samhailt Phíobaire an Teallaigh.

Chómh luath is do bhí an focal deireannach so ráidhte ag Samhailt Phíobaire an Teallaigh, do chuaidh an solus i n-éag is do fágadh Pinocchio ag ganncghail sa doircheacht.

XIV

Deineann Pinocchio a chómhairle féin. Castar lucht dúnmharbhaithe air.

"GO deimhin is go dearbhtha," arsa Pinocchio leis féin is é ag gluaiseacht chun bóthair arís, "is mór an truagh ár leithéidí de gharsúin. Bítear ag bruigheann is ag gleo linn. Bítear i bhfeirg is i n-earraid linn. Bítear ár gcómhairliú is ár dteagasg. Bíonn milleán is míghreann orrainn. Tá an saoghal mór ar ár dtí. Dá n-éisttí leo ba ró-ghairid go raghadh sé 'na luighe lom ortha gurbh iad ár n-aithreacha agus ár máistrí iad ; gurbh iad ár n-oidí agus ár mbuimí iad. An uile dhuine riamh acu, fiú amháin Píobaire gránna an Teallaigh. De bhrí ná héisteochainn le n-a chuid cainnte ní fios, do réir a chainnte sin, cad iad na tubaistí a imtheochadh orm, ná cá mbuailfeadh an droch-theangmháluidhe umam ! Ní chreidimse, is ní chreidfead go bhfuil aon chonntabhairt sa sgéal. Im thuairim-se níl aon lucht dúnmharbhtha ann. Níl ionnta ach ' chughat-an-púca ' ag aithreacha chun eagla chur ar gharsúin go mbíonn fonn siubhlóid oidhche ortha. Agus dá mbuailidís umam, féin, ar an mbóthar, an éireochadh leo mé chluicheadh ? Ní éireochadh ! Dhéanfainn ortha isteach is déarfainn leo go neambalbh is go dána : "A shloigisg an fhill b'fhearra dhíbh bhúr suaimhneas a cheapadh ! Ní haon dóichín mise agaibh. Sgriosaidh as mo radharc go diair, nó is díbh is measa." Nuair a déarfaí an méid sin cainnte leo, de lom dáiríribh, an amhlaidh ná baileochaidís leo ? Bhaileochaidís, agus is é mo thuairim láidir ná beadh aon fhonn ortha filleadh dá ráinigheadh go mbeidís chómh stuacach san is ná glacfaidís mo chómhairle, ghlacfainn féin í, is d'fhágfainn an gleann is a bhfuil ann aca."

Do lean sé air ag cainnt leis féin ar an gcuma san, ach níor ráinig leis an méid a bhí ar a aigne aige a chríochnú mar do shaoil sé gur airigh sé mar a bheadh seortha beag ag luasgadh is ag suathadh na nduilleabhar.

D'fhéach sé 'na thimcheall féachaint cad a bheadh ann. Chonnaic sé dhá sgáil bheaga dhubha is iad foilithe ó sháil rinn i ndá mhála i gcomhair guail is iad ar geamhshodar 'na dhiaidh.

... mhothuigh sé greim dúid á bhreith ar láimh air. ...

"Is iad atá ann go dearbhtha!" arsa Pinocchio i n' aigne féin, is ní fheadair sé ar thalamh an domhain cá mb'fhearra dhó na buinn óir a cur i bhfolach. Ní raibh áit ab áisighe aige ná iad a chur 'na bhéal.

Thug sé iarracht ar theicheadh uatha, ach sar ar fhéad sé cor a chur dá bhuaraigh mhothuigh sé greim dúid á bhreith ar láimh air, is chualaidh sé dhá ghlóir ghránna bhodhraighe á rádh leis:

"Cuir amach an sparán nó beidh t'anam againn."

Toisg an airgid a bheith 'na bhéal ag Pinocchio níor fhéad sé aon fhreagradh a thabhairt ortha.

Nuair a fuair sé amharc maith ar bheirt na málaí níor fhéad sé ach a súile a fheisgint tré sna puill, is thuig sé láithreach cionnus mar a bhí an sgéal aige. Chrom sé ar bheith ag déanamh cómharthaí sóirt le n-a cheann agus le n-a lámha, is é ag iarraidh a chur i n-úil dóibh ná raibh ann féin ach babliac is ná raibh fiú cianóg bhearrtha 'na phóca aige.

"Seadh! seadh, cuir uait an chamastghail, is amach leis an airgead," arsan dá bhitheamhnach go garg is go bagarthach. Dhein an babliac na cómharthaí céadna fé mar a déarfadh sé : "Níl sé agam."

"Tabhair uait an t-airgead nó tá an bás i n-áirithe dhuit," arsan dúnmharbhthóir ab aoirde acu.

"An bás," arsan tarna namhaid.

"Agus nuair a bheir-se as an slighe, cuirfeam t'athair, leis, chun báis," arsan dúnmharbhthóir ab aoirde.

"Cuirfeam t'athair, leis, chun báis," arsan dúnmharbhthóir ba lugha.

"Ó ná cuiridh! ná cuiridh! ná cuiridh m'athair bocht chun báis. Ó, faire fúibh, ná cuiridh!" arsa Pinocchio go truaigh-mhéileach. Le linn an méid sin a rádh, bhí na buinn óir ag glórghail 'na bhéal.

"Ariú! a chuirbthigh! An fét' theangain atá an t-airgead foilithe agat? Amach leis d'urchar!" arsan dúnmharbhthóir mór. Ach níor bhog Pinocchio, mar is amhlaidh a dhlúthuigh sé a fhiacla is a bheola ar a chéile.

"Cuir uait an chleasaidheacht nó gheobham-na slighe chun fonn aisig a chur ort," arsan dúnmharbhthóir céadna. Agus fuaradar. Rug duine acu greim dúid ar bhior chuingcín air, agus rug an fear eile greim ar smeigín air, is chromadar ar bheith á stracadh go láidir is go neamhathtruaghach ó n-a chéile—duine acu mar seo agus duine acu mar siúd—chun a chur d'fhiachaibh air a bhéal a osgailt. Ach ba shaothar i n-aisge acu é. Ba dhóigh leat gurbh amhlaidh a bhí clár béil an bhabliac táirneálta ar a chéile agus na tairngí barrtha.

Do tharraing an dúnmharbhthóir ba lugha acu

sgian sgothghéar ghránna chuige is thug sé iarracht ar í ropadh isteach 'na bhéal idir na fiacla. Ba mhaith an mhaise ag Pinocchio é. Rug sé greim fiacal air, is do bhain sé an lámh de den iarracht san. Ba dhóbair go leathfadh a radharc air nuair a chonnaic sé nach láimhín daonna a bhí bainte anuas aige ach croibhín cait.

Chuir an buadh a fuair sé sa chéad bhabhta breis misnigh air, is sgar sé é féin a crúcaí na ndúnmharbhthóirí, is taréis fál an bhóthair a chur de léim de, do theich sé leis féin tré na páirceanna, is bhí na dúnmharbhthóirí chómh dian ar a thóir is bheadh dá choin i ndiaidh ghirrfhéidh. Bhí an ceann acu a chaill an croibhín ar leath-chois, is b'iongnadh saoghail nár ghoill easnamh na coise air.

Taréis stáir reatha chúig mhíle dhéag a chur de, bhí Pinocchio tabhartha tnáithte, is ní raibh ann dul níos sia. Nuair a thuig sé go raibh sé i gcuan a mharbhtha siúd ag dreapadóireacht anáirde ar chrann árd giúmhaise é, is shuidh sé dhó féin ar an ngéig ab uachtaraighe.

Cheap an namhaid é leanamhaint, is nuair a bhíodar leath na slighe suas do baineadh turraic uathbhásach asta, is do síneadh fiar fleasgán ar an dtalamh iad.

Ach níor bhain san aon bheárna asta. Nuair a theip san iarracht san ortha, b'é rud a dheineadar ná beart de bhrosna thirim a bhailiú thímcheall bun an chrainn agus teine a chur ann. Ghaibh an crann an teine, is níorbh fhada go raibh idir bhrosna agus crann i n-aon chaorghail amháin. Bhíodar ag dóghadh mar a bheadh fraoch go gcuirfí aithinne ann lá tirm gaothmhar sa Mheitheamh. Nuair a thuig Pinocchio go mbeadh dálta na ngréisgiollach sa bhfraoch air féin dá bhfanadh sé mar a bhí aige puinn faid eile, thug sé léim chroidheamhail de bharra an chrainn, is as go bráth leis treasna na machairí is na bhfíonghort, is na dúnmharbhthóirí gan sos gan staonadh ar a thóir. Bhíodar ar an ruaig sin le linn an lae bheith ag soillsiú. Le n-a linn sin thug Pinocchio fé ndeara díg leathan dhoimhin, lán go bruach d'uisge bhréan mhodartha roimis sa tslighe. Cad a bhí le déanamh aige ? " A haon, a dó, a trí," ar seisean leis féin. D'éirigh sé fé mar éireochadh an fiadh, is thúirling sé ar an dtaobh thall, gan basgadh gan leonadh. Ba mhaith an mhaise ag an mbeirt eile é. Do léimeadar san as a gcorp, leis, ach má seadh, níor éirigh leo dul thar leath slighe anonn mar níor thugadar uain dóibh féin chun leithead na habhann a bhreithniú sar ar thugadar an léim. Nuair a chualaidh Pinocchio an phléasg agus an lapadghail san uisge, phreab a chroidhe le háthas, ach ní raibh d'uain aige " Nára slán éirithe dhíbh," a rádh nuair a bhíodar ar an bport. Bhíodar 'na lipíní báidhte, agus cé go rabhadar lán de dhraoib agus an t-uisge ag sileadh go tiugh as na truithinisí éadaigh a bhí úmpa níor luigheaduigh san an fuadar a bhí fútha i ndiaidh Phinocchio.

XV

Leanaid na dúnmharbhthóirí Pinocchio go mbeirid air. Crochaid a géig den Dair Mhóir é.

NUAIR a chonnaic Pinocchio na dúnmharbh-thóirí ar an bport ba bheag nár thuit an t-anam as. Bhí sé chun é féin a chaith-eamh suas ortha agus trócaire d'iarraidh, nuair a chonnaic sé, istigh i meall glas uaithne de chrannaibh, tigh ar dhath an tsneachtaidh. Chuir san meisneach air, agus dubhairt sé leis féin, " Dá seasuigheadh an anál dom go sroisfinn an tigh úd, b'fhéidir go dtiocfainn saor as an nguais seo."

D'fháisg sé chun reatha arís, ach má dhein, bhí na dúnmharbhthóirí ar greadadh 'na dhiaidh.

Taréis bheith ag rith i dtánaiste an anama ar feadh dhá uair a chluig, bhí duadh agus gearr-análaighe air nuair a shrois sé dorus an tighe bháin

Rug sé ar an mbas-chrann is bhuail sé go héad-trom réidh. Má bhuail ní fheacaidh sé, ná níor airigh sé aoinne ag corruighe. Cheap sé go mb' fhéidir nár airigheadh é. Bhuail sé roinnt de bhuillí daingeana cruadha ar an mbas-chrann, agus an fhaid a bhí sé ag feitheamh le freagra, d'airigh sé an fothrom agus an duadhanálaighe chuige. Ba dhóbair dó tuitim i gceann a chos le sgannradh. Rug sé ar lurapóig de chloich gréine agus do steall le n-a lán neart i gcoinnibh an doruis í. Do hairigheadh míle ó bhaile an siansach a baineadh as an ndorus. Le n-a linn sin tháinig chun na fuinneoige Leanbh áluinn ; gruaig ghorm uirthi, aghaidh bhán uirthi mar a bheadh ar íomháigh céarach, a súile dúnta agus a lámha crosta ar a hucht aici ; agus gan a béal a bhogadh dubhairt de

ghlóirín neamh-shaoghalta " Níl aoinne 'na chómh-
naidhe sa tigh seo. Táid uile marbh."

" Ar son Dé mar sin osgail féin dom," arsa
Pinocchio.

" Táim-se leis marbh. Nílim ach ag feitheamh
go mbéarfar sa
chróchar mé is
g o n-adhlacfar
mé." Leis sin
do dhún sí an
fhuinneog gan
a bheag ná a
mhór d'fhoth-
rom a dhéan-
amh."

" A leinbhín
n a g r u a i g e
goirme," arsa
Pinocchio g o
hárd, " dein
daonnacht i s
osgail dom !
Bíodh truagh
agat do gharsún
b h o c h t g o
bhfuildún-
m h a r b h-
thóirí ar a
thóir. . . ."

Chrochadar a' géig den Dair Mhóir é.

" Níor ráinig leis an focal a chríochnú mar rugadh greim docht ar ubhall sgórnaighe air, is dubhairt an dá ghlór bhodhraighe ghránna úd, is iad ag dranntú chuige go nimhneach is go bagarthach— " Ní éalóchair uainn an turas so."

Nuair ba léir do Phinocchio go raibh an bás i ndán dó, tháinig crith cos agus lámh chómh mór san air go raibh ailt a chos adhmaid agus na ceithre píosaí óir a bhí foilithe fé n-a theangain ag déanamh díosgáin agus gliogair.

" Anois má seadh," arsa na dúnmharbhthóirí, " an osglóchair do bhéal ? Abair an ndéanfair nó ná déanfair. Ariú ! an amhlaidh ná hoireann duit labhairt ! Comáin leat, dein do thoil ! ach bíodh geall go gcuirfam-ne d'fhiachaibh ort é osgailt den iarracht so."

Rugadar ar dhá sgiain mhóra ghéara agus do sháthadar ann fé dhó iad. Dob' ortha a bhí an iongnadh nuair a deineadh blodhtracha de na lannaibh is nár fhan 'na lámhaibh ach cosa na sgian. D'fhéachadar féin ar a chéile. Ní raibh aon choinne i n-ao' chor acu gur d'adhmad chruaidh a bhí Pinocchio déanta. Ba mhaith an bhail air féin gurbh eadh.

" Tuigim anois," arsa duine acu, " cad a caith-fear a dhéanamh leis. Ní fuláir é chrochadh. Crochaimís é ! "

" Tá an chroch tuillte aige, gan aon agó," arsan tarna duine. Cheangladar a lámha láithreach laistiar dá dhrom. Chuireadar snaidhm riuthaigh sa cheangal a chuireadar ar mhuinéal air. Chroch-adar a' géig den Dair Mhóir é, is bhí cead aige a bheith ag suathadh agus ag luasgadh le gaoith. Ach níor réidhtigh san beart dóibh, mar bhí an t-anam righin. Ní raibh aon deallramh báis ar mo dhuine beag taréis bheith trí huaire a' chluig ar an staid sin. Bhíodar ag feitheamh go neamh-fhoidhneach le n-a bhás, is nuair b'é b'fhada leo go raibh sé ag tabhairt na gcor, dubhradar agus iad ag drannaireacht :

" Slán agat go dtí amáireach. Tá brath againn nuair a thiocfam thar n-ais, go mbeir go mín macántɩ, is go mbeidh do bhéal ar osgailt agat rómhainn."

D'imthigheadar ortha annsan.

Um an dtaca san d'éirigh gaoth fhuinneamhail adtuaidh. Bhí sí ag feadghail is ag cuilitheáil go fuasaoideach. Bhíodh cama-ghaotha láidre agus seorthaí troma a leagfadh cladhthacha agus cruacha móna ag caitheamh agus ag tuargain ar an ruidín bhocht i gcoinnibh an chrainn is ag baint freangaí tinnis as. Bhí an tsnaidhm riuthaigh ag dul i dteinne ó am go ham is ag fásgadh ar an sgórnaigh aige. Tháinig teimheal ar a radharc. Cé gur mhothuigh sé an bás ag druidim leis, bhí sé ag brath go gcasfaí sa treo duine éigin a dhéanfadh fóirthint air. Ach b'shin é an bhraich gan lionn do. Dubhairt sé agus glothar an bháis 'na sgórnaigh :

" A dhaid, a chroidhe 'stigh ! Dá mbeitheá-sa annso ! . . ." Ní raibh ann a thuille a rádh. Dhún a shúile. D'osgail an béal. Thug sé na cuir, agus mar adubhradh leis, bhí sé go mín macánta.

XVI

Thug Leanbh na Gruaige Goirme órdú an babliac a thabhairt chun a' tighe. Chuir sí fios ar thrí liaghaibh féachaint ciacu beo nó marbh do bhí sé.

NUAIR a tháinig Leanbh na gruaige goirme go dtí an fhuinneog an ath-uair ba dheall-raithighe Pinocchio le duine marbh ná le duine beo. Tháinig truagh ag a croidhe don ruidín bhocht nuair a chonnaic sí crochta é agus é ar sileadh annsúd a géig den Dair Mhóir, agus gliogram cos aige á rinnce le ceol fuinneamhail na gaoithe adtuaidh. Bhuail sí a basa ar a chéile fé thrí, is do hairigheadh láithreach bonn baill fothrom sgiathán ag bualadh go diair deitheansach. Ba ghearr gur thúirling Seabhac na Seilge ar lic na fuinneoige agus bhí annsan ag ísliú a ghuib mar chómhartha urrama agus úmhlaidheachta dhi agus dubhairt :

" Cad is toil let Shoillse, a Shidheog cheannsa ? " (mar chun fios fátha gach aon sgéil a bheith agaibh, ní mór a innsint díbh ná raibh i Leanbh na Gruaige Goirme ach Sidheog fíor-mhaith a bhí 'na cómhnaidhe i n-aice na coille úd le breis agus míle blian).

" An bhfeiceann tú an babliac san atá ceangailte agus ar sileadh a géig den Dair Mhóir ? " arsan Sidheog.

" Chím é," arsa Seabhac na Seilge.

" Tá go maith," arsa an tSidheog. " Eiteall leat láithreach agus sgaoil led ghob an tsnaidhm atá á choingeáilt ar crochadh san aer, agus cuir 'na luighe go breágh réidh cneasta ar a dtalamh ag bun na daraighe úd é." D'imthigh Seabhac na

Seilge leis is bhí sé thar n-ais i gcionn dhá neomat agus dubhairt:

" Tá an méid a chuiris de chúram orm déanta."

" Agus cionnus atá an sgéal aige anois ? Ciaca beo nó marbh do ? " arsan tSidheog.

" Le féachaint air ba dhóigh leat ná raibh méam ann, ach tá an dé ann fós, mar, chómh luath is do sgaoileadh an tsnaidhm a bhí ag fásgadh ar sgórnaigh aige, do leig sé osna as,

Ba ghearr gur thúirling Seabhac na Seilge ar lic na fuinneoige. . . .

agus dubhairt agus an anál á bhaint de ' tá feabhas orm anois,' " arsa Seabhac na Seilge.

Annsan do bhuail an tSidheog a basa ar a chéile fé dhó, is do hairigheadh dá bhuille. Do tháinig 'na láthair Madra-uisge breágh mór agus é 'na sheasamh ar a chosa deiridh, agus é ag siubhal mar a bheadh duine.

Bhí éideadh mhaiseamhail ar an Madra-uisge mar a bhíonn ar chóisteóir lá saoire. Bhí hata trí bhfeirc agus ciúmhais de shnáith óir leis, air. Bhí peiribhig bán casta dualach ag tuitim anuas ar a mhuinéal agus ar a ghuailnibh. Bhí casóg chuirp ar dhath na siocaláide air, agus bhí cnaipí solusmhara innti, agus dá phóca innti chun na gcnámh a thugadh bean a' tighe dhó i gcómhair a dhinnéir a chur ionnta. Bhí bríste gearr d'éadach chroidhearg sróill air. Bhí stocaí de shíoda agus bróigíní ísle chluasacha air. Agus laistiar air bhí taisge de shróll ghorm ar dhéanamh clúdaigh an scátháin fearthanna chun a eirball a sháthadh isteach innti nuair a bheadh aimsir fhliuch ann.

. . . agus siúd chun bóthair é chómh héasga le giolla-na-gcon.

" Éirigh go héasga a Mhedóro," arsan tSidheog leis an Madra-uisge, "agus gléas an carbad is áilne atá agam agus gaibh an bóthar chun na coille. Nuair a shroisfir an Dair Mhór gheobhair annsúd rómhat, sínte ar an bhféar glas, babliac bocht agus é i ndeire na preibe. Beir go cneasta air agus socruigh go deas réidh ar thochtannaibh an charbaid é agus tabhair chugham annso é. An dtuigeann tú mé?"

Bhain an Madra-uisge crothadh, trí nó ceathair d'uairibh, as an dtaisge de shíoda bláthmhar a bhí thiar air, chun a chur i n-úil gur thuig; agus siúd chun bóthair é chómh héasga le giolla-na-gcon.

I gcionn beagán aimsire 'na dhiaidh san do chonnacthas ag gabháil amach as an mbannraigh carbaidín ar dhath na spéarach. Bhí cleití na ngealbhan ón gCanáir socruithe ann gan bun cleite amach ná barr cleite isteach agus é líonáilte istigh ann le héadach breágh go raibh dath buidhe saidhbhir air. Ag tarrac an charbaidín sin bhí céad seisreach de luchaigh bhána, is bhí an Madra-uisge 'na shuidhe annsúd sa tsuidheachán is é ag baint chnagadh as an bhfuip thall agus i bhfus ar nós aon ara nuair bhíonn gádh le deithneas.

Ní raibh ceathramha uair a' chluig caithte nuair d'fhill an carbaidín thar n-ais. Bhí an tSidheog ag an ndorus ag feitheamh leis. Thóg sí an babliac chúichi ar a baclainn agus ar a

Thóg an tSídheog an babliac chúichi ar a baclainn. . . .

gualainn is rug sí isteach é i seomra go raibh dath sliogán-néamhainn ar na fallaí. Chuir sí fios láithreach ar na liagha ba mhó clú sa chómharsanacht.

Tháinig na liagha gan ró mhoill 'na nduine agus 'na nduine. B'iad na liagha iad ná an Préachán, an Ceann-cait, agus Píobaire an Teallaigh.

" Ba mhaith liom a fhios a fhagháil uaibh, a uaisle," arsan tSidheog, ag ionntáil anonn ar an dtriúr liagh a bhí i bhfochair a chéile i n-aice leabtha Pinocchio—" badh mhaith liom a fhios d'fhagháil uaibh, a uaisle, ciaca beo nó marbh don bhabliac mhí-ádhmharach so ! ''

Ar chlos na hathchuinghe sin dóibh, b'é an Préachán a ghaibh de láimh an chéad bhreithniú a dhéanamh. Rug sé ar chuislinn ar Phinocchio, is bhreithnigh í. D'fhéach sé a shrón agus luidín a choise annsan. Nuair a bhí an breithniú déanta chun a thoile aige, tháinig sgiatháin do agus dubhairt go solamhanta mar seo:

'' Im thuairim-se, tá an babliac marbh amuich is amach cheana ach má ráinigheann, tré mhí-ádh, ná fuil sé marbh is cómhartha dearbhtha é go bhfuil sé 'na bheathaidh fós.''

'' Is oth liom go mór,'' arsan Ceann-cait, '' mo chara uasal agus mo chómhdhalta a bhréagnú. Tá an babliac 'na bheathaidh fós, im thuairim-se. Ach má' tá go mí-ádhmharach ná fuil sé 'na bheathaidh is cómhartha follus é sin go bhfuil sé marbh.''

'' Cad é do thuairim-se ? '' arsan tSidheog le Píobaire an Teallaigh.

'' Deirim-se,'' arsa Píobaire an Teallaigh, '' gurab é an rud ab fhearr do liagh chiallmhar thuisgionach a dhéanamh, nuair a théigheann rud dá thuisgint, ná a bhéal d' éisteacht. I dtaobh an bhioránaigh seo de bhabliac, ní hindiú ná indé a chuireas aithne air. Tá aithne agam air le tamall.''

Bhí Pinocchio mar a bheadh aon smután adhmaid go dtí san. Ní raibh cor as. Ach nuair a airigh sé an droch-theist seo á thabhairt air, tháinig saghas creathaí 'na bhallaibh beathadh, i dtreo gur luaisg an leabaidh mar a luaisgfí cliabhán.

'' Áirseóir críochnuithe is eadh an babliac san,'' arsa Píobaire an Teallaigh agus é ag cur de is ag cainnt.

D'osgail fear na leabthan a shúile, is do dhún arís láithreach iad. '' Aimhleastóir ceann-dána, díchoisgithe is eadh an Pinocchio céadna. Dob olc an luasgadh i gcliabhán é!" arsa Píobaire an Teallaigh.

Chlúduigh Pinocchio a cheann fé sna braithlíní. "Mac easumhal anshrianta is eadh an babliac san. Níl aon truagh ar an saoghal so ach an t-athair bocht atá ag tuitim leis," arsa Píobaire an Teallaigh.

Ar an neomait san do hairigheadh glór goil is osnghala is an anál á chosg. Nuair a hárduigheadh an t-éadach leabthan agus nuair a chonnacthas gurbh é Pinocchio an té bhí ag gol is ag osnghail, tháinig iongna agus alltacht ar a raibh láithreach.

"Nuair a ghoileann an marbh is cómhartha maith é go dtéarnóchaidh sé," arsan Préachán go solamhanta.

"Is cruaidh an greim orm é, mo chara agus mo chómhdhaltha oirdhearc a bhréagnú, ach níl leigheas air sa chás so. Im thuairim-se, nuair a ghoileann an marbh is cómhartha maith é ná taithneann an bás leis," arsan Ceann-cait.

XVII

Itheann Pinocchio an siúicre, ach ní maith leis an phurgóid d'ól. Ólann sé an phurgóid, ámhthach, nuair a chíonn sé an lucht adhlactha tagaithe chun é bhreith chun siubhail. Mar dhíoghaltas ar an mbréig, téigheann a shrón i bhfaid.

CHÓMH luath is do bhí na trí liagha imthithe amach as an seomra tháinig an tSidheog chun na leabthan is bhuail sí a bas le héadan Phinocchio. Thuig sí láithreach go raibh drochéagcruas air—galar ba bhaoghal do. Do leaghaidh sí púdar éigin bán i leath-ghloine uisge, agus dubhairt go ceanamhail agus í ag síneadh na purgóide chuige :

" Ól é sin, a chuid, as beir leighiste i gcionn beagán laetheanta." D'fhéach Pinocchio ar an ngloine is chuir sé gronnaí beaga 'na bhéal, agus dubhairt mar adéarfadh aon leanbh :

" Ciaca milis nó searbh é ? "

" Tá sí searbh, ach déanfaidh sí maith is sláinte dhuit," arsan tSidheog.

" Má tá sí searbh," arsa Pinocchio, " ní ólfad-sa í."

" Dein rud orm, a chuid, agus ól í," arsan tSidheog.

" Ní thaithneann aon ní searbh liom," arsa Pinocchio.

" Caith siar í, a leinbh, agus nuair a bheidh sí ólta agat tabharfad gráinne siúicre dhuit chun an blas searbh a bhaint as do bhéal," arsan tSidheog.

" Cá bhfuil an siúicre agat ? " arsa Pinocchio.

" Féach sid é annso é," arsan tSidheog, is le n-a linn sin tharraing sí amach árthach siúicre a bhí déanta d'ór. Tabhair dhom an siúicre ar dtúis is nuair a bheidh sé ithte agam ólfad an t-uisgealach searbh san," arsa Pinocchio.

" Má thugaim duit é a' ngeallfair dom go n-ólfair an phurgóid ? " arsan tSidheog.

" Geallfad," arsa Pinocchio.

Fuair sé an siúicre is bhí sí meilte agus sloigithe aige sar a mbeadh sé d'uain agat féachaint thart. Tar éis í bheith ithte aige dubhairt agus é ag lighreac a bhéil :

" Ba mhaith an rud é dá mba shiúicre an phurgóid leis. Dá mb'eadh d'ólfainn go fonnmhar gach aon uair den ló é, agus gach aon lá den bhliain."

" Seadh anois tú. Ól an braon so uaim is geallaim dhuit go dtiocfaidh tairbhe sláinte dhuit as," arsan tSidheog. Thóg Pinocchio an ghloine 'na láimh go hanleisgeamhail. Chuir sé chun a chuingcín í chun í bhalathú. Annsan chuir sé chun a bhéil í ach níor bhlais sé diúir. Chuir sé bior a chuingcín isteach sa ghloine. Tháinig gleabhac agus tormas air agus dubhairt :

" Ní thaithneann sí liom ! Ní fhéadfainn í ól ! Tá sí ró-shearbh."

" Cá bhfios san duit ? Ar ndóin níor bhlaisis i n-ao'chor í," arsan tSidheog.

" Marar bhlaiseas," arsa Pinocchio " aithnighim ar an mbaluithe atá uaithi cad é an saghas í. Ní mór dom gráinne eile siúicre a fhagháil ar dtúis. Socróchaidh sé mo ghoile agus ólfad annsan í."

Bhí foidhne na deagh-mháthar ag an tSidheoig is chuir sí beagán eile siúicre 'na bhéal. Shín sí an phurgóid chuige arís agus dubhairt :

" Beir id láimh ar an ngloine, is caith siar d'urchar a bhfuil ann."

Tharraing Pinocchio leath-sgéal eile chuige annsan. Chrom sé ar phusghail agus dubhairt :

" Ní fhéadfainn í ól,"

"Cad 'na thaobh ? " arsan tSidheog. "Cad tá
ag déanamh buaidheartha anois duit ? "
" Tá an adhairt sin shíos ar mo chosa ag déanamh
ceataighe dhom," arsa Pinocchio.
Do thóg an tSidheog an adhairt, is dubhairt :

. . . tháinig cheithre cinn de choiníní dubha do láthair, agus
cróchar ar a nguailnibh acu.

" Ól anois í, a ghráidhín."
" Ní haon chabhair bheith liom," arsa Pinocchio.
" Ná hiarr orm a thuille é."
" A ' bhfuil aon rud eile ag déanamh guairneáin
duit ? " arsan tSidheog.
" Ní maith liom comhla an tseomra a bheith ar
leathadh," arsa Pinocchio.

D'imthigh an tSidheog uirthi is do dhún sí í.
" Seadh anois ! " arsan tSidheog.

" Is é a bhun beag ar a bharr mór é," arsa Pinocchio, agus chas sé an dá olagón déag, " ná hólfad an t-uisgealach searbh san mar seo ná mar siúd is ní haon tairbhe bheith liom."

" Ach, a bhuachaillín bháin, beidh 'na chathú ort is ní fada go dtí san," arsan tSidheog.

" Tuigim," arsa Pinocchio, " ach is cuma liom."

" Tá éagcruas cinn ort is tá an bás i n-áirithe dhuit i ngiorracht aimsire mara ndeinir mo réir," arsan tSidheog.

" Níl aon phioc eagla agam-sa roimis an mbás " arsa Pinocchio, " B'fhusa liom bás d'fhagháil ná——"

Ar an neomait san do hosgluigheadh dorus an tseomra isteach, tháinig cheithre cinn de choiníní dubha do láthair, agus cróchar ar a nguailnibh acu. Tháinig crith cos agus lámh ar Phinocchio nuair a chonnaic sé iad. Baineadh a leithéid sin de gheit as gur éirigh sé aniar ar a chabhail sa leabaidh. Tar éis a mheabhrach a chruinniú dubhairt sé : " Cad tá bhúr dtabhairt annso isteach ? "

" Táimíd tagaithe chun tusa bhreith chun siubhail," arsan Coinín ba mhó ortha.

" Ná fanfadh sibh go mbeinn marbh ? " arsa Pinocchio, " Nach orraibh atá an deithneas liom ? Nílim-se marbh fós ! "

" Mara bhfuilir ní fada uait," arsan Coinín. " Thógais mar rogha an bhreoidhteacht, is is gearr go mbeidh a thoradh agat. Dhiúltuighis don phurgóid a ól is is gearr go mbeidh an bás agat."

Do bhéic an babliac annsan. Dubhairt sé agus sgeit 'na chroidhe :

" A Shidheog mhaith, comraighe mh'anama ort ! Tabhair chugham láithreach an gloine . . . Ar son Dé agus brostuigh ort, mar dá ghráinneacht í an phurgóid is seacht ngráinne é an bás."

Do thóg sé an gloine go tapaidh 'na dhá láimh, do thaosg a raibh innti i n-aon bholmac amháin. Nuair a chonnaic na coiníní san á dhéanamh, dubhradar : " Tá buaidhte orrainn ! Tá ár gcuaird i n-aistear. Níl leigheas air anois ach bheith cráidhte." Chuireadar an cróchar ar a nguailnibh arís. Bhíodar ag cannrán is ag cnáimhseáil ag imtheacht dóibh.

I gcionn beagán aimsire 'na dhiaidh san do léim Pinocchio amach as a leabaidh is an tsláinte aige chómh maith is bhí sí riamh. Ní miste an méid seo a rádh i dtaobh na mbabliac adhmaid ; go bhfuil sé de bhuadh acu nuair a bhuaileann breóidhteacht iad—is is annamh san—go gcuireann siad an luigheachán díobh go tapaidh. Nuair a chonnaic an tSidheog é agus é ag rith agus ag ranngcás ar fuid an tseomra agus é chómh luaimneach le dreoilín teasbaigh dubhairt sí leis : " Féach anois gur mhaith an rud an phurgóid."

" Is maith agus is dian-mhaith," arsa Pinocchio. " Mara mbeadh í bhíos sladaithe ; is i n-úir a bheinn anois."

" Cad 'na thaobh nár ólais an phurgóid nuair a bhíos ag déanamh tathaint agus á shárú ort ? " arsan tSidheog.

" Ariú ná bí liom ! " arsa Pinocchio. " Ná fuil a fhios ag an saoghal gur fearr le buachaillí i bhfad fulang le breoidhteacht ná purgóidí d'ól. Ní bheidh aon chall feasta le cómhairle a thabhairt dómh-sa, mar cuimhneochad an fhaid mhairfead ar na coiníní dubha úd. Ní sgarfaidh a gcuimhne liom an fhaid is beo mé."

" Gaibh i leith annso chugham," arsan tSidheog " agus innis dom cad é an paor a thóg na dúnmharbhthóirí dhíot, nó cad fé ndeara dhóibh an t-an-chor san a thabhairt ort ? "

" Inneosad san duit," arsa Pinocchio :

" Do thug fear na mbabliac, Alpaire na Gríosaighe, roinnt bonn óir dómh-sa agus dubhairt sé liom iad a bhreith ag triall ar m'athair. Bhíos ag cur an bhóthair díom nuair a casadh an Sionnach agus an Cat orm. Bhí a fhios acu an t-airgead a bheith agam. 'Seadh,' ar siad-san - liom, 'ar mhaith leat do chuid saidhbhris a mhéadú fé mhíle nó dhó? I Machaire na Míor-bhailtí a deintear san. Táimíd-ne ag dul ann agus tá fáilte rómhat má thagann tú linn.' D'éirigh mo chroidhe le háthas nuair adubh-radh an méid sin liom. Ghlacas an cuireadh go fáilteach. Ghluaiseamair le cois a chéile is chuireamar fúinn an oidhche sin i dtigh ósta na Piar-dóige. Tugadh órdú don óstóir glaodhach orrainn ar uair a' mheán-oidhche. Nuair a dhúisigheas-sa bhí an bheirt imthithe. Dubhairt

. . . do tháinig faid mhio-chuibheasach 'na chuingcín.

an t-óstóir liom gur fhágadar sgéal im chómhair go mbuailfidís umam ag Machaire na Míorbhailtí ar éirghe gréine maidin lárnabháireach.

Dhíolas a béile na hoidhche a bhí ag an triúr againn is leanas iad. Is mó droch-easgar a fuaras, mar bhí an oidhche árd-dhorcha agus gan aithne agam ar an mbóthar. Ní rabhas ach mar adéarfá leath-mhíle ón dtigh nuair a casadh dúnmharbh-thóirí orm as iad foilithe ó sháil rinn i ndá mhála i

gcomhair guail. Dubhradar liom go tur, teith, an
t-airgead a shíneadh amach chúcha. Dubhart-sa leo
ná raibh leith-phingne bhearrtha agam. Ba bhréag
dom san mar bhí an t-airgead i bhfolach im bhéal
fém theangain agam. Mheas duine de na dún-
mharbhthóirí a lámh a ropadh isteach im bhéal.
Do dhíol sé go daor as an droch-mhúineadh sin,
mar bhaineas an lámh ón ucht amach de—agus ar
ndóin níor lámh í ach croibhín cait. Chuireas ar na
cosaibh annsan chómh mear i nÉirinn is d'fhéadas
é go dtí ar deire thiar rugadar orm agus chuireadar
an chnáib ar mo mhuineál agus cheangladar de
chrann sa choill seo me agus ar siad liom :
" Casfam annso amáireach arís agus—beir marbh
an uair sin agus do bhéal ar leathadh."
" Agus anois cár ghabhais leis na cheithre buinn
úd ? Cá bhfuil siad agat ? " arsan tSidheog.
" Do· chailleas iad," arsa Pinocchio. B'shin
bréag eile mar bhíodar 'na phóca aige.
Chómh luath is d'innis sé an bhréag tháinig dá
órlach d' fhaid ar an gcuingcín aige—bhí sé fada a
dhóthain roimis sin.
" Agus cár chaillis iad ? " arsan tSidheog.
" Sa choill seo amuich," arsa Pinocchio. Tháinig
tuille faid sa chuingcín aige nuair a innis sé an
tarna bréag.
" Má táid siad caillte sa choill seo," arsan tSidh-
eog, " cuardócham is gheobham arís iad. Fachtar
gach uile ní a cailltear sa choill seo."
" Ó, mo chuimhne is mo dhearmhad," arsa Pinoc-
chio is an sgéal ag dul i n-aimhréidh air. " Níor
chailleas na buinn i n-ao'chor. Is amhlaidh a
shloigeas iad i gan fhios dom féin is mé ag ól na
purgóide."
Nuair a innis sé an bhréag eile seo do tháinig faid
mhíochuibheasach 'na chuingcín. Níorbh fhéidir
do Phinocchio bocht é féin a chasadh anonn ná
anall. Dá n-ionntuigheadh sé anonn nó dá n-ionn-

tuigheadh sé anall thiocfadh an leabaidh nó an
fhuinneog nó ball triosgáin sa tslighe air. Bhí an
tSidheog ag féachaint air is ag cur an anama amach
ag gáiridhe uime.

" Cad é fáth do gháire ? " arsa Pinocchio.

" Ní fhéadaim gan gáire fút agus féd chuid
bréag," arsan tSidheog.

" Cá bhfios duit gur innseas bréag ? " arsa Pinoc-
chio.

" A gharsúin, aithnightear bréaga annso chómh
luath is innstear iad," arsan tSidheog. " Tá dhá
shaghas acu ann. Bréaga is cosa gairide fútha,
agus bréaga is cuingcín fada ortha. Bréaga go
mbíonn cuingcín fada ortha iseadh innseann tusa,"
agus phléasg sí ar gháiridhe arís.

Thuig Pinocchio um an dtaca so go raibh a bhotún
déanta aige leis na bréaga. Mheas sé teicheadh
ach, leis an bhfaid thar meon a bhí sa chuingcín
aige, ní fhéadfadh sé an dorus a chur de.

XVIII.

Castar an Sionnach agus an Cat ar Phinocchio arís. Téigheann sé i n-aonfheacht leo chun na mbonn óir a chur i Machaire na Míorbhailtí.

BHí Pinocchio ag gol is ag bladhraigh mar gheall ar an gcuingcín mór san ná féadfadh gabháil amach trí dhoras an tseomra. Sgaoil an tSidheog leis ar feadh leath-uaire. Dhein sí é i dtreo go gcuirfeadh sé uaidh an béas gránna a bhí aige—bheith ag innsint bhréag—an béas is gránna a fhéadfadh a bheith ag garsún. Nuair a chonnaic sí an driuch a bhí ar an rud mbocht agus a shúile mar a bheadh dhá sméaróid le neart goil, tháinig truagh aici dhó. Do bhuail sí a basa ar a chéile, is le n-a linn sin tháinig tríd an bhfuinneoig isteach sa tseomra na mílte d'éanaibh ar a dtugtar lasair choille. Do thúirlingeadar ar chuingcín Phinocchio is chromadar ar bheith á ghobadh is á phriocadh go dtí ná raibh ann ach cuingcín mar aon chuingcín.

" Ní fheadair aoinne cad é an deaghchroidhe atá ionnat ! " arsa Pinocchio, agus é ag triomú a shúl. " Is mór é mo bhuidheachas agus mo chion ort."

" Is mór é mo ghrádh-sa dhuit-se leis," arsan tSidheog. " Má's maith leat fanamhaint annso im fhochair beir-se id dhritháirín agam, agus mise im dhriofúirín agat-sa."

" Is mé d'fhanfadh go fonnmhar, ach cad a dhéanfadh m'athair bocht ? " arsa Pinocchio.

" Ná bíodh aon cheist ort 'na thaobh san. Cuir t'aigne chun suaimhnis. Tá gach aon ní go maith. Tá rabhadh fachta cheana féin ag t'athair. Beidh sé annso sara dtiocfaidh an oidhche," arsan tSidheog.

" An dáiríribh ataoi ? " arsa Pinocchio go hárd is é ag damhas le háthas. " Dá dtugthá-sa cead dam, a Shidheog uasal, ba mhaith liom dul 'na choinnibh chun fáilte a chur roimis. Is é is fada cráidhte liom go bhfeicead é chun párdún a iarraidh air i dtaobh mo dhroch-chionta. A' bhfuil cead imtheacht agam ? "

" Tá, imthigh cheana," arsan tSidheog. " Ach tabhair aire dhuit agus ná téire amú. Gaibh

" Mhaise féach cé atá annso againn ach ár
bPinocchio féin ! "

bóthar na coille. Táim lán-deimhnitheach go mbuailfir uime."

D'imthigh Pinocchio. Ní túisge bhí sé dulta isteach sa choill ná dhírigh sé ar rith mar a rithfeadh mionnán gabhair. Nuair a shrois sé áit áirithe den choill, le hais na Daraighe Móire, do sheasaimh sé mar do shaoil sé gur airigh sé daoine éigin i measg na gcrann. Bhíodar ann. Chonnaic sé beirt ag teacht amach ar an mbóthar. Cé hiad a bheadh ann ach an Sionnach agus an Cat—an bheirt a bhí ag taisteal le n-a chois tamall roimis

sin is gur chaith sé béile na hoidhche 'na gcuibh-
reann i dTigh Ósta na Piardóige.

" Mhaise féach cé atá annso againn ach ár
bPinocchio féin ! " arsan Sionnach go hárd ag
breith barróige air is á phógadh. " Cionnus a
ráinig duit bheith annso ? "

" Ariú cad a chas sa treo so thú ? " arsan Cat.

" Sgéal fada é sin " arsan babliac, " ach déanfad
sgéal gairid de. Is cuimhin libh an oidhche gur
fhágabhair mise im aonar sa tigh ósta. Do leanas-sa
sibh is do casadh dúnmharbhthóirí orm sa tslighe—"

" Ó, a chara bhocht a chroidhe 'stigh ! Cad é
an chúis a bhí acu ort ? " arsan Sionnach.

" Theastuigh uatha na buinn óir a bhaint díom,"
arsa Pinocchio.

" Á ! na cladhairí fill ! " arsan Sionnach.

" Na díolúnaigh ! " arsan Cat.

" Bhíos d'iarraidh teicheadh uatha is iad súd go
dian ar mo thóir. Thángadar suas liom is chroch-
adar a géig den chrann daraighe sin mé," arsa Pinoc-
chio ag taisbeáint an chrainn dóibh ós a gcomhair
amach.

" Ar airigh aoinne riamh a leithéid de sgéal ? "
arsan Sionnach. " Is éachtach an saoghal é agus
an cor atá ar dhaoine macánta ! Is baoghlach do
dhaoine macánta nach díon dóibh cathair, cnoc ná
sliabh feasta."

Agus iad ag cainnt ar an gcuma san, thug Pinoc-
chio fé ndeara go raibh éislinn bhacaighe i gcois
tosaigh an Chait toisg an laipín a bheith bainte glan
di. D'fhiafruigh sé de cad a imthigh ar an gcroibhín.

Bhí ceist ar an gCat. Ní fheadair sí cad ab
fhearra dhí a rádh. Do bhain an Sionnach an focal
as a béal agus dubhairt :

" Ní maith leis an gCat bheith ag maoidheamh
aisti féin, ach inneosad-sa dhuit cionnus a imthigh
an t-iomard san uirthi. Níl ach uair a' chluig ó
bhuail faol-chú chaithte chríonna umainn ar an

mbóthar is í i riochtaibh dul i laige le hocras. D'iarr sí rud le n-ithe orrainn, agus ní raibh ruainne againn a fhéadfaimís a thabhairt dí. Bhí an phreab agus an daonnacht sa Chat, agus sara raibh fhios ag aoinne cad a bhí ar siubhal aici bhí an croibhín bainte dhi féin aici agus tabhartha don fhaol-choin i dtreo go bhféadfadh sí an t-ocras a shásamh."

Le linn na cainnte sin a rádh don Sionnach do thriomuigh sé a shúilibh mar 'dheadh.

Do ghoill an sgéal ar Phinocchio, leis. Dhruid sé isteach i gcómhgar an Chait agus dubhairt i gcogar :

" Dá mbeadh na cait go léir chómh deagh-chroidheach leat-sa níor bhaoghal d'fhranncaigh ! "

" An miste a fhiafruighe dhíot cad tá agat 'á dhéanamh san áit seo ? " arsan Sionnach leis an mbabliac.

" Táim ag feitheamh lem athair. Ba cheart dó bheith annso aon neomat feasta," arsan babliac.

" Agus cad a dheinis leis na buinn óir a bhí agat ? " arsan Sionnach.

" Táid siad annso im phóca agam ach amháin an ceann a chaitheas i dtigh-ósta na Piardóige," arsa Pinocchio.

" Seadh ! is go dtiocfadh leis na cheithre buinn sin bheith 'na dhá míle bonn amáireach ! An té chuimhneochadh air ! " arsan Sionnach. " Cad 'na thaobh ná glacann tú an chómhairle a thugamair duit, agus dul go Machaire na Míorbhailtí agus iad a chur ann ? "

" Ní féidir dom dul ann indiu. Raghad ann lá éigin eile," arsa Pinocchio.

" Beidh san ró dhéannach agat," arsan Sionnach.

" Cad 'na thaobh ? " arsa Pinocchio.

" Mar tá an machaire ceannuithe ag duine uasal mór éigin, agus ní bheidh sé ceaduithe d'aoinne airgead a chur ann ón lá amáireach amach," arsan Sionnach.

" Cad é an fhaid slighe atá ón áit seo go Machaire na Míorbhailtí ? " arsa Pinocchio.

" Níl míle go leith slán ann," arsan Sionnach. " Dá mb' áil leat gluaiseacht le n-ár gcois. Bheifeá ann fé cheann leath-uair a' chluig. D'fhéadfá na buinn a chur láithreach agus ní bheadh bac ort an dá mhíle acu a bhailiú i ngiorracht aimsire, is bheith thar n-ais annso um thráthnóna is do phócaí lán

. . . chonnaic sé na sráideanna go léir ag brúchtaigh le madraí ná raibh ruainne fionnaidh ortha. . . .

agat. Nach ar t'athair a bheadh an t-áthas agus nach é bheadh buidheach díot ! A' dtiocfair ? "

Do stad Pinocchio ar feadh tamaill. Bhí sé i gcás idir dhá chómhairle. Bhí sé ag cuimhneamh ar an Sidheoig, ar an sean-duine d'athair dó, agus ar chómhairle Phíobaire an Teallaigh.

B'é an deire a bhí ar a' sgéal ná é do dhéanamh fé

mar dheineann gach garsún ná bíonn ciall 'na
cheann ná cion 'na chroidhe.
" Téanaidh," ar seisean, ag crothadh a chinn,
" raghad-sa libh." Ghluais an triúr le cois a chéile
go Machaire na Míorbhailtí.
Taréis bheith ar siubhal ar feadh leath-lae shrois-
eadar cathair dárbh ainm " Buailim-bob-ar-
Bhaotháin." Chómh luath is bhí Pinocchio istigh
sa chathair chonnaic sé na sráideanna go léir ag
brúchtaigh le madraí ná raibh ruainne fionnaidh
ortha is iad ag crith leis an bhfuacht ; le coiligh
gan chíríní ortha, is gráinne arbhair mar dhéirc acu
á lorg ; le peidhleacáin mhóra nárbh fhéidir dóibh
eiteall a dhéanamh mar bhí na sgiatháin bhreághtha
dathanacha i n-easnamh ortha ; le péacóga is na
heirbaill bainte dhíobh agus náire ortha iad féin a
thaisbeáint ; le cearca feadha is iad ag siubhal go
duairc is iad ag cásamh na gcleití taithneamhacha
óir ná raibh dul acu ar iad a fhagháil thar n-ais
go bráth.
Sa bhrúghadh so de dhream dearóil déirce agus de
bhochtáin shuaracha, ghabhadh carbaid uasala
ó am go ham agus Sionnach éigin, nó Meaig bhradach
éigin, nó éan fuaduitheach ag marcaigheacht ionnta.
" Agus cá bhfuil Machaire na Míorbhailtí ? "
arsa Pinocchio.
" Níl sé ach roinnt slat ón áit seo," arsan Sionnach.
" Bímís ag gluaiseacht."
Siúd chun siubhail treasna na cathrach iad.
agus amach arís, annsan do stadadar i machaire
uaigneach ab ionann is aon pháirc eile ar gach
slighe.
" Is ann dúinn. Is é seo an machaire," arsan
Sionnach le Pinocchio. " Tair anois agus dein poll
beag led láimh agus cuir na buinn síos ann."
Dhein Pinocchio mar adubhradh leis. Chuir sé
an méid airgid a bhí aige sa pholl agus chlúduigh
le beagán cré é. " Téire anois go dtí linn an

mhuilinn atá annso id chómhgar agus tabhair leat soitheach uisge is croth ar an ithir é mar a bhfuil an síol curtha."

Chuaidh Pinocchio go dtí an linn ach b'éigean dó an t-uisge a thabhairt 'na seana-bhróig mar ná raibh árthach ar bith ann, is dhein sé mar adubhradh leis.

" An bhfuil a thuille le déanamh ? " arsa Pinocchio. " Níl," arsan Sionnach. " Beam-na ag gluaiseacht feasta. Féadfair-se dul isteach go dtí an chathair agus filleadh thar n-ais fé cheann fiche neomataí. Beidh crann beag ós cionn tailimh rómhat agus ualach trom de bhonnaibh óir ar gach géig."

Bhí an babliac bocht ag imtheacht as a chroiceann le háthas. Ghaibh sé buidheachas ó chroidhe leis an Sionnach agus leis an gcat, agus gheall sé rud mór maith dhóibh de bharr a gcómhairle. Mhionnuigh is mhóidigh an bheirt rógairí ar an láthair sin ná glacfaidís pioc uaidh. Dubhradar gur le deagh-chroidhe agus le hionmhuine dó san a innseadar dó cionnus a méadófaí a chuid saidhbhris gan duadh ná saothar, agus gur leor leo d'áthas é sin gan aon duais dóibh féin.

D'fhágadar slán ag an mbabliac annsan.

XIX

Goidtear na buinn óir ó Phinocchio. Is é an sásamh a gheibheann sé é chur i mbraighdeanas ar feadh cheithre mhí.

THÁINIG Pinocchio thar n-ais go dtí an chathair. Chrom sé ar bheith ag cómhaireamh na neomataí. Nuair a mheas sé go raibh an t-am caithte, amach leis arís an bóthar go Machaire na Míorbhailtí agus ana-bhuinne siubhail fé. Bhí a chroidhe ag bualadh le háthas —tic, teaic, tic, teaic, mar bheadh an clog ar an bhfalla. Agus é ag cur na slighe de bhí smaointe éigin den tsórd so ag rith tré n'aigne.

" Dá bhfaghainn dhá mhíle bonn ar ghéagaibh an chrainn, i n-ionad míle, nár mé an duine le seans ! Dá bhfaghainn chúig mhíle i n-ionad dá mhíle, bheadh mo thógáilt den tsaoghal agam. I n-ionad chúig mhíle dá bhfaghainn céad míle ! Bheinn im dhuine uasal is níor mhór dom ar nós mo leithéid eile rítheaghlach maiseamhail a bheith agam. Níor mhór dom ansan míle de chapaillíní adhmaid, agus míle stábla 'na gcómhair, chun greann agus caitheamh aimsire a bheith agam. Níor mhór seiléir 'na mbeadh fíon dearcan agus sioróipí mílse i gcoimeád agam. Níor mhór leabharlann a bheadh lán de mhilseáin agus de bhiadh sho-bhlasta soghail ; de dhrisíní méithe, de bhairghíní saidhbhre sobháilceacha, de lionn limóidí, de bhrioscaí leasuithe le huachtar——."

Bhí an méid sin taidhrimh déanta dhó um an am 'na dtáinig sé i ngar don mhachaire. D'fhéach sé sa treo 'nar cheart don chrann a bheith. Ach má fhéach ní raibh crann ná craobh le feisgint.

Chuaidh sé céad slat eile. Pioc ní raibh ann. Isteach leis sa mhachaire . . . go dtí an áit a raibh an poll a dhein sé chun na píosaí óir a chur síos ann. Ní raibh aon rud ann. Leis sin do dhearmhaid sé a dheagh-bhéas agus do thóg a lámha agus do bhí ag tochas a bhaithis. Le n-a linn sin d' airigh sé sgarta gáire a bhain preab as. D'fhéach sé uaidh suas agus chonnaic sé anáirde ar chrann píoróid mhór agus í ag gobadh is ag piocadh an roinnt bheag chlúimh a bhí uirthi.

"Cad tá ad chur ag gáiridhe?" arsa Pinocchio léi go teasaidhe.

"Rud greannmhar mhuise," arsan píoróid. "Ghigleas mé féin fém sgiathán lem ghob."

Ní fheadair an babliac cad ba

. . . go dtí an áit a raibh an poll a dhein sé chun na píosaí óir a chur síos ann.

cheart dó a rádh ná a dhéanamh. Sé rud a dhein sé ná dul go srae an mhuilinn agus lán bróige eile den uisge a thabhairt leis. Bhí sé á chrothadh ar a dtalamh ós cionn na háite 'na raibh na buinn óir curtha aige, nuair siúd in' aice sgearta eile magaidh a bhí níos drochmhúinte ná an chéad cheann.

Cloiseadh ó cheann ceann na páirce agus ins na páirceanna mágcuaird é. Thuig Pinocchio gur ag fonómhaid fé féin a bhí an phíoróid agus dubhairt go hárd agus go feargach :

" Fiafruighim díot, a Phíoróid dhroch-mhúinte, cad uime go bhfuilir ag gáiridhe ? "

" Ní fhéadaim gan gáire a dhéanamh fé bhaotháin a thugann cluas do gach aon bhreallán sgéil, agus a leigeann do gach feallaire an dubh a chur 'na gheal ortha," arsan Píoróid.

" An dómh-sa ataoi ag tagairt an méid sin ? " arsa Pinocchio.

" Is duit, ní dod mhalairt é, a Phinocchio bhoicht," arsan Píoróid. " An bhfuilir-se chómh beag ciall, chómh beag tuisgint, agus go gcreidfeá go dtabharfadh airgead, ach é chur ins na páirceanna ar nós na bpónairí agus na mealbhucáin, toradh fé chúig céad uaidh ? Bhíos-sa chómh mothaolach leat-sa tamall dá rabhas. Tá a rian orm. Féach an driuch atá orm. Tá sé dulta 'na luighe ar mh' aigne ná fuil aon tslighe eile chun roinnt airgid a chur le chéile go macánta ach le hobair stuamdha, le tionnsgal, nó le héirim aigne. Foraoir ghéar nár thuigeas an méid sin in am ! "

" Ní thuigim cad tá ar siubhal agat," arsan babliac agus é ag crith le heagla.

" Glac foidhne agus míneochad an sgéal níos fearr agus níos cruinne dhuit," arsan Píoróid. " Le linn tusa bheith sa chathair do tháinig an Sionnach agus an Cat thar n-ais go dtí an machaire seo. Fuaradar na buinn óir agus geallaim dhuit nár fhás aon fhéar fé n-a gcosa ag imtheacht dóibh. Níor mhór do dhuine coisidheacht mhaith a bheith aige chun teacht suas leo pé áit 'na bhfuilid anois."

Do leath a bhéal agus a dhá shúil ar Phinocchio nuair a chualaidh sé an méid sin. Níor chreid sé cainnt na Píoróide. Chrom sé ar bheith ag taighde, ach dá mbeadh sé ag taighde go lá Philib a' Chleite ní nochtfadh aon bhonn é féin. Nuair a thuig sé go raibh a chuid den tsaoghal beirthe ag na cladhairí leo, tháinig néall ann. Siúd 'na chaor buile fé dhéin na cathrach é agus isteach leis go suidheachán an bhreithimh, chun na mbitheamhnach a ghearán.

D'éilimh sé an dlighe a chur i bhfeidhm ar na bitheamhnaigh. D'éist an breitheamh go foidh-

. . . isteach leis go suidheachán an bhreithimh,
chun na mbitheamhnach a ghearán.

neach leis an sgéal. Chuir sé suim mhór ann. Chorruigh an sgéal é. Do rug sé ar chloigín agus do bhuail, nuair a bhí deireadh ráidhte ag an mbabliac. Tháinig dá mhaistín do láthair agus éideadh fir armtha ortha. Dubhairt an breitheamh leo agus é ag bagairt a chinn i dtreo Phinocchio:

" Do goideadh cheithre buinn óir ón nduine

mbocht mí-ádhmharach san. Beiridh air dá dheasgaibh sin, agus cuiridh fé ghlas go daingean é."

Do deineadh stalcadh de Phinocchio nuair a airigh sé an bhreith sin. Bhí sé chun " breitheamh na héagcóra " a thabhairt ar an mbreitheamh, ach níor thug na fir armtha uain dó mar do bhuaileadar bas ar a bhéal agus dheineadar mar adubhradh leo.

B'éigean do cheithre mhí a chaitheamh annsan agus b'shin iad na cheithre mhí fhada. D'fhanfadh sé ann níos sia ach gur bhuail liobar den tseans é. Do thárla go bhfuair rí chathair

. . . do bhuaileadar bas ar a bhéal agus dheineadar mar adubhradh leo.

" Buailim bob-ar-Bhaotháin " buadh mór ar namhdaibh. D'órduigh sé dá bhrígh sin fleadh mhór phoiblidhe, soillse gáirdis, teinte tacair, cómhchoimhleang each agus comórtas rothar, a chur ar bun. Thug sé órdú leis cead a gcos a thabhairt do gach aoinne a bhí i mbraighdeanas.

Nuair a airigh Pinocchio na cuirbthigh a bheith á sgaoileadh amach dubhairt sé leis an gcoimeádaidhe sa phríosún :

" Is ceart mise a sgaoileadh amach chómh maith le cách."

" Ambasa féin ach ná ˙ sgaoilfear," arsan fear, " mar ná fuil t'ainm i rolla na gcuirbtheach."

" Ach gabhaim párdún agat, a dhuine uasail," arsa Pinocchio, " ba cheart di bheith, mar is cuirbtheach mise leis."

" Má's mar sin atá an sgéal," arsan fear coimeádta, " gheobhair dlighe na ríochta chómh maith le cách." Sgaoileadh amach é.

XX

Nuair a fuair Pinocchio cead a chos, siúd fé dhéin tighe na Sídheoige é. Casadh nathair-nimhe ghránna air. 'Na dhiaidh san do rugadh i sáinn air.

Í miste a rádh ná go raibh áthas ar Phinocchio nuair a fuair sé é féin saor. Níor dhein sé aon leadrán sa chathair ach siúd chun bóthair é go Tigh na Sidheoige.

Toisg gurbh aimsir bháistighe í, bhí an bóthar lán de ghuta agus de phluda agus do raghfaí go glúin ann. Níorbh é ba chás leis an mbabliac. Bhí sé go céasta cráidhte i n'aigne agus b'é b'fhada leis go bhfeicfeadh sé a athair, agus a dhriofúirín— cailín na gruaige goirme arís. Bhí gach aon trioslóg aige á chaitheamh mar a chaithfeadh cú, agus é ag rith. Bhí guta aige á stealladh ó mhullach talamh air féin. Bhí na cúrsaí a ghaibh é á ghearán aige le n-a chroidhe ar an gcuma so : " Is mó batalang atá imthithe orm ón lá fhágas an baile. Ní fhéadfaidís gan imtheacht orm mar nárbh fholáir liom mo thoil féin a dhéanamh i n-ionad cómhairle ar mhaithe liom. A chonách san orm ! agus míle céad conách san orm ! Agus ní sgéal truaighe mé mar is babliac ceapánta dúr mé ! Tá atharrach sgéil agam anois mar tá ciall cheannaigh fachta agam. Is dian mhaith is eol dom cad é an chríoch a bheireann garsúin chlag-fhiadhaine neamh-urra- macha ná deineann réir lucht a stiúrtha chun a leasa. Deinid siad aimhleas. Deinid siad a mbotún. Tá sé socair go daingean im aigne agam droch- chómhluadar a sheachaint agus cómhairle m'athar a dhéanamh. Ní fheadar an bhfuil m'athair ag

feitheamh liom ag tigh na Sidheoige ? Is fada
anois ná feaca an duine bocht. Tá mo chroidhe ar
sgiolpaidh chun é fheisgint, chun barróg a bhreith
air agus é mhúchadh le póga. Ach an maithfidh
an tSidheog dom an bheart díchéillidhe atá déanta
agam ? Dóigh mhuise dob olc agus ba ró-olc an
mhaise agam a leithéid a dhéanamh, taréis an
chóir a chuir sí orm, agus an grádh go léir a bhí
aici dhom. Mara mbeadh í is ag feoghadh fén
gcré a bheinn. An bhfuil aon gharsún eile ar an
saoghal chómh neambuidheach chómh beag croidhe
liom ?

Do stop sé den chainnt go hobann, do scann-
ruigh sé, thug sé cheithre coiscéim ar gcúl. Cad é
seo anois ?

Chonnaic sé ar an mbóthar ós a chómhair amach
árrachtaidhe de nathair-nimhe go raibh croiceann
uaithne uirthi; súile chómh dearg le teine aici, an
t-eirball 'na choilg-sheasamh is deatach ag teacht
as mar bheadh a simné.

Tháinig fuar-allus ar an mbabliac agus d'imthigh
sé de stáir reatha ón áit. Bhí sé ag feitheamh san
áit sin go bhfágfadh an nathair-nimhe an bóthar
uaidh. B'é an feitheamh fada aige é, d'fhan sé
dhá uair, trí huaire a chluig ann ach níor imthigh
an nathair-nimhe agus do shaoil Pinocchio go
bhfeacaidh sé an laom dearg soluis 'na shúilibh i
gcómhnaidhe. D'imthigh cuid den sgáth den bhab-
liac sa deire agus dhruid sé fé dhéin na naithreach-
nimhe chun go raibh sé i ngiorracht roinnt coiscéimí
dhi, agus dubhairt go béasach cneasta léi :

" Gaibh mo leath-sgéal, a nathair-nimhe mhac-
ánta. Bheinn fé chomaoine go deo agat dá ndruidfeá
i leath-taoibh." Ach bheadh sé chómh maith aige
bheith ag cainnt leis an bhfalla. Do labhair sé an
ath-uair agus dubhairt :

" Tá mo thriall ar an mbaile mar a bhfuil m'athair
bocht ag feitheamh liom. Leig dom, led thoil, an

bóthar a ghabháil mar a dhéanfadh nathair-nimhe mhaith."

I n-ionad freagra a thabhairt air, is amhlaidh nár fhan cor ná luadhail san nathair-nimhe. Dhún na súile agus sguir an t-eirball de bheith ag cur an deataigh amach. "Ní fheadar an marbh a bheadh sí?" arsa Pinocchio leis féin. "Agus siúd ag árdú a chois

Bhí a chosa anáirde sa spéir agus iad ag crothadh
. . . mar a bheadh muileann gaoithe.

é chun dul tháirse. Ach ní raibh an chos árduithe ar fad aige nuair a éirigh an nathair-nimhe de phreib. Tháinig sgannradh ar an mbabliac. Fuair sé tuisle agus é ag tarrac na coise siar agus caitheadh ar bhior a chinn sa láib é. Bhí a chosa anáirde sa spéir agus iad ag crothadh go luaimneach. Bhíodar ag gluaiseacht mar a bheadh muileann gaoithe.

Nuair a chonnaic an nathair-nimhe an crot

áiféiseach a bhí ar an mbabliac do tháinig a leithéid de thritheamh gáiridhe uirthi gur bhris féith 'na croidhe, agus do thuit an t-anam aisti dáiríribh. Siúd Pinocchio 'na sheasamh arís agus d'fháisg sé chun reatha i dtreo is go sroisfeadh sé tigh na Sidheoige sar a mbeadh an doircheacht ann. Bhí an t-ocras ag cur chómh dian san air ná féadadh sé é fhulang níos sia. Léim sé isteach i bpáirc chun roinnt triopall fíonchaora a fhagháil. B'fheairrde é dá mba ná tabharfadh sé riamh fé. Ar éigin a bhí an fhíneamhain sroiste aige nuair a airigh sé an " crac " agus mhothuigh sé dá iarann géara faobhruithe ag fásgadh na gcos aige. Baineadh freangaí tinnis as agus tháinig réilthíní ós cómhair na súl aige. Bhí greim docht beirthe air i n-inneall a bhí curtha ann ag cuid éigin de lucht na tuaithe chun breith ar na cait crainn a bhíodh ag marbhú agus ag déanamh éirligh ar na héanlaithe sa chómharsanacht.

XXI

Beireann feirmeoir Pinocchio as an inneall. Cuireann sé ag faire tighe na gcearc é i n-ionad a ghadhair.

CHÓMH luath is do rugadh ar Phinocchio san inneall, do thosnuigh sé ar ghol agus ar sgreadaigh, is ar bheith ag lorg cabhrach. Ba bheag an tairbhe dho san, mar ná raibh tigh ná treabh i n-aon ghaobhar do, ná daonna ag gabháil an bóthar.

Bhí tuitim na hoidhche ann, agus bhí eagla a chroidhe air go bhfágfaí in 'aonar sa doircheacht é. I n-a theannta san bhí sé i riochtaibh dul i laige le tinneas. Chonnaic sé, go hádhmharach, leoscnuimh ag gabháil ós a chionn anáirde agus d'iarr sé uirthi é réidhteach. Do stad an leoscnuimh. Tháinig truagh aici dho nuair a chonnaic sí é agus an driuch a bhí air agus dubhairt :

" A mhaicín bhoicht, cionnus a ráinig duit dul annsan ? '

" Thánag isteach sa pháirc seo chun cúpla triopall d'fhíon-chaoraibh a thógaint," arsa Pinocchio.

" Ach ar leat-sa iad ? " arsan leoscnuimh.

" Níor liom," arsa Pinocchio.

" Cé mhúin duit cuid an fhir thall a thógaint ? " arsan leoscnuimh.

" Bhí ocras orm," arsa Pinocchio.

" Leath-sgéal agus a leath-bhéal fé iseadh é sin," arsan leoscnuimh. " Níl sé ceaduithe d'aoinne rud nach leis féin a thógaint."

" Tá an ceart annsan agat," arsa Pinocchio agus é ag gol. " Ní dhéanfad arís é."

Do stadadh den chómhrádh acu mar d'airigheadar

siubhal ag teacht fé n-a ndéin. B'é an fear gur leis
an pháirc a bhí ag teacht féachaint an mbeadh
beirthe ar aon chat-fhiadhaigh. Tharraing sé
amach lanntaer a bhí fé n-a bhrat aige, agus b'air
a bhí an iongnadh nuair a chonnaic sé cad a bhí aige.
" Ariú, a chladhaire bhig," arsan feirmeoir,
agus fearg air, " an tusa atá ag fuadach na gcearc ?"

" Ariú, a chladhaire bhig," arsan feirmeoir, agus
fearg air, " an tusa atá ag fuadach na gcearc ? "

" Ó, ní mé ! ní mé i n-ao ' chor," arsa Pinocchio
agus é ag gol go truaighmhéileach. " Is amhlaidh
a thánag isteach sa pháirc chun dá thriopall d'fhíon-
chaoraibh a thógaint, mar bhí ocras orm. Níor
thug aon ghnó eile isteach ann mé."
" An té ghoidfeadh fíon-chaora níorbh aon ion-
taoibh é ná go ngoidfeadh sé cearca, leis," arsan

feirmeoir. " Socróchad-sa cúntas leat. Cuirfead-sa
i gcás tú ná tiocfair arís. Ná hairighim focal eile
uait amach as do bhéal." D'osgail sé an sás. Rug
sé ar bhaic mhuiníl air, agus thóg sé leis é mar a
thógfadh sé coileán gadhair. Nuair a shrois sé an
iothla chaith sé ar an dtalamh é. Bhuail sé a chos
ar a mhuineál agus dubhairt leis :
" Tá sé ró dhéannach anois. Oireann dom dul a
chodladh. Sochróchaimíd an sgéal amáireach. Fuair

" Má bhíonn an oidhche fliuch féadfair dul isteach
sa bhfailín adhmaid sin."

gadhar a bhíodh ag faire an tighe bás indiu. Caithfir
gnó gadhair a dhéanamh dom."
Bhuail sé coiléar mór lán de thairngidhe práis ar a
mhuineál láithreach. Cheangail sé go maith daing-
ean é i dtreo is ná féadfadh sé é féin a réidhteach.
Ar an gcoiléar bhí slabhra iarainn a bhí gabhtha go
daingean i staic a bhí sa bhfalla.
" Má bhíonn an oidhche fliuch féadfair dul isteach
sa bhfailín adhmaid sin," arsa feirmeoir. " Tá

leabaidh tuighe a bhí agem ghadhar le cheithre
bliana fós ann. Má thagann na foghlaithe bíodh
do chluas anáirde agat agus bí ag amhastraigh ortha."
Taréis an fholáirimh sin a thabhairt do, d'imthigh
sé isteach abhaile dhó féin.

Do thaltuigh Pinocchio bocht chuige san iothlainn,
agus bhí sé i ndeire an anama le fuacht, le hocras
agus le sgannradh. Ropadh sé a lámha, le neart
buile, ar an dtaobh istigh den choiléar a bhí ag
fásgadh na sgórnaighe aige agus deireadh sé agus é ag
gol. " Níl mo cheart faghálta fós agam. Níl
imthithe orm ach an rud atá tuillte agam. D'oir
dom mo shlighe féin a bheith agam chun bheith ag
imtheacht ó áit go háit. Do ghéilleas do chómhairle
dhroch-chómhluadair. Tá a rian orm. Táim ag
díol as anois. Dá mbeinn im gharsún mhaith, mar
iad so go léir annso amach ; dá gclaoidhinn le
léigheann agus le hobair, dá bhfanainn sa bhaile i
dteannta m'athar ní bheadh an sgéal mar atá sé
agam. Ní bheinn im ghadhar ag déanamh faire ar
thigh cearc. Ó, dá mbeadh breith ar m'aithreachas
agam ! . . . Ach tá sé ró dhéannach anois. Grásta
na foidhne dhúinn ! "

Nuair a bhí an méid sin curtha dá chroidhe aige
chuaidh sé isteach sa bhfailín. Thuit a chodladh
air agus chodail sé go sámh.

XXII

Gheibheann Pinocchio amach cérbh iad na gadaithe.
Gheibheann sé cead a chos de bharr a dheagh-
shaothair.

BHÍ sé ag déanamh amach ar uair an mheán-
oidhche nuair a dhúisigh méanlach is siosar-
nach é. Samhluigheadh do gur san iothlainn
a bhí an ghleoisínteacht. D'fhéach sé amach is
chonnaic sé cheithre aithidí is iad ag déanamh cómh-
airle. Ba dheallrach le cait iad, ach níorbh eadh.
Cait fhiadhaigh ab eadh iad. Bíonn ana-dhúil aca i
n-uibhibh agus i n-éanlaithibh óga. Tháinig ceann
acu fé dhéin doruis an fhailín agus dubhairt ós íseal :
' Go mbeannuighidh Dia dhuit, a Mhelampo."
" Ní Melampo m'ainm-se," arsan babliac.
" Cé hé tú má seadh ? " arsan Cat fiadhaigh.
" Pinocchio is ainm dómh-sa," arsan babliac.
" Agus cad tá agat á dhéanamh annsan ? " arsan
Cat fiadhaigh. " Tá gnó gadhair faire agam á
dhéanamh," arsan babliac.
" Cá bhfuil Melampo, an seana-ghadhar a bhíodh
sa bhfailín seo ? " arsan Cat fiadhaigh.
" Tá sé marbh. Fuair sé bás ar maidin," arsa
Pinocchio.
" Melampo marbh ! Ba mhaith an gadhar é . . .
Deallruigheann tú féin gur gadhar béasach cneasta
thú," arsan Cat fiadhaigh.
" Gabhaim párdún agat," arsa Pinocchio, " ní
gadhar mise ! "
" Agus cad eile má seadh ? " arsan Cat fiadhaigh.
" Babliac iseadh mé," arsa Pinocchio.
" Agus tá ionad gadhair agat á dhéanamh,"
arsan Cat fiadhaigh.

"Tá go díreach. Mar dhíoghaltas orm mar gheall ar . . ." arsan babliac.

"Tá go maith," arsan Cat fiadhaigh. "Táim-se ag tairisgint na gcoingheall céadna a bhí idir sinn agus Melampo. An mbeir sásta ? "

"Cad iad na coinghill iad san ? " arsa Pinocchio. "Tiocfam-ne annso uair sa tseachtain mar a thagaimís go dtí so," arsan Cat fiadhaigh. "Tabharfam cuaird ar thigh na gcearc agus tógfaimíd ocht gcinn de chearcaibh. Íosam féin seacht gcinn acu, agus tabharfam ceann duit-se ar choingheall ná déanfair amhastrach."

Tháinig ceann acu fé dhéin doruis an fhailín agus dubhairt ós íseal. . . . .

"An mar sin a dheineadh Melampo a ghnó ? " arsa Pinocchio.

"Mar sin," arsan Cat fiadhaigh. "D'oibrighimís a lámhaibh a chéile. Codail go sámh duit féin agus ná bíodh aon eagla ort ná go bhfágfam sicín ullamh réidh i mbéal an doruis agat. An dtuigeam a chéile ? "

"Tuigimíd ar fheabhas," arsa Pinocchio. "Ach ní mar is dóigh libh-se a bheidh," ar seisean i n'aigne féin.

Nuair a mheasadar nár bhaoghal dóibh dhein-

eadar ceann ar aghaidh ar thigh na gcearc. D'osgluigh-
eadar an doruisín agus isteach leo. Ní rabhadar
ach díreach istigh nuair a dúnadh an dorus le
fuinneamh. B'é Pinocchio a dhún é agus chuir sé
cloch mhór mar theannta leis. Chrom sé ar amhas-
traigh mar a dhéanfadh aon ghadhar. Nuair
airigh an feirmeoir an amhastrach, phreab sé as an
leabaidh. Rug sé ar a ghunna. Sháith sé a cheann
amach tríd an bhfuinneoig agus d'fhiafruigh cad a
bhí ar bun.

"Bitheamhnaigh atá tagaithe annso," arsa
Pinocchio. "Táid siad i dtigh na gcearc. Bros-
tuigh anuas."

Ba ró ghearr an mhoill ar an bhfeirmeoir tigh na
gcearc a bhaint amach. Rug sé ar na Cait fhiadhaigh
agus chuir isteach i mála iad. Dubhairt leo, agus
áthas a chroidhe air :

"Tá greim agam orraibh sa deire. Ní agróchad
mo dhíoghaltas orraibh, ach cuirfead ar láimh
sábhalta sibh. Tá óstóir sa tsráid-bhaile seo láimh
linn. Cara dhómh-sa iseadh é. Bainfidh sé sin na
croicinn díbh-se, agus déanfaidh sé feoil ghirrfhéidh
ar bhórd díbh agus annlann milis is searbh 'nbhúr
dteannta. Is olc is fiú sibh an onóir sin go léir
ach is fear croidhe mhóir mé agus ní mhaoidhim
orraibh é.

Chuaidh an feirmeoir suas go Pinocchio agus bhí
ag táithínteacht leis. D'fhiafruigh de cionnus a
fuair sé fios ar na cheithre bitheamhnaigh, agus
gur mhór an t-iongnadh nár thug a Mhelampo
dhílis féin fé ndeara iad. Níor innis Pinocchio
an chuid eile den sgéal do ná gurbh fheall ar ion-
taoibh a dhein an gadhar. Dubhairt sé leis féin
go raibh an gadhar marbh agus gurbh é an rud ab
fhearra dhó féin a dhéanamh an sgéal a fhágaint
marbh. D'fhiafruigh an feirmeoir de Phinocchio
an 'na dhúiseacht nó 'na chodladh do nuair a tháinig
na cait fhiadhaigh. Dubhairt an babliac leis gur

'na chodladh a bhí sé acht gur dhúisigh na cait le n-a gcuid méanluighe é, go dtáinig ceann acu go béal an doruis agus gur gheall sé cearc bhreágh bheathuithe dhó ach gan an máistir a dhúiseacht. Nach ortha a bhí an malla agus rud dá leithéid a thairisgint do féin. Dubhairt fós, bíodh agus ná raibh ann féin ach babliac bocht, agus go raibh an uile droch-bhéas aige, a fhéadfadh a bheith ag garsún, ná féadfaí a chur 'na leith choidhche gur dhein feall ar iontaoibh, ná gur chabhruigh sé le lucht bitheamhantas a dhéanamh.

Do mhol an feirmeoir go hárd é i dtaobh a dhílseachta agus a mhacántachta, agus an gníomh le feabhas a bhí déanta aige.

Mar bharr ar a bhuidheachas bhain sé coiléar an ghadhair dá mhuineál.

XXIII

Brón croidhe ar Phinocchio tar éis bháis Leinbh na Gruaige Goirme. Téigheann sé i gconntabhairt a anama chun Geppetto do shaoradh ó bháthadh.

CHÓMH luath is do fuair Pinocchio an coiléar bainte dhe chuir sé an talamh de treasna na machairí agus níor stad sé gur bhain sé amach an bóthar go tigh na Sidheoige. Nuair a shrois sé an bóthar d'fhéach sé uaidh síos ar an leirg fhada fhairsing a bhí fé shíos. Bhí an choill i n-ar bhuail an Sionnach agus an Cat uime, leathta annsúd amach fé n-a shúilibh. Bhí an Dair Mhór is a bharr ós cionn na gcrann eile, le feisgint, ach tásg ná tuairisg ní raibh ar thigh Leinbh na Gruaige Goirme. Buaileadh isteach i n'aigne ná raibh gach aoinní mar ba cheart. Tháinig duairceas dá thuar do. Siúd chun reatha é, agus níor bhain aon mhoill do go raibh sé sa mhachaire 'na raibh an Tigín Bán. Ach ní raibh aon rian ann de. I n-ionad an tighe b'é an rud a bhí ann ná leac eibhir agus na focail seo greanta uirthi—

I N-A LUIGHE ANNSO TÁ
LEANBH NA GRUAIGE GOIRME
D'ÉAG LE BUAIDHIRT I DTAOBH
A DRITHÁIRÍN PINOCCHIO Á TRÉIGINT.

Is tuigithe d'aoinne cad é an bhuaidhirt a bhí ar Phinocchio nuair a léigh sé ar éigin an méid sin. Chaith sé é féin ar a bhéal agus ar a aghaidh agus phóg sé an leac-uaighe míle uair.

Chas sé sgol olagóin. Thug sé an oidhche ag gol. Bhí sé ag gol le teacht an lae bíodh is go raibh an méid a bhí 'na shúilibh goilte aige. Bhí a leithéid sin de ghártha goil aige " go mbainfeadh sé broic as gach gleann."

Deireadh sé agus é ag gol :

" Cad 'na thaobh duit bás d'fhagháil, a Shidheog ? Cad 'na thaobh nach mise a fuair bás it ionad-sa ? Tusa bhí go maith agus mise atá go holc. Innis dom, a Shidheog, cá bhfaghad m'athair bocht. Teastuigheann uaim dul go

" Cad 'na thaobh duit bás d'fhagháil, a Shídheog ? "

dtí é agus fanamhaint i n-a theannta go bráth bráth . . . A Shidheog, innis dom ná fuilir marbh . . . Má tá deagh-chroidhe agus gean agat dod dhrith'áirín éireochair id bheathaidh arís. . . An amhlaidh nach oth leat mé bheith im chaonaidhe aonair ? Má thagaid na dúnmharbhthóirí crochfaid siad arís me a géig an chrainn. Is é an bás i n-áirithe dhom é. Cad é an gnó atá agam ar an saoghal so im aonar ? Ó tá m'athair caillte agam cé thabharfaidh biadh dhom ? Cé dhéanfaidh casóigín nua dhom ?

Ó! b'fhearra dhom, b'fhearra dhom míle uair dá bhfaghainn-se bás leis ! "

Bhí an bhuaidhirt chómh dian san gur chrom ar a ghruaig a stathadh ach ó ba ghruaig adhmaid a bhí air níorbh fhéidir leis na méireanna chur ceangailte i n-ao' chor ann. Um an dtaca san ghaibh colúr mór ós a chionn anáirde sa spéir. Do stad sé agus a sgiatháin ar leathadh aige. Do labhair sé uaidh anuas agus dubhairt :

" Innis dom, a leinbh, cad tá ar siubhal agat annsan ? "

" Ná feiceann tú go bhfuilim ag gol," arsa Pinocchio agus é ag triomú a shúl le muinchille a chasóige bige.

" Innis dom," arsan Colúr, "an bhfuil aithne agat i measg lucht do chómhluadair ar ruathaire gurab ainm dó Pinocchio ? "

" Pinocchio ! An é Pinocchio adubhraís ? " arsan babliac ag preabadh 'na shuidhe. " Is mise Pinocchio."

Do thúirling an Colúr de phreab ar an dtalamh. Bhí sé chómh mór le coileach Franncach.

" An mbeadh aithne, leis, agat, ar fhear gurab ainm do Geppetto ? " arsan colúr.

" An bhfuil aithne agam air ? Ar nóin tá go maith. Is é m'athair bocht é," arsa Pinocchio. " An mbeadh sé ag cur mo thuairisge ? An mbéarfá chuige mé ? Ciaca beo nó marbh dó ? "

" Is é atá go leathan láidir. Níl ach trí lá ó fhágas ar thráigh na mara é," arsan Colúr.

" Cad a bhí aige á dhéanamh ? " arsa Pinocchio.

" Bhí sé ag déanamh báid bhig do féin chun dul thar fairrge," arsan Colúr. " Tá sé ag siubhal an domhain, le cheithre mhí, ad lorg. Tá sé socair i n'aigne aige dul ad chuardach i dtíorthaibh imigcéineamhla an domhain."

" Cad é an fhaid slighe atá as so go dtí an tráigh ? " arsa Pinocchio agus a chroidhe ag léimrigh.

" Breis agus míle míle slat," arsan Colúr.
" Míle míle slat ? " arsa Pinocchio. " Ó, a
cholúir, a chroidhe 'stigh, thabharfainn ór na cruinne
dá mbeadh orm sgiatháin mar atá ort-sa ? "
" Is féidir leat dul ann gan aon sgiathán," arsan
Colúr.

" Cionnus," arsa
Pinocchio.
" Ag marcaigh-
eacht ar mo
mhuin," a r s a n
C o l ú r. " A n
bhfuilir trom ? "
" Ariú nílim.
T á i m c h ó m h
héadtrom le sop,"
arsa Pinocchio.
Ní dubhairt sé
focal eile ach
léimt ar mhuin an
Cholúir agus a dhá
chois a leathadh
air, agus é ag rádh
"Soith annso, soith
annso, a chapaillín
na sgiathán, mar
is fada liom go
mbead ag ceann
mo riain."
D'éirigh an colúr
chómh hárd leis
an spéir. Níorbh

. . . rug sé greim dúid ar chapaillín
na sgiathán, sar a dtuitfeadh sé.

fhuláir leis an mbabliac féachaint uaidh anuas.
Má dhein, tháinig a leithéid de mheidhreán air gur
dhóbair do tuitim agus le sgannradh rug sé greim
diúid ar mhuineál ar chapaillín na sgiathán sar a
dtuitfeadh sé.
Bhíodar ag eiteall ar feadh an lae go léir. Ag

déanamh amach ar thuitim na hoidhche dubhairt
an Colúr go raibh íota tarta air, agus dubhairt
Pinocchio go raibh an-ocras air féin.

"Fanaimís ag an gcolúr-theach so ar feadh
roinnt neomataí," arsan Colúr. "Ní ró mhór an
mhoill a dhéanfam, mar ní mór dúinn bheith ag an
dtráigh le héirghe lae ar maidin amáireach."

Chuadar isteach sa cholúr-theach folamh. Ní
raibh ann rómpa ach crúisgín uisge, agus buirdeoigín
pise agus cruach air. Ní chaitheadh Pinocchio aon
phis go dtí san. Dá ráidhteachas féin chuirfidís
treighid agus fonn úrlicighe air. D'alp sé go
dúlmhar iad an oidhche sin. Nuair a bhí an
buirdeoigín folamh aige dubhairt nár shaoil sé
riamh go bhféadfaidís bheith chomh breágh san.

"Ní mór dhuit a thuisgint, a gharsúin mhaith,"
arsan Colúr á fhreagairt, "nuair a bhíonn ocras
ceart sa sgéal agus ná bíonn aon ní eile le n'ithe
gur mór an soghltas an phis. "Is maith an t-ann-
lan an t-ocras," ar seisean.

Nuair a bhí an sgruid sin caithte acu—is níor
thóg sé puinn aimsire uatha—siúd chun siubhail
arís iad. Shroiseadar tráigh na mara maidean
lárnabháireach.

Nuair a fuair an babliac lán a bhonn den talamh
siúd chun siubhail an Colúr. Ní raibh sé d'uain
ag Pinocchio a bhuidheachais a ghabháil leis i
dtaobh a raibh déanta aige dho.

Bhí an tráigh lán de dhaoine agus a n-aghaidh
tabhartha acu ar an bhfairrge. Bhíodar ag liúigh-
righ agus ag déanamh cómharthaí.

"Cad tá ar bun?" arsa Pinocchio le seana-
bhean.

"Tá," arsan tseana-bhean. "Duine bocht go
bhfuil mac leis imthithe uaidh agus gan tásg ná
tuairisg aige air. Níorbh fhuláir leis an sean-duine
chur chun fairrge, i mbád beag, chun a mhic a
chuardach thar lear. Tá an fhairrge garbh agus

droch-stiúir uirthi. Tá an báidín i gconntabhairt a báidhte."

" Cá bhfuil an báidín ? " arsa Pinocchio.

" Sid í amuich í ar aghaidh mo mhéire anonn ? " arsan tseana-bhean ag taisbeáint an bháidín do. Bhí an báidín chómh fada san amach go gceapfadh

Ní raibh stad air ach ag glaodhach ar a athair, agus ag déanamh cómharthaí dho filleadh thar n-ais.

an té bheadh ag féachaint air ná raibh ann ach mar a bheadh plaosg cnóidh agus samhail firín istigh innti. D'fhéach Pinocchio i dtreo na háite agus taréis na fairrge a infhiúchadh go maith chuir sé liúgh sgannramhail as, agus dubhairt :

" Is é m'athair é! Is é m'athair atá ann ! "
San am san bhí an báidín á caitheamh le fuinneamh
ó thuinn go tuinn. Uaireannta ní bhíodh radh-
arc uirthi mar bhíodh sí istigh idir na tonntacha
mí-chuibheasacha agus uaireannta eile thagadh sí
ar uachtar arís. Bhí Pinocchio 'na sheasamh ar
sturraicín carraige. Ní raibh stad air ach ag
glaodhach ar a athair agus ag déanamh cómh-
arthaí dho filleadh thar n-ais.

Bíodh go raibh Geppetto i bhfad ón dtráigh
dheallróchadh an sgéal gur aithin sé an mac mar do
dhein sé cómharthaí chuige, agus é ag iarraidh a
chur i n-úil go bhfillfeadh dá bhféadadh ; ach bhí
an fhairrge ró-gharbh is na tonntacha ró-choimhigh-
theach is ní fhéadfadh sé teacht.

Ghaibh tonn mío-chuibheasach de dhruim an
bháidín agus ní fheacathas a thuille í féin ná an
bádóir.

" An duine bocht," arsa na hiasgairí a bhí bailithe
ar an dtráigh. Dubhradar paidir, fé n-a bhfiaclaibh,
le n'anam. Bhíodar ar tí imtheacht abhaile nuair
a airigheadar liúgh a chuir golán 'na gcluasaibh.
D'fhéachadar thar a ngualainn. Chonnaiceadar
an garsúinín ag léimt isteach sa bhfairrge agus
d'airigheadar é á rádh go raghadh sé chun a athar a
shaoradh.

Do shnáimh Pinocchio mar a shnámhfadh an
t-iasg. Ní raibh aon bhaoghal báithte air de bhrigh
é bheith déanta d'adhmad. Uaireannta bhíodh
radharc air, is bheireadh na tulcaí fé uisge uair-
eannta eile é. Mar sin do go raibh sé chómh fada
ón dtráigh ná raibh radharc air. " An garsún
bocht ! " arsa na hiasgairí. Dubhradar paidir le
n'anam san, leis, agus d'fhilleadar abhaile dhóibh
féin.

XXIV

*Sroiseann Pinocchio oileán na " mBeach dTionns-
galach." Buaileann sé um an tSidheoig arís.*

BHÍ Pinocchio i ndóchas go sroisfeadh sé a
athair i n-am chun cabhruithe leis. Thug
san misneach do chun leanamhaint den
tsnámh i gcaitheamh na hoidhche. Dob an-
ródhach an oidhche í. Bhí duartan báistighe agus
cloich-shneachta ann. Bhí tóirthneacha troma agus
splanncacha ann, is bhí cuid de na splanncacha
chómh mór soluis gur dhóigh le duine gurbh é lár an
lae a bhí ann. Do chonnaic sé le breacadh an lae,
síog fada tailimh. Oileán i lár na fairrge ab eadh é.
Dhein sé dícheall chun na trágha a bhaint amach,
ach bhí na tonntacha ag imtheacht de dhruim a
chéile agus á chaitheamh ó cheann go ceann mar a
chaithfidís brobh tuighe. Bhí sé de sheans air go
dtáinig tonn trom fhuinneamhail a chaith i n-urchar
ar ghainimh na trágha é. Buaileadh ar an dtalamh
é, le n-a leithéid sin d'fhuinneamh go raibh a eas-
naidheacha agus a ailt ag déanamh díosgáin.
" Buidheachas mór le Dia go dtánag as chómh
maith," ar seisean go háthasach.
Um an dtaca so bhí an spéir ag glanadh agus an
uain ag dul i mbreághthacht. Do thaithn an
ghrian leis. Do chiúnuigh an fhairrge agus bhí sí
chómh sleamhain le gloine.
. Do leath an babliac a chuid éadaigh amach
fén ngréin chun iad a thriomú, agus chrom sé ar
bheith ag infhiúchadh na fairrge thall is a bhfus
féachaint an bhfeicfeadh sé an báidín. Tar éis
í bhreithniú go maith ní raibh le feisgint ach an
spéir agus seol luinge a bhí chómh fada san uaidh

nár thaidhsigheadar a bheith níos mó ná beacha.
" Ní fheadar 'on tsaoghal," ar seisean, " cad é an
ainm atá ar an oileán so ? Agus má tá lucht comh-
naithe ann, an daoine macánta cneasta iad ná fuil
sé de dhroch-bhéas acu garsúin a chrochadh a
géagaibh crann ? ach má's rud é ná fuil aoinne
i n-a chómhnaidhe ann bead gan tuairisg."

Tháinig eagla a chroidhe air nuair a chuimhnigh
sé go mb' fhéidir gur i n-oileán gan tigh ná treabh
a bhí sé. Bhí sé chun tosnú ar ghol nuair a chonnaic
sé, ar ádhmharaighe an tsaoghail, tamall beag ón
gcladach, iasg mór agus é ag snámh sa bhfairrge
agus a cheann ós cionn an uisge aige. Ní raibh fios
a ainme ag an mbabliac, agus is é rud a dhein sé ná
liúghadh air i dtreo go n-aireofaí é. Dubhairt :
" An airigheann tú, a éisg, a dhuine uasail, an miste
dhom labhairt leat ? "

" Mhuise andaigh abair leat," arsan t-iasg. " Deil-
phín múinte béasach ab eadh an t-iasg agus is ró-
bheag díobh a bhíonn mar sin i n-aon fhairrge ar
domhan."

" An 'neosfá dhom, a éisg mhacánta, an bhfuil
bailte beaga san oileán so 'narbh fhéidir rud le
n-ithe a fhagháil ionnta gan dochar ná díobháil
do dhuine ? " arsan babliac.

" Tá cheana," arsan Deilphín, " is dá chómhartha
san, tá ceann aca ná fuil ró-fhada ón áit seo."

" Cá bhfuil an bóthar a bhéarfaidh chun an bhaile
sin mé ? " arsan babliac.

" Gaibh an bóithrín sin i leith na láimhe clé is
lean do shrón. Ní raghair amú," arsan Deilphín.

" Innis an méid seo eile dhom, ós tú bhíonn ag
siubhal na fairrge de ló is d'oidhche, an mbuailfeadh
báidín umat is m'athair istigh innti ? " arsa Pinoc-
chio.

" Agus, airiú ! cé hé t'athair ? " arsan Deilphín.

" Is é an t-athair is fearr san domhan é, agus is

mise an mac is measa a bhí riamh ag duine bocht," arsan bahliac.

"Ní fuláir, agus an anaithe a bhí ann aréir, nó tá an bád ar tóin puill," arsan Deilphín.

"Agus ní fheadar cad é an cor a rug m'athair ? " arsa Pinocchio.

"Is baoghalach gurab amhlaidh atá sé sloigthe ag an Míol Draide atá ag déanamh léirsgrios ins na ceanntracha so."

"Slán agat a éisg, a dhuine uasail," ar seisean.
"Gabhaim leath-sgéal leat i dtaobh an stró a chuireas ort."

"An míol mí-chuibheasach mór an Míol Draide ? " arsa Pinocchio agus é ag crith le hanaithe.

"Mí-chuibheasach mór an eadh ! Leig dom féin le n-a mhéad," arsan Deilphín. "Tá sé níos mó ná tigh go mbeadh chúig úrláir ann. Tá a chraos cómh fairsing chómh doimhin go ngeobhadh traen an bhóthair iarainn agus an t-inneall le n-a chois isteach ann gan aon doic."

"Dia lem anam ! " arsan bahliac agus é i riochtaibh tuitim i gceann a chos.

Chuir sé air a chuid éadaigh go tapaidh. "Slán

agat, a éisg, a dhuine uasail," ar seisean. " Gabh-
aim leath-sgéal leat i dtaobh an stró a chuireas ort.
Táim fé chomaoine mhór agat is gabhaim míle
buidheachas leat 'na thaobh."

Chómh luath is do bhí an méid sin ráidhte aige,
do chuir sé an casán amach de. Bhí sé ag siubhal
chómh mear lúthmhar san go mba dhóigh le duine
gur ag rith a bhí sé. Bhí sé ag féachaint roimis agus
i n-a dhiaidh le heagla go mbeadh an t-árrachtaidhe
Míol Draide ar a thóir.

Taréis bheith ag siubhal ar feadh leath-uair a
chluig do shrois sé áit ar a dtugtaí " Baile na
mBeach dTionnsgalach." Bhí na sráideanna lán
de dhaoine go raibh fuadar oibre fútha. Bhí gnó
fé leith ag gach duine á dhéanamh. Ní raibh duine
díomhaoin ná stróire bacaigh le feisgint i n-aon
chúinne.

" Tuigim," arsa mo Phinocchio, " nach áit
oireamhnach dómh-sa an ball so. Seadh ! obair
dom leithéid-se ! "

Bhí an t-ocras ag cur go dian air um an dtaca seo
mar nár bhlais sé ruainne bídh le ceithre huaire
fichead. Ní raibh pingin 'na phóca, is cionnus a
thiocfadh leis biadh d'fhagháil? Ní raibh aon
áirithe eile aige ach déirc a lorg nó obair a dhéanamh.

Bheadh náire air déirc a iarraidh mar deireadh a
athair leis i gcómhnaidhe ná raibh aon cheart ag
aoinne ach ag daoine críonna, nó ag dilleachtaí nó
ag daoine go raibh easbadh sláinte ortha, nó daoine
ná beadh lúth a ngéag acu, chun déirc a iarraidh.
Go raibh sé ceangailte ar gach aoinne eile a chuid a
thuilleamh le hallus a ghruadhanna. Gur bheag
an truagh an té ná déanfadh san ocras a bheith
air.

Agus é ag machtnamh ar an gcuma san ghaibh
fear, agus tuirse agus saothar air, an bóthar anuas
'na threo. Bhí dhá thrucailín guail aige 'á tharrang
agus é ar a dhícheall.

Dheallruigh Pinocchio ar a ghnúis gur dhuine deaghchroidheach é. Dhein sé air suas, agus saghas náire air, agus dubhairt go lag :
"Bheinn buidheach díot, a dhuine mhacánta, dá dtugthá leath-phingne mar dhéirc dom. Táim ag faghail bháis leis an ocras."
"Ní thabharfad ná cuid de leath-phingne," arsa fear an ghuail. "Ach má thagann tú annso is cabhrú liom chun na trucaile seo a tharraing go dtí an tigh tabharfad cheithre leath-phingne dhuit."

"Bheinn buidheach díot, a dhuine mhacánta, dá dtugthá leath-phingne mar dhéirc dom. Táim ag faghail bháis leis an ocras."

"Cuireann tú iongnadh orm!" arsan babliac agus geall le fearg air. "Mara raibh a fhios cheana agat é, bíodh a fhios anois agat é, ná rabhas-sa riamh is ná bead choidhche im bhreithidheach iomchuir ag aoinne."
"Is tú an duine le seans," arsa fear an ghuail. "Seadh má seadh ! mar réidhteach ar do dheacraí, níl agat ach dhá sgiolpóig mhaithe ramhra ded mhór-is-fiú féin d'ithe má bhíonn an t-ocras ad chlaoidhe. Seachain is ná luigheadh sé ar an ngoile agat."
I gcionn dá neomait do ghaibh saor-chloch an tslighe agus cliabh aoil ar a ghuailnibh aige.

" An ndéanfá déirc, a dhuine uasail, agus leath-
phingne a thabhairt do gharsún bhocht atá ag
mianfadhach leis an ocras ? " arsan babliac.
" Is mé a dhéanfaidh," arsan saor-chloch. " Tair
liom-sa is cabhruigh liom chun an aoil a bhreith
chugham, is ní leath-phingne a thabharfad duit ach
chúig cinn aca."
" Tá an t-ualach san ró-throm dómh-sa," arsa
Pinocchio. " Ní háil liom tuirse a chur orm féin leis."
" Nuair is go bhfuilir chómh soithréalta san bíodh
sé de leigheas is de chaitheamh aimsire agat bheith
ag mianfadhach leat, is go dtéighidh sé chun maith-
easa dhuit," arsan saor-chloch.
Ar a' dtaobh istigh de leath-uair a chluig do
ghaibh fiche duine an treo is d'iarr sé déirc ar an
uile dhuine acu. B'é an freagra a fuair sé uatha
uile go léir ná—
" Ba cheart duit náire a bheith ort. Imthigh is
faigh obair duit féin, is ná bí id liairne bacaigh ar
thaobh na sráide. Foghlumuigh cionnus tú féin
a chothú."
Ghaibh beainín daonnaċtamhail an treo i gcionn
tamaill agus dá chrúisgín uisge aici.
" An ndéanfá déirc, a bhean mhaith ? " ar
seisean, " is deoch den uisge a thabhairt dom. Tá
íota tarta orm." Níor dhein sí ach an dá chrúisgín a
leigint ar an dtalamh agus a rádh : " Ól cheana,
a dhalta." D'ól sé an deoch, mar a ólfadh gamhain
an bainne, go raibh sé lán go brághaid. Dubhairt
sé annsan i n-urchloisint don mhnaoi bhig—
" Tá an tart bainte dhíom, bheinn ar mo shástacht
dá bhfaghainn aon ghreim beag bídh. Táim
traochta ag an ocras."
Nuair a airigh an bheainín an méid sin dubhairt sí
leis—
" Má iomcharuigheann tú dhom ceann de na
crúisgíní seo tabharfad cannta breágh aráin duit."

D'fhéach sé ar an gcrúisgín is ní dubhairt go mbéarfadh ná ná béarfadh.

" I dteannta an aráin tabharfad mias cóilíse dhuit agus ola agus bhinéigre mar leasú uirthi," ar sise.

Thug Pinocchio súil-fhéachaint ar an gcrúisgín ach drud níor tháinig as.

" I dteannta na cóilíse tabharfad soghltas duit a bheidh tuillte de lionn-sheanda, "ar sise.

Nuair a chualaidh Pinocchio í ag labhairt ar an soghltas san tháinig uisge le n-a fhiaclaibh. Dhein sé suas a aigne láithreach as dubhairt :

" Go dtugaidh Dia cabhair is foidhne dhúinn ! Bhéarfad chughat an crúisgín."

Bhí an crúisgín trom. Nuair ná raibh sé de neart ag an mbabliac é bhreith leis 'na lámhaibh bhuail sé ar mhullach a chinn chuige é.

Nuair a shroiseadar an tigh chuir an bheainín i n-a shuidhe ag bórd beag é, is chuir sí

. . . . do chaith é féin ar ghealacán a dhá ghlún ag cosaibh na Sidheoige.

an biadh ós a chómhair. Ní ithe a dhein sé i n-ao' chor ar an mbiadh ach é alpadh. Bhí folamhas ann nár líonadh le cúig mhí roimis sin.

Nuair a mhaoluigh an t-ocras beagán do thóg sé a cheann chun a bhuidheachais a ghabháil leis an té fhóir air. Tháinig dhá chnap-shúil do nuair a cheap sé gurbh í Leanbh na Gruaige Goirme a bhí aige. Bhog a bhéal mar a bheadh sé chun labhartha léi. Bhí an forc 'na sheasamh 'na láimh aige agus a bhéal lán de bhiadh. " Cad tá ag cur an iongnadh ort ? " arsan bhean croidhe ag gáiridhe.

Dubhairt seisean agus stad 'na chainnt :
" Is é . . . Is é . . . Is é . . . go bhfuil cos-mhalacht . . . go gcuireann tú i gcuimhne dhom . . . is é . . . is é an glór céadna é. . . . na súile céadna iad. Is í an ghruaig chéadna í. Tá, tá, tá, gruaig ghorm ort-sa, leis, mar a bhí uirthi siúd . . . Ó, a Shidheog . . . Ó, a Shidheog a chroidhe 'stigh. Innis dom an tú atá ann. Ná coingibh i bpéin níos mó mé. Dá mbeadh a fhios agat . . . Do ghoileas an oiread san, d'fhuilingeas an oiread san . . ."

Nuair a tháinig an focal déannach as a bhéal do phléasg ar ghol is chaith sé é féin ar ghealacán a dhá ghlún ag cosaibh na Sidheoige.

XXV

Pinocchio cortha de bheith 'na bhabliac. Geallann sé don tSidheog go mbeidh sé na gharsún mhaith feasta is go raghaidh sé ar sgoil.

DO shéan an bheainín i dtosach barra gurbh í Sidheog na gruaige goirme í. Nuair a thuig sí nárbh aon mhaith dhi bheith á cheilt d'innis sí dhó gurbh í a bhí ann agus dubhairt :
" Airiú, a chladhaire bhig ! cionnus a fuarais amach gur mé a bhí ann ? "
" Is é an cion atá agam ort a thug chun mo chuimhne é," ar seisean.
" Is cuimhin leat go rabhas im leanbh nuair a fhágais mé. Táim im mhnaoi anois. Táim chómh mór agus dá mba gur mé do mháthair," ar sise.
" Sin é díreach mar is fearr a thaithneann an sgéal liom, mar féadfad maimí a thabhairt ort. Is fada mé ag tnúth le maimí a bheith agam mar a bhíonn ag gach aon gharsún. Ach cionnus a fhásais chómh mór ó shin ? " ar seisean.
" Rún iseadh an méid sin," ar sise.
" Innis dómh-sa é, d'oirfeadh dom fás. Níl ionnam ach aoirde dhá fhód móna, is b'fhearra liom ná rud maith go sínfeadh na cosa fúm," ar seisean.
" Is baoghlach ná fuil aon fhás i ndán duit," ar sise.
" Cad 'na thaobh san ? " ar seisean.
" Mar ná fásaid na babaliac choidhche. Tagaid siad ar an saoghal 'na mbabaliac. Mairid siad is faghaid siad bás 'na mbabaliac," ar sise.
" Táim cortha de bheith im bhabliac. Cad ab áil liom bheith ar an saoghal i n-ao' chor mara mbead im fhear mar chách ? " ar seisean.

" Agus beir leis má thuilleann tú é," ar sise.
" Dáiríribh ? Cad is ceart dom a dhéanamh
chuige ? " ar seisean.
" Rud ana-fhuiriste le déanamh iseadh é. Bheith
id gharsún mhaith," ar sise.

" An amhlaidh
ná fuilim ? " ar
seisean.

" Nílir ná i
n-aon chómhgar
do. Bíonn gar-
súin mhaithe
urraimeamhail
agus ní mar sin
duit-se," ar sise.

" Táim ad-
mhálach ná
gabhaim le
cómhairle," a r
seisean.

" Bíd garsúin
mhaithe ag fogh-
luim is ag
obair is ní mar
sin duit-se," ar
sise.

" Is fíor dhuit.
Bím im éagan
agus im ruath-
aire ó cheann
ceann na bliana,"
ar seisean.

" Innsid gar-
súin mhaithe an

D'fhiafruigh sé dhi arbh fhíor
go raibh sí marbh.

fhírinne i gcómhnaidhe," ar sise. " Seadh, is tá sé
de chéird agam-sa bheith ag innsint bhréag."
" Is maith le garsúin mhaithe dul ar sgoil," ar sise.

"Seadh agus tagann meidhreán im cheann-sa is crith im bhallaibh beathadh nuair a tráchtar ar sgoil liom, ach táim ceapaithe ar bheith im gharsúin mhaith feasta," ar seisean.

"An bhfuilir á gheallamhaint dom go mbeir? " ar sise.

"Táim, ba mhaith liom bheith im gharsún mhaith agus bheith mar chabhair agus mar theannta agem athair ... Ní fheadar cá bhfuil sé anois? " ar seisean.

"Ní fheadar," ar sise.

"An bhfuil aon tseans go bhfeicfead choidhche é? " ar seisean.

"Chífir," ar sise. "Cuir t'aigne chun suaimhnis sa méid sin."

Tháinig a leithéid d'áthas air go rug sé greim ar lámhaibh na Sidheoige agus gur phóg sé go díoghraiseach iad. D'fhiafruigh sé dhi arbh fhíor go raibh sí marbh. Dubhairt sise, agus fáth an gháire 'na béal, nárbh fhíor. "Dá mbeadh a fhios agat cad é an brón a bhí orm," ar seisean. "Cad é an greim a rug sé ar chroidhe agam nuair a léigheas, ' I n-a luighe annso, tá .... '"

"Is maith is eol dom é," ar sise. "Sin é 'chúis gur mhaitheas do dhroch-chionnta dhuit. Mara mbeadh san ní mhaithfinn. Thaisbeáin méid agus déine do bhróin go raibh an braon fónta i n-áit éigin ionnat. Bítear ag brath ó am go ham go ndéanfadh aimhleastóir de gharsún go mbíonn droch-bhéasa aige, ach ná bíonn droch-chroidhe aige, a leas luath nó mall. Sid é an chúis, féach, go dtánag-sa annso ad lorg. Déanfad ionad máthar duit," ar sise.

"Ó! nach breágh go léir an rud san," ar seisean agus é ag damhas le háthas.

"Déanfair rud orm, ná déanfair? " ar sise.

"Déanfad. Déanfad," ar seisean.

"Raghair ar sgoil amáireach mar sin? " ar sise.

Níor thaithn san le Pinocchio. D'imthigh cuid den áthas de.

" Féadfair pé ceárd nó ealadha is maith leat a thoghadh dhuit féin," ar sise.

Do thuit an lug ar an lag aige agus dubhairt sé rud éigin fé n-a fhiaclaibh.

" Cad é sin agat á rádh ? " arsan tSidheog, agus fearg uirthi.

" Deirim," ar seisean agus snagadh 'na ghlór, " go bhfuil sé ró dhéannach dómh-sa tosnú ar dhul ar sgoil anois."

" Níl, a bhuachaill," ar sise. " Ní déannach í an mhaith aon uair—go mór mór i gcúrsaí sgolaidheachta."

" Ach ní háil liom-sa bheith ag gabháil de chéird ná d'ealadhain," ar seisean.

" Cad 'na thaobh ? " ar sise.

" Mar cuireann an obair tuirse orm," ar seisean.

" Cad é an chríoch is dóigh leat a bheireann garsúin ded leithéid-se ? Príosún nó Tigh na mBocht is dán dóibh. Deirim an méid seo is ná leig thar do chluasaibh é, go bhfuil sé de dhualgas ar an uile dhuine, bíodh sé bocht nó nocht, obair nó gnó éigin a dhéanamh. Is mairg don té a leigeann don díomhaointeas teacht thiar anáirde air. Galar gránna iseadh é. I dtosach na haicíde iseadh is fusa í leigheas. Agus dá luaithe a tosnuigh tear ar an leigheas a dhéanamh is eadh is fearr é." Chuaidh an chainnt sin 'na luighe go daingean ar Phinocchio. Tháinig fonn air agus dubhairt :

" Foghlumóchad, oibreochad, is déanfad gach aon rud a déarfair liom mar táim cortha de bheith im bhabliac. D'fhulaingeochainn a lán chun bheith im gharsún. Nach fíor gur gheallais dom go mbeinn ? "

" Is fíor gur gheallas ach is fút-sa féin a bheidh," ar sise.

XXVI

Téigheann Pinocchio i n-aonfheacht le n-a chómh-dhaltaí sgoile go dtí an tráigh chun an Míol Draide a fheisgint.

CHUAIDH Pinocchio ar sgoil maidean lárna-bháireach. Mara raibh greann is sult ag na garsúin nuair a chonnaiceadar ag gabháil isteach sa sgoil chúcha é, ní lá fós é. Chuireadar sgeartaí gáiridhe asta is chromadar ar bheith ag imirt chleas air. Thóg duine acu a chaipín uaidh. Rug duine acu ar bheann dá chasóig is bhí á stathadh. Thug duine acu iarracht ar chroim-béal a dhathú le dubh air. Bhí tuille acu ag iarraidh téada a chur ar a chosaibh chun barrathuisle a bhaint as.

Do sgaoil sé leo ar feadh tamaill. Níor leig sé air gur chuir an méid sin aon chorrabhuais air. B'fhearr leis an t-imreas ná an t-uaigneas i dtosach barra. Ach nuair a lean an sgéal ró-fhada do bhris ar an bhfoidhne aige, agus d'ionntuigh sé ar an muinntir a bhí ag fonómhaid fé, is dubhairt agus fearg air :

" Seachnuighidh sibh féin, a shloigisg dhroch-mhúinte. Ní chun bheith im staicín áiféise agaibh a thánag-sa annso. Ceapaidh bhúr suaimhneas nó is díbh is measa. Cheapas i gcómhnaidhe go ngabhadh béasa is deagh-iomchur le sgolaidh-eacht."

" Mhuise deárna leat, a phlisbínigh ! Nach breágh bog a thagann an maoidheamh uait ! Mheasfadh aoinne gurab a leabhar a léigheadh an méid sin," arsa na háilteoirí, agus chuireadar liúgh eile mhagaidh suas. Chuir duine acu a bhí níos

droch-mhúinte ná an chuid eile a lámh amach
chun breith ar chuingcín air, ach má dhein níor
éirigh leis mar do sháith Pinocchio a chos uaidh
amach agus do bhuail sé speach ins na luirgnibh
air. Do bhéic an garsún agus dubhairt :
" Ó, dar fia ! cad iad mar chosa le cruadhas,"
agus chrom sé ar bheith ag cuimilt an ústa a cuireadh
air.

" Ó, a bhuachaillí ! " arsa garsún eile a fuair rop
dá uilinn ins na heasnaidheacha uaidh. " Dá
chruaidheacht iad na cosa is cruaidhe ná san na
huileanna." Geallaim dhuit nár chuir aoinne
isteach air as san amach. Níor bheag leo dhe. Is
amhlaidh a tháinig meas acu air agus urraim acu
dho. Bhí gach aoinne go mór leis agus eisean go
mór leo.

Bhí an máistir féin buidheach de. Mholadh sé
é mar bhí sé go ciallmhar agus go tuisgionach, is
thugadh sé aire mhaith dá ghnó. B'é an chéad
gharsún istigh sa sgoil ar maidin é, agus an garsún
deireannach a fhágadh an sgoil nuair a bhíodh
obair án lae i leath-taoibh. Ní raibh ach an t-aon
locht amháin air, b'é sin go mbíodh an iomarca
dúlach i gcuideachtanas aige. B'iad na cáirde ba
mhó a bhí aige ná roinnt ghleoisíní ná raibh aon
fhonn foghluma ortha. Bhí aithne mhaith ag an
múinteoir ortha, is bhíodh sé á chur 'na luighe air
nár chuideachta fónta dho iad. Níorbh é dearmhad
na Sidheoige a rádh leis fé dhó, fé thrí, é féin a
sheachaint ar dhroch-chómhluadar, nó mara
ndeineadh gurab é rud a imtheochadh air ná ná
fanfadh aon dúil sa léigheann aige, nó rud ba
mheasa ná san go gcuirfidís d'fhiachaibh air aimhleas
a dhéanamh. B'é an freagra a thugadh sé uirthi
ná : " Táim-se níos seana-chríonna ná san. Ní
haon leanbh ó aréir mise."

Thárla mar seo lá agus é ag dul ar sgoil gur

casadh gasra de na buachaillí díomhaoine seo air,
agus dubhradar leis : " Ar airighís an sgéal ? "
" Níor airigheas," ar seisean. " Cad é féin ? "
" Tá. Míol Draide chómh mór le cnoc a bheith
tagaithe annso sa bhfairrge láimh linn."
" Míol Draide ! " ar seisean. " B'é gurab é an

Bhí an máistir féin buidheach de. Mholadh sé é,
mar bhí sé go ciallmhar agus go tuisgionach. . . .

t-árrachtaidhe céadna é a bhí ann nuair a báthadh
m'athair."
" Ní fheadramair," ar siad san, " ach táimíd ag
dul chun na trágha chun lán súl a bhaint as. An
dtiocfair linn ? "

"Mise ! Ní raghad, ní mór dom dul ar sgoil," ar seisean.

"Cad é sin duit-se cad a dheineann an sgoil ? " ar siad san.

"Féadfam dul ar sgoil amáireach. Is ró bheag an bhrigh ceacht a bheith i n-easnamh ar dhúramáin mar sinn-ne."

"Agus cad déarfaidh an múinteoir ? " ar seisean.

"Abradh sé a rogha rod'. Nach chun bheith ag aighneas agus ag troid linn-ne atáthar ag díol tuarastail leis," ar siad.

"Agus cad déarfadh mo mhaimí dá mbeadh a fhios aici é ? " ar seisean.

"Ní bhíonn a fhios ag aon mhaimí leath dá mbíonn ar siubhal ag á gclainn," arsa na cuirbthigh bheaga.

"Ba mhaith liom an Míol Draide a fheisgint mar tá cúis fé leith agam leis. Ní· raghad ag féachaint air anois. Raghad ann um thráthnóna nuair a bheidh obair na sgoile i leath-taoibh," ar seisean.

"Mo ghraidhn tú, a amalóirín den tsaoghal," arsa garsún acu leis. "An amhlaidh a mheasann tú go bhfanfaidh an t-iasg mór san go dtiocfaidh do mhithidí-se ar dhul ag féachaint air ? Nuair a bheidh sé cortha den áit, tabharfaidh sé a aghaidh ar bhall éigin eile. B'fhearra dhuit an sgéal a thógaint uime n-a theas agus teacht láithreach linn-ne. Mara ndeinir beidh sé gan feisgint agat."

"An mór an aimsir nár mhór chun dul go dtí an tráigh ? " arsan babliac.

"Leath-uair ag dul agus leath-uair ag teacht," ar siad san. "Téanaidh orraibh, má's mar sin atá an sgéal, agus feiceam anois cé is fearr rith," ar seisean.

Siúd chun siubhail iad láithreach, a leabhair agus a gcáipéasaí fé n-a n-asgalaibh acu. Chuireadar ar na cosaibh treasna na machairí agus Pinocchio ar tosach i gcómhnaidhe. Bhí a leithéid sin de bhuinne fé gur dhóigh le duine air nach ag rith ach ag eiteallaigh a bhí sé—bhí sé chómh mear san.

D'fhéachadh sé 'na dhiaidh ó am go ham. Bhíodh sgeidimíní áthais air nuair a chíodh sé an mhuinntir

Siúd chun siubhail iad láithreach, a leabhair agus a gcáipéasaí fé n-a n-asgalaibh acu.

eile chómh fada siar uaidh agus a dteanga amuich leis an saothar acu. Ba bheag dá fhios a bhí ag an mí-adh buachalla an neomat san go raibh aimhleas déanta aige agus go ndéanfadh sé gol an gháire sin.

XXVII

Troid idir Phinocchio agus a chomrádaí. Gortuightear duine acu, agus gabhtar Pinocchio.

NUAIR a shrois Pinocchio an tráigh d'infhiúch sé an fhairrge go géar, ach má dhein ní fheaca sé Míol Draide ná aoinní mar é. Bhí an fhairrge chómh sleamhain le gloine. "Cá bhfuil an Míol Draide?" ar seisean le n-a chomrádaithe.

"Ní fuláir nó tá sgruid bheag aige á chaitheamh," arsa duine acu agus é ag gáiridhe.

"Ní dóichighe rud a dhein sé ná é féin a chaitheamh sa leabaidh chun greas beag a chodladh," arsa duine eile agus sgeart sé.

Thuig Pinocchio go rabhthas tar éis bob a bhualadh air. Ní dheaghaidh san síos ró-mhaith leis agus dubhairt sé go teasaidhe : "Cad 'na thaobh díbh an cleas san a imirt orm ? Ní fheicim-se go bhfuil aon tsult ann."

"Tá agus sult go tiugh," ar siad san d'aon ghuth.

"Agus cad é an sult é ? " ar seisean.

"Nach mór an ní tú choimeád ón sgoil, agus a chur d'fhiachaibh ort teacht le n-ár gcois. Ceapann tusa an buadh a bheith agat orrainn go léir. Bíonn tú deigh-bhéasach deaghiomchuir ! An amhlaidh ná fuil náire ort bheith chómh tugtha san d'fhoghluim?" ar siad.

"Má thugaim-se aire dom chuid leabhar cad é an bhaint atá aige sin libh-se ? " ar seisean.

"Gach uile bhaint. Mara mbeadh tusa bheith chómh maith ní bheadh leath-oiread milleáin ag an oide orrainn-ne," ar siad.

" Cad 'na thaobh a mhilleán san a chur orm-sa ? " ar seisean.

" Is iad an mhuinntir a thugann aire don léigheann is bun leis an múinteoir a bheith sa druim ruaig orrainn-ne. Mara bhfuil meas ag aoinne eile orrainn tá meas againn orrainn féin," ar siad san.

" Innsidh dom cad is ceart dom a dhéanamh chun aghaidh bhúr gcaoraidheachta a thógaint díom ? " ar seisean.

" Ba cheart duit-se leis fuath a bheith agat don sgoil, don léigheann, agus don mhúinteoir. Is iad na trí náimhde is mó againn iad," ar siad san.

" Acht dá mba thoil liom-sa leanamhaint den léigheann, cionnus a bheadh an sgéal ? " ar seisean.

" Thabharfaimís druim-láimhe leat, agus ní fhéachfaimís ar an dtaobh de bhóthar i n-a mbeithfeá. Dhíolfá as an chéad uair a gheobhaimís faill ort," ar siad san.

Phléasg Pinocchio ar gháiridhe agus chuir sé meill air féin chúcha.

D'éirigh an fhuil uasal i n-uachtar an uchta acu agus do léim an garsún ba mhó agus ba threise a bhí ortha chuige isteach agus dubhairt——

" Ná bí-se ag iarraidh maide mullaigh a dhéanamh díot féin annso. Mara bhfuil eagla agat-sa rómhainn-ne, níl aon eagla orrainn-ne rómhat-sa ach chómh beag. Cuimhnigh go bhfuilir it aonar agus go bhfuil mór-sheisear againn-ne ann."

" Mór-sheisear ! " ar seisean, " sin é uimhir na seacht bpeacaí marbhthacha," agus chuir sé gáire eile as.

" An gcloistí ! sin masla tabhartha dhúinn. Thug sé na seacht bpeacaí marbhthacha mar ainm orrainn," arsan garsún.

" A Phinocchio, gaibh leath-sgéal sa mhasla a thugais dúinn, nó mara ndéanfair beidh 'na chathú ort," ar siad san.

" Fí-ú ! " arsan babliac agus bhuail sé a mhéar ar bhior a chuingcín ag déanamh fonómhaide fútha.

" A Phinocchio, beidh droch-obair sa sgéal agus is tusa a dhíolfaidh as," ar siad san.

" Fí-ú," arsa Pinocchio.

" Leadhbfar tú mar leadhbfí asal ! " ar siad san.

" Fí-ú," ar seisean.

" Beidh cuingcín briste ag dul abhaile agat," ar siad.

" Fí-ú," ar seisean.

" Bhéarfad-sa ' fí-ú ' dhuit," arsan té ba dhána de na buachaillí. " Bíodh an méid seo agat agus do sheans," arsan garsún, á aimsiú le buille 'dhorn sa cheann. Ach ní raibh ann ach babhta agus malairt mar do thug Pinocchio, ní nárbh iongna, buille 'dhorn do-san. Níor fágadh fútha é. Bhí buille ós gach aoinne ar Mhaolmhuire annsan—iad go léir ar tí Phinocchio.

Dhein Pinocchio laochas á chosaint féin. Chuir sé tinneas agus ústaí go tiugh ortha agus bhí cuimhne go ceann tamaill ar na troighthe cruadha adhmaid acu. Dhruideadar amach uaidh. Tháinig uabhar ortha nuair nár éirigh leo gabháil de chrobh-nirt air. Bheartuigheadar go gcuirfidís an ruaig air le hurchair. D'osgluigheadar na tiachóga leabhar a bhí acu agus do raideadar na leabhair leis. Bhí súile aibidh faghartha ag an mbabliac. Do chíodh sé na leabhair ag teacht agus do sheachanadh sé na hurchair. Isteach sa bhfairrge thuit an uile leabhar acu. Cheap na héisg nuair a thuit na leabhair sa bhfairrge gur biadh a bhí caithte chúcha, agus chnuasuigheadar 'na sgataí ó gach áird. Tar éis roinnt bhilleog a bhlaiseadh chaitheadar amach arís iad. Chuireadar gronnaí 'na mbéal mar adéarfaidís :

" Tá taithighe againn-ne ar bhiadh agus ar

shoghluistí níos fearr ná iad so. Tá an léigheann so ró thur dúinne-ne."

Nuair a bhí an troid ag dul i bhfíochmhaire tháinig portán mór aníos as an bhfairrge, agus do shraoil sé é féin, go mall réidh, suas ar an dtráigh. Dubhairt sé do ghlór gharbh bhodhraighe——

. . . tháinig portán mór aníos as an bhfairrge . . .

" Cuiridh uaibh, a dhiablóirí, mar ní hé a mhalairt sibh. Is annamh a bhíonn coimheasgar idir gharsúin ná go ngortuightear duine éigin. I ndeire an gháiridhe bíonn mainí an ghoil."

Ba mhar a chéile don phortán bhocht bheith ag cainnt le taobh an fhalla agus bheith ag tabhairt cómhairle dhóibh. Níor thugadar aon áird air

I n-ionad san is amhlaidh a fhéach an sgeonthairt sin Pinocchio go madramhail air, agus dubhairt go droch-mhúinte leis :
" Éist do bhéal, a phortáin ghránna ! B'fhearra dhuit go mór ceapairí liocairise do shughrac chun an sgórnach thinn sin agat a chneasú. Éirigh sa leabaidh duit féin féachaint an bhféadfá allus a chur díot." Bhí deire na leabhar caithte ag na garsúin um an dtaca so. Do leagadar a súile ar thiachóig leabhar Phinocchio, agus chuadar i n-achrann, i bpreabadh na súl, ann. Bhí leabhar trom ortha go raibh clúdach de pháipéar tiugh taithiceach air agus na cúinní feistithe le croiceann caorach. Rug cuirbtheach acu ar an leabhar san. D'fhéach sé fé dhéin an chinn ag Pinocchio chun é bhualadh ann. Chaith sé an t-urchar le neart agus le lúth a ghéag. Ach i n-ionad an babliac a bhualadh, d'aimsigh sé duine dá bhuidhin féin san uisinn. D'ionntuigh a líth sa gharsún bhocht a gortuigheadh. Ní raibh d'uain aige ach " Dia lem anam ! táim réidh " a rádh nuair a thuit sé 'na chnaipe ar ghainimh an chladaigh. Nuair a chonnaic na garsúin an méid sin tháinig sgannradh ortha, agus do ritheadar as an áit chómh dian i nÉirinn agus d'fhéadadar é.

Do baineadh beatha na n-éag as Pinocchio, ach d'fhan sé mar a raibh aige. Ba mhaith an mhaise aige é. Chuaidh sé i gcabhair an gharsúin a bhí ar lár. Tharraing sé chuige hainceasúr a bhí aige. Do thum sé i n-uisge na fairrge é agus chrom sé ar uiseanna an té bhí sínte a fhliuchadh. Bhí sé ag sileadh deor, agus ag glaodhach go truaighmhéileach as ainm air nuair a bhí sé á dhéanamh san. Deireadh sé :
" A Eoghain ! A Eoghain bhoicht a chroidhe 'stigh. Osgail do shúile agus féach orm ! Cad 'na thaobh ná labhrann tú liom ? Ní mise a ghortuigh tú ! Ní mé go deimhin. Osgail do shúile, a

Eoghain, nó mara n-osgluighir ní fada uaim-se
an bás. Ó! a Thighearna an tsaoghail! Cionnus
a thabharfad aghaidh ar an mbaile agus ar mo
mhaimí? Cá dtabharfad m'aghaidh? Cá
raghad i bhfolach? Ó! nárbh fhearra dhom,
nárbh fhearra dhom míle uair, dá dtéighinn ar
sgoil. Ba bheag an chiall a bhí agam agus aon
chluas a thabhairt do na háirseoirí. Chuireadar
i n-angaid mé. Dubhairt an múinteoir go gcuirfidís.
Dubhairt mo mhaimí liom go mion minic gur mar
sin a bheadh. ' Seachain tú féin ar dhroch-
chuideachtain dá saghas' adeireadh sí. Ach do
ghabhadh an chómhairle sin isteach tré chluais
liom agus amach tríd an gcluais eile. Is í mo
chómhairle féin a dheineas. Bhíos díchoisgithe
agus tá a rian orm. Ní raibh aon lá den rath orm
ó cuireadh ar an saoghal mé. A Dhia mhóir na
gcómhacht cad a dhéanfad? "
Bhí Pinocchio á shuathadh féin agus ag déanamh
buaidheartha i dtaobh a dhroch-chionnta féin agus
i dtaobh Eoghain bhoicht a bheith ar lár nuair a
airigh sé an siubhal chuige. Cé bheadh ann ach
beirt de lucht airm.
" Cad tá agat 'á dhéanamh annsan? " ar siad
san.
" Táim i bhfeighil an gharsúin bhoicht seo," ar
seisean.
" An amhlaidh a imthigh aon tionóisg air? "
ar siad san.
" Is dócha gurab amhlaidh é," ar seisean.
D'infhiúchadar araon Eoghan go cúramach. " Tá
an sgéal go holc ag an ngarsún, tá sé gortuithe san
uisinn. Cad d'imthigh air? Cé ghortuigh é? "
" Ní mise dhein é," arsan babliac.
" Maran tusa tá ciontach, cé ghortuigh é? " ar
siad san.
" Ní mise dhein é," ar seisean.
" Cad le n-ar goineadh é? " ar siad san.

" Leis an leabhar so," ar seisean ag tógaint an leabhair den talamh agus á thaisbeáint dóibh.
" Agus cé leis an leabhar san ? " ar siad san.
" Liom-sa," arsa Pinocchio.
" Ní beag san. Éirigh it' sheasamh agus tair linn-ne," ar siad san.
" Ní mise . . ." ar seisean.
" Siubhluigh leat ! " ar siad san.
" Ach nílim-se cionntach," ar seisean. Sar ar fhág na fir airm an áit do ghlaodhadar ar roinnt iasgairí a bhí ag gabháil go hádhmharach ar feadh na trágha agus dubhradar :

" Tá an garsún so gortuithe sa cheann agus táimíd á chur de chúram orraibh-se. Beiridh libh abhaile é agus tugaidh aire dho. Tiocfam thar n-ais amáireach chun é fheisgint."

D'árduigheadar na fir airm Pinocchio leo agus é gabhtha istigh eatortha agus dubhradar leis go hughdarach, " Siubhluigh leat go mear nó mara ndeinir is duit is measa."

Níor ghádh dhóibh é rádh an tarna huair leis. Ghabhadar an bóithrín chun an tsráid-bhaile.

Ní fheadair mo Phinocchio bocht ciaca ar a cheann nó ar a chosaibh a bhí sé ag siubhal. Cheap sé gur taidhrithe a bhí á dhéanamh do. B'shid iad na taidhrithe gránna. Ní fheadair sé cad a bhí aige á dhéanamh. Bhí a chosa ag lúbadh fé. Bhí a theanga súighte siar 'na chraos agus ag ceangal dá charball. Ní raibh ann labhairt. B'é an rud ba mhó a rug greim ar chroidhe aige ná go gcaithfeadh sé ghabháil thar brághaid tighe na Sidheoige agus é gabhtha 'na bhráighe. Ba chruaidh an céim leis é. B'fhearr leis bás d'fhagháil ná é.

Bhíodar buailte leis an sráid nuair a tháinig seortha gaoithe a sguab biréad an phríosúnaigh chun siubhail. Rugadh an hata deich éigin slata ón áit.

"Má's é bhúr dtoil é raghad d'iarraidh mo hata," ar seisean leo.

"Imthigh cheana," ar siad, "ach ná bí i bhfad ar a thí, mar tá deithneas orrainn."

D'árduigheadar na fir airm Pinocchio leo, agus é gabhtha istigh eatortha . . .

D'imthigh an babliac. Fuair sé an hata ach má fuair níor fhill sé ar an lucht coimeádta. As go bráth leis fé dhéin na trágha.

Mheas na fir airm ná raibh aon dul acu féin ar theacht suas leis. B'é rud a dheineadar ná gadhar a bhuaidh an chéad duais i gcúmhchoimhling na ngadhar a ghéarú leis. Dá fheabhas rith a bhí ag Pinocchio b'fhearr ná san ag an maistín é. Nuair a airigh na daoine an puile-umá-liúghadh sháith cuid acu a gcinn amach tré na fuinneoga agus chnuasuigh tuille aca sa tsráid chun radharc a fhagháil ar an bhfiadhach. Ach bhí breall ortha mar níorbh fhéidir Pinocchio ná an maistín a fheisgint le neart ceo-bóthair.

XXVIII

Pinocchio dála bric éisg i mbaoghal a róstaithe i bhfriochtán.

BHÍ tamall agus ní fheadair Pinocchio, agus é ag teicheadh, an mbéarfadh sé an t-anam leis, bhí an sgéal ag dul chómh cruaidh sin air. D'fháisg Sgiatháin Órdha (b'shid é ainm an ghadhair) chun reatha agus bhí sé ag breith suas air. Bhí sé tagaithe i ngiorracht slaite dho. D'airigh an babliac saothar an arrachtaidhe agus do mhothuigh sé gal te a anáile.

Bhí sé de sheans ar Phinocchio go raibh sé buailte leis an dtráigh um an dtaca san, ní raibh an fhairrge ach beagán coiscéimí uaidh.

Nuair a shrois an babliac an tráigh thug sé léim as a chorp agus isteach san uisge leis. Cheap Sgiatháin Órdha tarrac siar, ach bhí a leithéid sin d'fhuinneamh leis nár fhéad sé baint uaidh féin i n-am. Do tógadh leis agus do caitheadh isteach san uisge é. Bhí sé de mhí-sheans air ná féadfadh sé snámh. Bhí sé ag iarraidh a cheann a choimeád ós cionn uisge agus theip san air. Nuair a tháinig sé ar barra an uisge bhí sgárd 'na dhá shúil agus iad mar a bheidís chun léimt amach as a cheann. Dubhairt sé d'amhstraigh—

" Táim 'om bháthadh ! Táim 'om bháthadh."

" A mhuise go mbáithtear tú ! " arsan babliac leis. Bhí sé tamall uaidh agus bhí a fhios aige go raibh sé ó bhaoghal.

" Fóir orm, a Phinocchio ! Saor mé ón mbás ! " arsan gadhar.

Bhí an deagh-chroidhe i bPinocchio agus nuair a airigh sé an sgreadach thruaighmhéileach ghlac

truagh don ghadhar é. D'ionntuigh sé a aghaidh air agus dubhairt leis :
" Má chabhruighim-se leat, a' ngeallfair dom ná rithfir im dhiaidh arís agus ná déanfair a thuille cur isteach orm ? " arsan babliac.
" Geallaim óm chroidhe ná déanfad. I bpéin Dé agus brostuigh ort ! Mara mbrostuighir táim caillte ! " arsan gadhar.
Do stad an babliac ar feadh sgaithimhín. Ach nuair a chuimhnigh sé go n-abradh a athair go minic

D'airigh an babliac saothar an árrachtaidhe
agus do mhothuigh sé gal te a anáile.

leis nár deineadh deagh-ghníomh riamh ná go bhfaghfaí a thoradh, do shnáimh sé go dtí Sgiatháin Órdha. Rug sé greim ar eirball le n-a dhá láimh air agus chuir sé saor slán ar ghainimh na trágha é. Ní fhéadfadh an gadhar bocht fanamhaint 'na sheasamh. Bhí sé chómh líonta le luamhnán toisg an méid d'uisge an tsáile a bhí ólta aige dá aindeoin.
Nuair a bhí an méid sin carthanachta déanta ag an mbabliac do léim sé sa bhfairrge arís, bhí droch-iontaoibh as an ngadhar aige. Agus é ag druid-

eamhaint ón dtráigh do labhair sé chun a charad
agus dubhairt :

" Slán agat, a Sgiatháin Órdha, agus go mbeiridh
Dia slán tú."

" Go dtéighir slán, is beir mo bheannacht leat,"
arsan gadhar, " Gabhaim míle buidheachas leat i
dtaobh mé shaoradh ón mbás. Táim fé chomaoine
mhóir agat agus b'fhéidir go gcúiteochainn leat lá
éigin é."

Do lean an babliac ar snámh leis cois na trágha.

. . . do shnáimh sé go dtí Sgiatháin Órdha.
Rug sé greim ar eirball le n-a dhá láimh air, . . .

Shrois sé i gcionn tamaill áit 'nar mheas sé go
mbeadh sé ó bhaoghal. Súil-fhéachaint dá dtug
sé thug sé fé ndeara pluais ins na carraigreacha
agus deatach ag teacht aisti.

" Ní fuláir nó tá teine sa phluais sin," ar seisean
leis féin. " Is é is fearr ná a chéile ! Raghad
isteach agus téidhfead is triomóchad mé féin. Ní
bheidh annsan againn ach déanamh chómh maith
agus fhéadfam."

Siúd leis. Bhí sé láimh leis an gcarraig agus é

chun na slighe suas a chur de nuair a mhothuigh
sé rud éigin fé á árdach san aer. Thug sé iarracht ar
theicheadh ach bhí sé ró dhéannach aige. Cad é
mar iongnadh a bhí air nuair a fuair sé é féin gabhtha
istigh i líontán a bhí lán d'iasg as iad ag ionfairt
is ag cliotaráil.

Ar an neomat san chonnaic sé iasgaire ag teacht
amach as an bpluais. Bhí sé chómh greannamhar
chómh gránna san ná feadaraís cad leis go ndeall-
rófá é. Tháinig fionnaitheacht ar an mbabliac
nuair a fhéach sé air. Glasraí a bhí mar stothall
gruaige air. Bhí a chroiceann, a shúile, agus a
chuid féasóige ar dhath na nglasraí. Ní fheacaís
oighre riamh ar airc-luachra a bheadh 'na seasamh
ar a cosaibh deiridh ach é. Nuair a tharraing an
t-iasgaire an líontán chuige chuir sé liúgh áthais
as agus dubhairt—

" Moladh go deo leis an Riarthóir ! Ní bheidh
bac orm mé féin a shásamh ar iasg indiu arís ! "

Tháinig breis mhisnigh do Phinocchio agus
dubhairt in' aigne féin—" Is maith an bhail orm-sa
nach iasg mé."

Rugadh an líontán is a raibh ann isteach sa
phluais. Bhí an áit chómh dubh le sméarabhán le
neart deataigh. Bhí friocht-oighean ar an dteine
agus é lán d'ola, agus ba bheag ná go mbainfeadh an
baluithe gránna a bhí san áit an anál de dhuine.
" Beidh a fhios anois againn cad tá sa líon," arsan
t-iasgaire. Sháith sé crúca de láimh isteach sa
líon agus tharraing sé amach lán a ghlaice de
bhléidhtheacha. D'fhéach ortha agus do bhalath-
uigh iad, is dubhairt :

" Ó, nach breágh go léir na bléidhtheacha iad,"
agus chaith sé isteach i mbeiste gan uisge iad.

Tharraing sé amach glac is glac eile dhíobh.
Deireadh sé agus uisge le n'fhiaclaibh chúcha—

" Ó, a laogh liom, nach breágh na paitirí iad na

faoitíní ! Nach buacach an biadh iad na bléidh-
theacha ! Nach mór an soghltas na leathóga !
Nach áluinn an sgruid iad na luiseanna ! Grádh mo
chroidhe na séirdíní ! " Chaith sé iad go léir isteach
sa bheiste i dteannta na mbléidhtheacha.

Nuair a bhíodar go léir tarraingthe amach aige
bhí Pinocchio fós ar thóin an líontáin.

"Cad é an saghas éisg
é seo ?"

Nuair a thóg sé
amach é do leath a
shúile air agus ba
bheag ná go dtáinig
sgannradh   a i r .
Dubhairt sé leis
féin : " Cad é an
saghas éisg é seo ?
Ní fheaca agus níor
bhlaiseas a leithéid
fós go dtí so ! "
Tar éis é infhiúch-
adh go maith
dubhairt : " Is
deallrach le piar-
dóig é." Do dhubh-
uigh is do ghor-
muigh ag an
mblabliac nuair a
airigh sé piardóg á
thabhairt air féin,
is dubhairt go
feargach :
" Is cuma ciaca
piardóg mé nó nach
eadh, féach rómhat féin is ná tabhair aon an-chor
dom. Bíodh a fhios agat gur babliac mise."

" Babliac ! " arsan t-iasgaire. " Mionnaim is
móidighim ná feaca an t-iasg babliac riamh go dtí
so ! Sin mar is mó an fonn a bheidh orm tu d'ithe."

" Me d'ithe, an eadh ? An amhlaidh ná creideann

tú nach iasg mé ? Tá ciall agus cainnt agam-sa rud
ná fuil ag iasg."

" Is fíor san," arsan t-iasgaire. " Ó thárla
gurab iasg tú agus go bhfuil an buadh san agat
gheobhair dlighe na ríochta. Tabharfad duit an
urraim is dual."

" Cad é an urraim é sin ? " arsan babliac.

" Mar dheimhniú ar ár gcaradas agus ar an meas
atá agam ort féadfair féin an chuma 'narbh fhearr
leat tú ullmhú do thoghadh. Arbh fhearr leat go
bhfriochfaí san oigheann tú nó tú ullmhú sa mhéis,
agus annlan tomáta a chur ort ? " arsan t-iasgaire.

" Chun na fírinne a innsint duit," arsan babliac.
" Má fágtar an togha fúm-sa is é an rogha ab
fhearr liom ná cead mo chos a thabhairt dom i
dtreo go bhféadfainn dul abhaile."

" Ariú an ag magadh ataoi ? " arsan t-iasgaire.
" An dóigh leat ó sheoladh im threo thú, go leigfead
uaim tú is ná feictear do leithéid choidhche insna
fairrgí seo, gan tú d'ithe ?

Sochróchad-sa an sgéal duit. Ní bheidh aon
chúis gearáin agat mar róstfad sa bhfriocht-oigheann
i dteannta na n-iasg eile thú. Is mór an ní an chuid-
eachta."

Nuair a airigh an babliac bocht an méid sin,
chrom sé ar ghol agus ar bhéicigh, agus bhí sé ag
cur a chomairghe chuige. Dubhairt sé :

" Ní bheadh an droch-sgéal so agam dá dtéighinn
ar sgoil ! Thugas toil do chómhairle dhroch-
chomhluadair is táim ag díol anois as ! " is bhí
gach aon " Ih ! ih ! ih ! " aige. Bhí sé ag casadh
agus ag lúbadh d'iarraidh é féin a réidhteach a
crúcaí an iasgaire. Dhein an t-iasgaire seift mhaith
air. Do cheangail sé a chosa agus a lámha go docht
le súgán luachra agus do chaith sé isteach i dteannta
na n-iasg eile é—isteach sa bheiste.

Tharraing an t-iasgaire soitheach mór adhmaid a
bhí lán de phlúr annsan chuige, agus do chrom sé ar

bheith á chuimilt de na héisg. Nuair a bhíodh san déanta leo do chaitheadh sé isteach sa bhfriocht-oigheann iad. B'iad na faoitíní bochta is túisge a cuireadh ag damhas san ola bheirbhithe, annsan na portáin, annsan na séirdíní agus annsan na leathóga. Nuair a bhíodar go léir istigh tháinig uain Phinocchio; nuair a chonnaic an mí-ádh bocht go raibh an bás buailte leis (is ba sgannramhail an bás é) do chrith a bhalla beathadh go léir. Drud ná drannadh níor tháinig as a bhéal ach bhí na hathchuinghithe cruadha aige á chur suas ó n-a chroidhe agus ó n-a chliabh.

Bhí an t-iasgaire chómh gnóthach san iomlasg sa phlúr nár thug sé an méid sin fé ndeara. Bhí a oiread san plúir curtha aige ó mhullach talamh air gur dheallrach le babliac a bheadh déanta d'aol é. Rug an t-iasgaire greim ar cheann air agus . . .

XXIX

Filleann Pinocchio go tigh na Sidheoige. Geallann sí dho go mbeidh sé 'na gharsún cheart lárnabháireach. Sgruid chaifí agus bhainne chun aghnó a dhéanamh do.

BHÍ an babliac, agus a chulaith phlúir uime, idir a lámhaibh ag an iasgaire agus é ar tí é chaitheamh isteach san oigheann nuair a tháinig gadhar mór isteach ar bhaluithe an rósta. Bhí ocras ar an ngadhar is bhí sé ag suathadh is ag crothadh a eirbaill fé mar a bheadh sé ag brath ar chuid den bhiadh d'fhagháil. "Sgrios leat féin as san," arsan t-iasgaire leis agus thug sé iarracht ar buille de bharra a choise a bhualadh air. Ach ní haon bhuanna balbh gadhar go mbíonn ocras air. D'ionntuigh sé ar an iasgaire is do dhranntuigh sé chuige.

Ar an neomat san do hairigheadh an glóirín lag á rádh—"Saor mé, a Sgiatháin Órdha, nó róstfar mé."

Tháinig iongnadh a chroidhe ar an ngadhar nuair a airigh sé an glór ag teacht as an saghas foisgeallaigh a bhí i lámhaibh an iasgaire. D'aithn sé láithreach cé bhí ann. Siúd anáirde de léim é agus rug sé go cneasta ar an mbabliac agus sgiúird sé amach as an bpluais mar a bheadh splannc ann. Do ghlac fearg an t-iasgaire nuair a snapadh an t-iasg uaidh, is chuir sé chun reatha. Ní raibh ach roinnt coiscéimí tabhartha aige nuair a tháinig racht casachtaighe air agus b'éigean do filleadh abhaile. Nuair a bhain Sgiatháin Órdha amach an bóithrín chun an tsráid-bhaile leig sé a chara go réidh ar an dtalamh.

" Ní féidir dom buidheachas a ghabháil go deo leat ! " arsan babliac.

" Ná bíodh ceist ort," arsan gadhar. " Nár shaorais-se mise ? " Níor dheineas-sa ach an méid a dheinis-se dhom a chúiteamh leat. Níl sa tsaoghal

" Sgrios leat féin as san," arsan t-iasgaire.

so ach ár ndícheall a dhéanamh ar son a chéile. Cionnus a ráinig duit-se dul isteach sa phluais ? " arsan babliac.

" Bhíos sínte annso ar an dtráigh agus ní raibh aoinní leis an anam ionnam nuair a tháinig baluithe an rósta chugham leis an ngaoith. Do ghríosuigh an baluithe an goile agam. Do leanas an baluithe agus dá mbeinn aon phioc níos déannaighe . . ."

" Ó, ná labhair liom air ! " arsan babliac agus bhí sé ag crith le heagla. " Ná labhair liom 'na thaobh ! Dá mbeithfeá aon phioc níos déannaighe bhíos rósta, ithte, agus im fheoil fhuair ar a chroidhe um an dtaca so aige. "Brrr !" ar seisean. "Cuireann sé fionnaitheacht orm nuair a chuimhnighim air."

Do shín Sgiatháin Órdha a lapa dheas amach chun an babliac agus d'fháisg seisean barróg air chun a charadais a chur i n-úil do. D'fhágadar slán ag á chéile annsan.

Chuir an gadhar an bóthar abhaile dhe, agus chuaidh an babliac go bothán ná raibh a bhfad ón áit. Bhí sean-duine ag an ndorus roimis agus é á ghrianadh féin. Chuir an babliac tuairisg Eoghain air (B'é Eoghan an garsún a buaileadh leis an leabhar). Arsan sean-duine : " Thug roinnt iasgairí go dtí an áit seo é, agus tá sé anois . . . " Níor fhéad sé an sgéal a chríochnú m a r dubhairt an babliac agus sgeit 'na chroidhe :

. . . rug sé go cneasta ar an mbabliac, agus sgiúrd sé amach as an bpluais mar a bheadh splannc ann.

" Is dócha go bhfuil sé marbh ! "

" Ambasa féin ná fuil. Tá sé thall sa bhaile slán folláin," arsan sean-duine.

" An fíor é ? Má's fíor is dócha ná raibh an gortú chómh díobhálach is do cheapamair-ne é ! " arsan babliac is do gheal a ghnúis.

" Bhí sé chómh holc san go bhféadfadh sé bheith 'na thrúig bháis aige," arsan sean-duine. " Do haimsigheadh sa cheann le leabhar mór trom é. Geallaim dhuit go ndeaghaidh sé saor go maith as."

Chuir an babliac tuairisg Eoghain air—(an garsún a
buaileadh leis an leabhar).

" Agus cé chaith an leabhar leis ? " arsan babliac.
" Comrádaidhe sgoile dho, gurbh ainm do Pinoc-
chio," arsan sean-duine.
" Agus cé hé an Pinocchio so ? " arsan babliac,
mar dheadh is ná feadair sé cérbh é féin.
" Deirtear gur ruathaire de gharsún gan chiall

é is ná fuil aon teora le na chuid aimhlis," arsan sean-duine.

" Sin masla agus éitheach dearg ! " arsan babliac.

" Cad é do thuairim as ? " arsan sean-duine.

" Samhluighim-se gur mac maith é. Tá sé ana-thugtha don léigheann. Tá sé urraimeamhail dá athair, agus tá cion aige ar mhuinntir an tighe " . . . arsan babliac, agus ní raibh aon chol aige le bheith ag sgeilceadh éithigh. Do ráinig do, nuair a tháinig an focal déannach as a bhéal, a mhéar a bhualadh ar a chuingcín agus thug sé fé ndeara go raibh leathchromadh d'fhaid tagaithe ann. Tháinig sgannradh air is dubhairt : " Ná creid aon fhocal atá ráidhte agam 'na thaobh. Tá togha na haithne agam-sa air, is níor shiubhluigh ar dhrúcht ná ar fhaithche riamh aon gharsún is mó a dheineann aimhleas do féin ná é. Níl aidhm ar leabhar ná ar léigheann aige. Is beag ná go mb'fhearr leis é mharbhú ná dul ar sgoil."

Chómh luath is do bhí an méid sin ráidhte aige d'imthigh an fhaid as an gcuingcín.

" Cad a bhí agat á dhéanamh go bhfuilir bán ar an gcuma san ? " arsan sean-duine go neamh-thuairmeach.

" Is amhlaidh a chuimligheas mé féin d'fhalla a bhí buailte le haol," arsan babliac, mar bhí náire air a innsint cad a bhí imthithe air.

" Cár ghabhais led chuid éadaigh ? " ar seisean.

" Bhuail bitheamhnaigh umam agus bhaineadar díom a raibh umam. Ní fheadar a mbeadh aon tseana-bhalcais éadaigh agat a thabharfá dhom— oiread is bhéarfadh abhaile mé ? " ar seisean.

" Ariú a gharsúin, níl aon tsaghas éadaigh fé iadh an tighe agam ach mála beag a mbíonn pónairí ann. Má's maith leat é thógaint, sid é annsan agat é," arsan sean-duine.

Thóg Pinocchio an máilín agus b'é bhí go buidh-each. Fuair sé deimheas is chuir sé poll i dtóin an mháilín agus poll i ngach cliathán de. Chuir sé air é mar a chuirfeadh sé léine air, is siúd fé dhéin an bhaile bhig é. Ach ní raibh sé istigh leis féin. Bhí an oiread san mearbhaill air is é ag cur na slighe dhe go dtugadh sé coiscéim ar gcúl i n-aghaidh gach coiscéim a thugadh sé ar aghaidh. Deireadh sé agus é ag cainnt leis féin— " Cionnus a thabharfad aghaidh ar an Sidheoig ? Cad déarfaidh sí nuair a chífidh sí mé ? An maithfidh sí mo dhroch-chionta dhom ? Ar nóin ní mhaithfidh. Tá an dubh déanta cómh minic sin agam uirthi ná fuil a mhalairt tuillte agam. Is geallamhaint is briathra is cailleamhaint 'na dhiaidh san i gcómhnaidhe agam é."

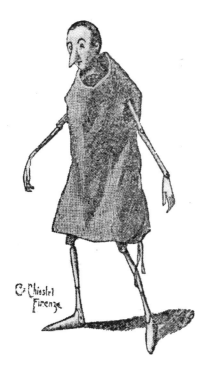

Chuir sé air é mar a chuirfeadh duine léine air.

Bhí sé 'na oidhche dhorcha nuair a shrois sé an sráid-bhaile. Bhí anaithe ann, is dá dheasgaibh sin do dhein sé ceann ar aghaidh ar thigh na Sidheoige, is é láncheapaithe ar bhualadh ag an ndorus chun é leigint isteach.

Ach chaill ar an misneach aige, agus i n-ionad bualadh is amhlaidh a chuaidh sé fiche coiscéim i ndiaidh a chúil. Tháinig sé an tarna huair, agus b'é an cleas céadna aige é. Ní rug an tríomhadh hiarracht buadh. An ceathramhadh uair rug sé ar an mbaschrann agus do bhuail go socair réidh. I gcionn leath-uaire nó mar sin do hosgluigheadh fuinneog san úrlár uachtarach (bhí cheithre húrláir sa tigh) agus do chuir Seilchide mór a cheann sa bhfuinneoig agus dubhairt uaidh anuas :

" Cé atá annsan an t-am so d'oidhche ? ''

" An bhfuil an tSidheog sa bhaile ? " arsan babliac.

" Tá sí 'na codladh agus ní leomhfar í dhúiseacht," arsan Seilchide. " Ach cé hé tusa ? "

" Mise atá ann," arsan babliac.

" Cé hé an mise sin ? " arsan Seilchide.

" Pinocchio," arsan babliac.

" Agus cé hé an Pinocchio sin ? " arsan Seilchide.

" An babliac atá ag fanamhaint sa tigh seo," arsa Pinocchio.

" Ó, tuigim anois," arsan Seilchide. " Fan annsan liom. Táim ag dul síos láithreach agus osglóchad g a n mhoill duit."

" Ar son Dé agus le hanamann do mharbh, is brostuigh ort, mar táim caillte a g an bhfuacht," arsan babliac.

" Airiú a bhuach-

" Cad tá agat á dhéanamh annsan, agus do chos sáidhte tríd an ndorus agat ? "

aillín, seilchide iseadh mise agus ní bhíonn deithneas choidhche ar mo leithéid."

D'imthigh uair a chluig agus d'imthigh dhá uair a chluig agus bhí an dorus gan osgailt. Bhí Pinocchio fliuch báithte is bhí sé ag crith leis an bhfuacht agus leis an eagla. Dubhairt sé leis féin dá bhfágtaoi amuich puinn faid eile é go raibh a phort seinnte is do bhuail sé ag an ndorus an tarna huair. Do hosgluigheadh fuinneog sa tríomhadh húrlár agus do chuir an Seilchide a cheann sa bhfuinneoig. " A Sheilchidín a chuid," ar seisean, " is é an feitheamh fada ar chosaibh laga agam é. Táim annso le dhá uair a chluig, agus is sia gach uair acu san ná bliain. Is anródhach an oidhche í! I bpéin Dé agus brostuigh ort."

" Ariú a ghamhain," arsan Seilchide, " ná dubhart cheana leat gur rudaí righne faidshaoghlacha sinn-ne, agus ná bíonn deabhadh ná broid choidhche orainn."

Do dúnadh an fhuinneog annsan.

Ba ghearr 'na dhiaidh san gur bhuail an dá bhuille dhéag. Bhuail a haon a chlog, agus bhuail an dá bhuille is bhí an dorus fós gan osgailt.

Um an dtaca san bhí deire na foidhne caithte ag an mbabliac. Rug sé ar an mbaschrann chun buille a bhualadh a cloisfí ó thaobh taobh an tighe. Iarann ab eadh an baschrann ach do deineadh eascú dhe. Do sgeinn sí as a lámhaibh agus isteach léi i sruthán i lár na sráide agus ní fheacathas a thuille í.

" Á! dheinis mar sin liom é," arsan babliac agus é 'na chaor buile, " ach ní fhágfaidh san mise gan gléas chun buailte." Dhruid sé siar ón ndorus agus do bhuail sé cic go forránta ar an gcomhlainn. Má bhuail, isteach leis an gcois go glúin tríthi. Thug sé iarracht ar í tharrac ach bhí sí chómh daingean san ná féadfadh sé í 'shídeadh, a shuadadh, a sháthadh ná a tharrang.

Mara raibh sé i gcruadh-chás annsan ní lá fós é. B'éigean do an chuid eile den oidhche a chaitheamh ar an gcuma san, cos leis anáirde agus an chos eile ar an dtalamh.

Do hosgluigheadh an dorus le breacadh an lae.

Níor bhain sé acht naoi n-uaire 'chluig den Seilchide gasta teacht ón gceathramhadh húrlár go dtí dorus na sráide, agus ní miste a rádh ná gur mór an iarracht uaithi é. " Cad tá agat á dhéanamh annsan agus do chos sáidhte tríd an ndorus agat ? " arsan Seilchide agus é ag gáiridhe.

" Tionóisg ab eadh é. Féach an bhféadfá mé réidhteach ón gcruadh-chás 'na bhfuilim, mar a dhéanfadh seilchidín maith," arsan babliac.

" Siúinéir nár mhór chun an ghnótha san, is sin ceárd nár chleachtas riamh," arsan Seilchide.

" An labharfá leis an Sidheoig ar mo shon ? " arsan babliac.

" Tá an tSidheog 'na codladh agus ní leomhfar í dhúiseacht," arsan Seilchide.

" Agus an bhfágfar annso greamuithe sa dorus an lá go léir mé ? " arsan babliac.

" Ní fheicim-se go bhfuil aon réidhteach eile agat ar an sgéal ach é ghearán led chroidhe," arsan Seilchide.

" Ach nuair nach féidir duit mé fhuasgailt ná tabharfá greim éigin le n'ithe chugham. Táim marbh ag an ocras," arsan babliac.

" Tabharfad láithreach," arsan Seilchide.

I gcionn trí huaire a chluig a chonnaic an babliac ag teacht é agus mias airgid ar a cheann aige. Sa mhéis sin bhí bulóg, barróg de chirc rósta, agus cheithre cinn d'apricóga aibidh.

" Sin é an breicfeast, féach, a chuir an tSidheog chughat," ar seisean.

Nuair a chonnaic an babliac an tabhartas san ba dhóigh leat go léimfeadh a dhá shúil amach as a cheann le háthas. Ach níor chathair mar a tuairisg an béile, mar ná raibh sa bhulóig ach aol, ná sa tsicín ach páipéar cruaidh taithiceach ; cloch-eitigh ab eadh na hapricóga is iad daithte chómh healadhanta san go measfaí gurbh apricóga dleaghthacha iad.

Deineadh stalcadh de. Tháinig tocht goil air.

B'é an rud a cheap sé ná an mhias d'árdú le cic ach bhí sé chómh lag san—piocu le neart buaidheartha nó le neart ocrais é—gur thuit sé 'na chnaipe.

Nuair a tháinig sé chuige féin, b'é an áit 'na bhfuair sé é féin ná sínte ar tholg agus an tSidheog ag tabhairt aire dho.

Ní fheadair aoinne cad é an t-áthas a bhí air, nuair a airigh sé an méid sin.

"Maithim an turas so dhuit. Ach táim ag tabhairt foláirimh duit go mbeidh 'na chathú ort má imthigheann an dála céadna arís orm."

Do gheall is do mhionnuigh sé dhi go dtabharfadh sé aire don léigheann is go ndéanfadh sé é féin a iomchur go maith as san amach. Chóimhlíon sé a gheallamhaint an chuid eile den bhliain. Mar ba ghnáth bhí triail sa sgoil roimis na laetheannta saoire agus b'é an babliac a fuair an chraobh. Nuair a airigh an tSidheog an méid sin bhí sí an-mhórálach is dubhairt sí leis :

" Tá an rud a bhí ag teastáil le fada uait le fagháil amáireach agat."

" Agus cad é féin ? " arsan babliac.

" Beir id gharsún ón lá amáireach amach," ar sise.

Ní fheadair aoinne cad é an t-áthas a bhí air nuair a airigh sé an méid sin. Níorbh fhuláir cuireadh a thabhairt do na garsúin eile, i gcómhair an lae amáirigh, chun a ghnó a dhéanamh ar an ócáid. Bhí dhá chéad cupán caifí is cheithre céad ceapairí, go raibh im ar gach taobh díobh, curtha á n-ullmhú ag an Sidheoig. Bhí deallramh ar an sgéal go mbeadh aoinní go háluinn. Ach . . . ach fóiríor, bíonn an seana-ghearán mí-fhortúnach ar an mbabliac i gcómhnaidhe—gearán nach ró-fhuiriste a leigheas.

XXX

Ní ráinigheann leis an mbabliac garsún a dhéanamh de mar imthigheann sé i gan fhios, le Buaicisín go Baile na mBreall.

Ní nárbh iongnadh, d'iarr an babliac cead ar an Sidheoig chun dul tímcheall an bhaile chun cuireadh a thabhairt dá chomrádaithe i gcómhair lárnabháireach.

" Imthigh cheana," ar sise, " ach bí annso sa bhaile sar a dtagaidh an oidhche. An airigheann tú leat mé ? "

" Geallaim duit go mbead tagaithe fé cheann uair a chluig," ar seisean.

" Féach rómhat féin ! " ar sise. " Is fuirist le garsúin geallamhaintí a thabhairt uatha is gan iad a chóimhlíonadh. Is minic gur geallamhaint is briathra is cailleamhaint 'na dhiaidh san acu é."

" Ach ní hé an dálta céadna agam-sa agus ag garsúin eile é. Nuair adeirim-se go ndéanfaidh mé rud déanfad é," ar seisean.

" Beidh a fhios againn é," ar sise. " Mara ndeinir rud orm is duit féin is measa."

" Cad 'na thaobh ? " arsan babliac.

" Mar gabhann bárthan éigin garsúin ná deineann cómhairle ar mhaithe leo. Dheinis do bhotún cheana."

" Tá a fhios sin agam," ar seisean, " ach ní imtheochaidh sé a thuille orm."

" Is maith an sgéalaidhe an aimsir," ar sise.

Ní dubhairt an babliac focal eile. D'fhág sé slán ag an Sidheoig agus chuir sé an dorus amach de is é ag rinnce le háthas.

Bhí an cuireadh tabhartha aige dá cháirdibh sar

a raibh an uair a chluig caithte. Ghlac cuid acu an cuireadh go fonnmhar. Caitheadh tathant a dhéanamh ar a thuille acu, ach nuair a thuigeadar go mbeadh bairíní is im istigh is amuich ortha, le tumadh sa chaifí acu dubhradar——

" Ragham ann d'fhonn tú shásamh."

Bhí cara ag an mbabliac sa sgoil gurbh annsa leis é ná aoinne eile dá chomrádaithe. Romeo ab ainm do. Buachaill tanaidhe teircfheolach ab eadh é agus Buaicisín a thugadh na buachaillí eile air mar ba dheallrach le buaicisín nua é. B'é Buaicisín an garsún ba dhígeanta is an cúigleálaidhe ba mhó dá raibh sa sgoil. Bhí ana-chion ag an mbabliac air, agus is chun a thíghe sin is túisge a chuaidh sé chun cuireadh a thabhairt do. Ní raibh sé sa bhaile roimis. Chuaidh sé fé n-a dhéin an tarna huair ach ní raibh sé roimis an uair sin ach chómh beag. Chuaidh sé ann an tríomhadh huair. Cá raibh sé ? Chuarduigh sé dóigh is andóigh dho. B'é an áit 'na bhfuair sé sa deire é ná i bpóirse tigh feirmeora. " Cad tá agat á dhéanamh annsan ? " arsan babliac leis nuair a chonnaic sé é.

" Táim ag feitheamh le huair an mheán-oidhche chun bheith chun bóthair," arsa Buaicisín.

" Is cá bhfuil do thriall ? " arsan babliac.

" Táim ag imtheacht a bhfad a bhfad ó bhaile," arsa Buaicisín.

" Táim-se dulta go dtí an tigh trí huaire ad lorg," arsan babliac.

" Agus cad é an gnó a bhí agat díom ? " arsa Buaicisín.

" An amhlaidh nár airighis an sgéal nua " ? arsan babliac.

" Andaigh níor airigheas. Cad é féin ? " arsa Buaicisín.

" Bead mar aon gharsún ó amáireach amach," arsan babliac.

" Go n-éirighidh san go geal leat," arsa Buaicisín.

" Beam ag feitheamh leat amáireach chun lón beag a chaitheamh 'nár bhfochair," arsan babliac. " Ná deirim leat go mbead ag fágaint an bhaile anocht ? " arsa Buaicisín.

" Cathain a bheir ag gluaiseacht ? " arsan babliac. " Ar uair an mheán-oidhche," arsa Buaicisín.

" Cá dtabharfair t'aghaidh ? " arsan babliac.

" Raghad go dtí an tír is breághtha fé luighe na gréine. Baile na Flúirse i gceart iseadh é," arsa Buaicisín.

" Cad é an ainm atá ar an áit ? " arsan babliac.

" ' Baile na mBreall ' a tugtar air. B'fhearra dhuit-se leis dul lem chois," arsa Buaicisín.

" Mise a dhul ann ! Ar mh'anam ná raghad," arsan babliac.

" Tá dearmhad ort, a chara. Creid me leis, mara dtéighir ann, go mbeidh 'na chathú ort," arsa Buaicisín. " Níl dúthaigh eile le fagháil is fearr agus is folláine do gharsún ná í. Níl sgoileanna ná múinteoirí ná leabhair ann. Ní bhíonn sgoil ar siubhal Diardaoin ann. Sé Dardaoin agus Domhnach atá sa tseachtain annsúd. Tosnuigheann laetheannta saoire an Fhóghmhair ar an gcéad lá den bhliain, agus ní chríochnuighid go dtí an lá deireannach di. Molaim-se an té go mbeadh sé de chéill aige a shaoghal a chaitheamh ann."

" Cad é an saghas saoghail a bhíonn i mBaile na mBreall acu ? " arsan babliac.

" Bíonn aeridheacht agus caitheamh aimsire ó mhaidin go hoidhche acu, an uile lá. Cad é do mheas air ? " arsa Buaicisín.

" Um ! " arsan babliac agus bhain sé crothadh as a cheann fé mar a thaithnfeadh an saoghal san leis, ach níor labhair sé drud.

" An raghair ann ? Abair go raghair nó ná raghair," arsa Buaicisín.

" Ní raghad ; ní raghad," arsan babliac. " Gheallas don tSidheoig go mbeinn im gharsún mhaith agus is maith liom mo gheallamhaint a chóimhlíonadh. Tá an ghrian ag dul fé. Seadh! bead ag bailiú liom láithreach. Slán agat agus go n-éirighidh ár mbóthar linn araon."

" Cad is gádh an deithneas go léir ? " arsa Buaicisín.

" Ní mór dhom brostú abhaile. Beidh an tSidheog ag súil le mé bheith sa bhaile roim tuitim na hoidhche," arsan babliac.

" Airiú tóg bog an saoghal. Is beag an mhoill duit dhá neomat," arsa Buaicisín.

" Tá an iomarca moille déanta cheana féin agam," arsan babliac.

" Dhá neomat, sin a bhfuil agam 'á iarraidh ort," arsa Buaicisín.

" B'fhéidir go dtabharfadh an tSidheog sceimhleadh teangan dom," arsan babliac.

" Níl ach leigint di bheith ag cur di. Nuair a bheidh a dóthain ráidhte aici éistfidh sí uaithi féin," arsa Buaicisín.

" Agus cionnus a raghair ann nó an mbeidh aoinne led chois ? " arsan babliac.

" Beidh corraidheacht is céad againn ag dul ann," arsa Buaicisín.

" An 'nbhúr gcois a raghaidh sibh ann ? " arsan babliac. " Ní headh go deimhin," arsa Buaicisín. " Beidh cóiste a bhéarfaidh ann sinn ag gabháil thar an áit seo ar a dó dhéag."

" B'fhearr liom ná mórán dá mb'é seo uair an mheán-oidhche," arsan babliac.

" Cad 'na thaobh ? " arsa Buaicisín.

" Chun sibh a fheisgint ag gluaiseacht i dteannta a chéile," arsan babliac.

" Fan ar feadh sgaithimhín agus chífir," arsa Buaicisín.

" Ó, ní fhanfad ; ní fhanfad. Ní mór dhom bheith ag dul abhaile," arsan babliac.

" Fan dhá neomat eile," arsa Buaicisín.

" Is amhlaidh atá an iomarca moille déanta cheana féin agam. Beidh an tSidheog guairneánach agus ní maith liom san," arsan babliac. " Nach í an truagh í! An amhlaidh a bheadh eagla uirthi go n-íosadh na sgiatháin leathair tú ? " arsa Buaicisín. " A leithéid seo! An bhfuilir deimhnitheach ná fuil sgoileanna sa tuath san ? " arsan babliac. " Táim. Ní fheadair muinntir na háite sin cad é an bhrigh atá leis an bhfocal ' sgoil,' " arsa Buaicisín. " An bhfuil máistrí ann ? " arsan babliac. " Níl ná cuid de mháistrí," arsa Buaicisín. " An bhfuil sé d'fhiachaibh ar aoinne bheith ag gabháil do léigheann ann ? " arsan babliac. " Níl, ní raibh riamh, is ní bheidh go deo," arsa Buaicisín. " Ó! nach suairc an saoghal a bhíonn ann ! " arsan babliac agus a chroidhe ag léimrigh. " Ó! cad é mar thuath le breághthacht ! Mar le duine ná feacaidh an áit tá tuairim mhaith agam, cad é an saghas áite é ! " " Cad 'na thaobh ná raghfá linn ? " arsa Buaicisín. " Ní haon chabhair bheith liom. Gheallas don tSidheoig go mbeinn im gharsún mhaith, agus ní maith liom dul siar ar m' fhocal," arsan babliac. " Slán agat mar sin," arsa Buaicisín, " agus tabhair mo bheannacht do na coláistí agus do na hárd-sgoileanna má bhuailid siad umat ar an mbóthar." " Fé choimirce Dé go rabhair, a Bhuaicisín, agus go n-éirighidh do thuras leat. Bíodh sgléip agus caitheamh aimsire agat, agus cuimhnigh anois agus arís ar do cháirde id dhiaidh sa bhaile," arsan babliac. Thug sé dhá choiscéim chun imtheachta. Annsan d'iompuigh sé ar a sháil agus d'fhiafruigh dá charaid a raibh sé lán-deimhnitheach gur " sé Dardaoin agus Domhnach amháin a bhí i ngach seachtain " sa tír úd. Dubhairt seisean gur mar sin a bhí.

"An bhfuilir cruinn air?" arsan babliac, "go dtosnuigheann na laetheannta saoire ar an gcéad lá den bhliain agus go gcríochnuighid ar an lá deireannach?"

"Ní fhéadfadh an sgéal bheith níos cruinne agam," arsa Buaicisín.

"Ó, nach áluinn go léir an dúthaigh í!" arsan babliac, agus draoidheacht curtha ag an sgéal air. Chroith sé suas é féin annsan fé mar bheadh cómhairle cinnte 'na aigne, agus dubhairt: "Slán agat agus go n-éirighidh do thuras leat."

"Slán leat," arsa Buaicisín.

"Cathain a bheir ag imtheacht?" arsan babliac.

"Fé cheann dá uair a chluig," arsa Buaicisín.

"Is é an truagh chráidhte é! Is beag a chuirfeadh d'fhiachaibh orm fanamhaint dá mba ná beadh ach uair a chluig as so go haimsir an ghluaiste," arsan babliac.

"Cad déarfadh an tSidheog?" arsa Buaicisín.

"Táim déannach ar aon chuma anois. Is é an dá mhar a chéile dhom bheith uair a chluig déannach agus bheith dhá uair a chluig déannach ag dul abhaile," arsan babliac.

"Is oth liom do sgéal, a Phinocchio. Ní mhaithfinn dom féin go deo dá dtugadh an tSidheog sgrabhadh den teangain duit agus gur mise a bheadh mar bhun leis," arsa Buaicisín; agus fáth an gháire 'na bhéal, cé ná feacaidh an babliac é.

"Beidh foidhne agam agus leigfead di bheith ag cur di. Nuair a bheidh a dóthain ráidhte aici éistfidh sí," arsan babliac.

Bhí an andoircheacht ann um an dtaca san. Thugadar fé ndeara a bhfad uatha soluisín agus é ag corruighe anonn agus anall. Chualadar fuaim na bhfeadán agus ceol trúmpa a bhí chómh caol, chómh lag, gur dheallrach le crónán cuileoige é.

"Féach, sid é annsúd é!" arsa Buaicisín, ag léimt 'na sheasamh.

" Cad é féin ? " arsa Pinocchio i gcogar.

" An cóiste atá chun mise a bhreith chun siubhail. Seadh anois, an dtiocfair linn nó an bhfanfair ? " arsa Buaicisín.

" An bhfuil sé cruinn agat ná beidh d'fhiachaibh ar gharsúin bheith ag foghluim annsúd ? " arsan babliac.

" Tá sé cruinn, cruinn, cruinn agam," arsa Buaicisín.

" Cad é mar thír le breághthacht ! Cad é mar thír le breághthacht ! " arsan babliac.

XXXI

Tar éis bheith chúig mhí ag caitheamh beatha bhog shoghail tagann cluasa móra ar Phinocchio.

THÁINIG an cóiste i gcionn tamaill chúcha. Níor dhein sé a bheag ná a mhór d'fhothrom ag teacht mar bhí bunach is ceirteacha fáisgithe ar fhleasca na rothaí.

Bhí dhá sheisreach déag d'asalaibh á tharrang, agus ba mhar a chéile ar gach saghas cuma iad ach amháin go raibh atharrach datha ortha. Bhí cuid acu liath-ghlas, cuid acu bán, tuille acu riabhach mar a bheadh dath salainn is piobair. Bhí síoganna móra buidhe agus gorm ar a thuille acu. Ach dob ait an saghas cruidhte a bhí fé sna cheithre hasail fichead san—bróga fir de leathar bhán óg-ghabhar. Leithineoigín fir ab eadh an cóisteoir. Bhí aghaidh chómhchruinn air.

Bhí sé chómh séimh, chómh sultmhar, gur dhóigh leat air gur mil is uachtar é. Bhíodh fáth an gháire i n-a bhéal i gcómhnaidhe. Bhí glóirín bog cneasta aige mar a bheadh ag muirinín-mí-abha agus í ag iarraidh ceannúireacht éigin a mhealladh ó bhean a' tighe.

Ní túisge a chíodh na garsúin é féin agus a chóiste ná rithidís chuige, is thaithneadh go seoidh leo bheith 'na chuideachtain. Bhídís ag baint na sál dá chéile féachaint cé is túisge a bheadh istigh sa chóiste chuige i dtreo go mbéarfadh sé leis go dtí Baile na Flúirse iad. Is é is ainm don áit i léar-sgáil an domhain ná Baile na mBreall.

Bhí an cóiste lán cheana féin de gharsúin a bhí idir a hocht agus a dhá bhliain déag d'aois agus iad ar mhuin mairc a chéile mar a bheadh sgadáin i mbaraille. Bíodh go rabhadar neamh-shásta ionnta féin is chómh brúighte ar a chéile gurbh ar éigin a fhéadadar a n-anál a tharrang ní raibh aoinne ag gearán ná ag cneadaigh. Níor ghoill tuirse, tart, ocras, easbadh codlata ná suain ortha. Bhí a fhios acu go mbeidís laistigh de roinnt uair a chluig i dtír ná raibh sgoileanna, máistrí, leabhair, ná léigheann innti, agus chuir san dóchas ortha agus misneach 'na gcroidhe chun anródh na marcaigheachta a fhulang.

Chómh luath is do stad an cóiste d'fhéach an leithineoigín agus é ag leamh-gháirídhe, ar Bhuaicisín, agus dubhairt is é ag déanamh modhanna—

" Ar mhaith leat-sa, a bhuachaillín bháin, dul go dtí an tír shuairc ? "

" Is liom dob aoibhinn sin," arsa Buaicisín.

" Is oth liom, a laoigh, ná fuil a thuille slighe sa chóiste. Chíonn tú féin go bhfuil sé ag brúchtaigh," arsan leithineoigín.

" Nuair ná fuil an tarna dul suas agam suidhfead ar shálaibh an chóiste ; " agus do thug léim agus do chuaidh ar sgaradh dhá chos anáirde ar chúl an luasgáin thiar.

D'fhéach an leithineoigín ar a mbabliac agus dubhairt go plámásach—" Cad a dhéanfair-se, a dhuine mo chroidhe ? An dtiocfair i n-aonfheacht linn nó an bhfanfair mar atá agat ? "

" Fanfad mar atá agam," arsan babliac. " Ní mór dom dul abhaile. Oireann dom foghluim a dhéanamh, agus ainm fhónta a bheith orm, is bheith mar na garsúin mhaithe."

" Go n-éirighidh san leat," arsan leithineoigín.

" A Phinocchio," arsa Buaicisín, " éist liom agus dein mo chómhairle. Téanam ort. Beidh an saoghal ar ár dtoil againn araon agus gan bheann againn ar mháistrí sgoile ná eile."

"Ní raghad ann. Ní haon chabhair bheith liom," arsan babliac.

Do labhair ceathrar ón gcóiste agus dubhradar— "Ariú gluais linn agus beidh saoghal na gcaorach againn." Do liúigh céad garsún ón gcóiste is dubhradar: "Cuir uait as bíodh ciall agat! Téanam ort is beam go léir i n-aoibhneas."

Bhí sé i gcás idir dhá chómhairle.

"Má théighim libh cad déarfaidh an tSidheog?"

"Is tú an duine gan chiall a rádh go mbeadh rud chómh suarach ag déanamh buaidheartha dhuit," ar siad san. "An. amhlaidh ná tuigeann tú go bhfuil ár dtriall ar dhúthaigh ná beidh aoinne 'na mhaor ná aoinne 'na mháistir orainn, Beam ar ár dtoil féin agus beidh spóirt agus caitheamh aimsire ó mhaidin go hoidhche againn."

Bhí aghaidh chómhchruinn air.—Bhí sé chómh séimh, chómh sultmhar, gur dhóigh leat gur mil is uachtar é.

Tháinig osna ón mbabliac. Tháinig an tarna agus an tríomhadh hosna. Annsan labhair sé is dubhairt: "Deinidh slighe dhom. Raghad-sa le nbhúr gcois."

"Tá gach aon áit lán," arsan leithineoigín. "Ach chun a chur i n-úil duit go bhfuil fáilte is céad rómhat, tabharfad mo shuidheachán féin duit má's maith leat."

" Agus cad a dhéanfair féin ? " arsan babliac.
" Siubhlóchad-sa," arsan leithineoigín.
" Ní dhéanfair aon ní dá shórt mar ní thoileochad-
sa chuige," arsan babliac. " Raghad ag marcaigh-
eacht ar cheann de na hasailíní seo.

Siúd isteach chun asailín den tseisrigh tosaigh é.
Nuair a bhí sé chun a chosa a leathadh air bhuail an
t-asailín buille neamhchlé dá cheann sa bholg air
agus thug sé na cheithre chroibh anáirde air.

" Cad é an gheoin gháiridhe a bhí ag na garsúin
annsan ! Níor gháir an leithineoigín, ámhthach.

" Má théighim libh cad déarfaidh an tSidheog ? "

Tháinig sé i gcomhgar an asailín a bhí taréis an
chladhaireacht a dhéanamh, leig sé air go raibh sé
chun póige a thabhairt do, ach i n' ionad san b'é an
rud a dhein sé ná leath na cluaise deise a bhaint le
n'fhiacla dhe.

Bhí an babliac ar a bhonnaibh arís um an dtaca
san agus ní miste a rádh go raibh fearg air. Siúd
anáirde de léim ar mhuin an bheithidhigh bhoicht é.
Nuair a chonnaic na garsúin an léim bhreágh san
chuireadar uatha an gáiridhe.

" Deárna leat, a Phinocchio," ar siad agus bhí a
leithéid sin de bhualadh bas acu go gceapfá ná

stopaidís choidhche. Bhí san go maith gur árduigh
an t-asailín a dhá chois deiridh san aer. Bhain sé
searradh as féin agus chaith sé an babliac d'urchar
ar charn gairbhéil a bhí ar lár an bhóthair.
Annsan, thosnuigh na sgeartaí dáiríribh. Ach i
n-ionad gáire a dhéanamh is amhlaidh a bhain a
leithineoigín an tarna cluas den asailín dadach le
neart ceana air.

. . . gur árduigh an t-asailín a dhá chois deiridh san ear. Bhain
sé searradh as féin agus chaith sé an babliac d'urchar ar charn
gairbhéil a bhí ar lár an bhóthair.

" Éirigh ag marcaigheacht arís air agus ná bíodh
eagla ort," arsan leithineoigín leis an mbabliac.
" Bhí rud éigin ag déanamh beidhdeáin do ach
chuireas-sa cogar nó dhó 'na chluasaibh agus tá
brath agam go bhfuil sé tabhartha chun láimhe
agam."
Anáirde leis an mbabliac ar mhuin an eich arís.
Do ghluaiseadar chun siubhail. Le linn na hasailíní
bheith ag imtheacht ar cos-anáirde is na rothaí

bheith ag léimt de chlochaibh cruadha an bhóthair, cheap an babliac gur airigh sé glóirín, chómh lag san gurbh ar éigin a tuigfí é, á rádh leis : " A bhrealláin bhoicht ! Tá do chómhairle féin agat á dhéanamh ach beidh 'na chathú ort ! "

Tháinig saghas eagla ar an mbabliac, agus d'fhéach sé thall is abhfus féachaint an bhféadfadh sé a dhéanamh amach cad as go dtáinig an chainnt, ach má fhéach níor fhéad. Bhí na garsúin 'na gcodladh agus bhí Buaicisín ag sranntarnaigh. Bhí an leithineoigín ar an suidheachán tiomána ag mion-phortuigheal do féin agus b'é an poirtín a bhí aige ná :

> " Codlaid uile an oidhche
> Ach ní chodlaim-se choidhche."

Nuair a bhí leath-mhíle eile slighe curtha acu dhíobh d'airigh an babliac an glóirín céadna á rádh leis :

" Bíodh a fhios agat, a dhúramáin, go mbeireann droch-chríoch na garsúin a chuireann suas d'fhoghluim, agus a thugann a gcúl le leabhair, le sgoileanna, agus le hoidí sgoile, chun iad féin a dhul go hiomlán le haeridheacht agus le sgléip ! Tá deimhniú mhaith agam-sa air sin, fóiríor ! Mara bhfuil 'fhios agam-sa é níl 'fhios ag aoinne é ! Tiocfaidh lá ort-sa fós agus beir ag sileadh na súl mar atáim-se anois . . . ach ní bheidh breith ar t' aithreachas agat ! . ."

Tháinig sgeit i gcroidhe an bhabliac nuair a airigh sé an siosarnach san. Do léim sé anuas den asal mharcaigheachta a bhí aige agus rug sé ar cheann agus ar phus air. Dob air a bhí an iongnadh nuair a thug sé fé ndeara go raibh an t-asailín ag gol . . . agus b'é rud ba ghreannmhaire go raibh sé ag gol mar a ghoilfeadh garsún.

Do labhair an babliac leis an gcóisteoir agus dubhairt : " Tá sgéal nua agam duit. Tá an t-asailín seo ag gol."

"Goileadh sé leis. Is fearrde na súile roinnt ghoil a dhéanamh. Is mór an glanachar ortha na deoracha," arsan cóisteoir. "Ach an amhlaidh gur éirigh leat-sa cainnt a mhúineadh dho?" arsan babliac.

"B'fhéidir gur mheabhruigh sé roinnt fhocal an fhaid a bhí sé i gcuideachtain ghadhar múinte, mar chaith sé trí bliana 'na bhfarradh," arsan cóisteoir.

"Mo thruagh an t-ainmhidhe bocht!" arsan babliac.

"Seadh má seadh," arsan cóisteoir. "Ní haon ghnó dhúinn bheith ag cailleamhaint aimsire ag féachaint ar asal ag gol. Éirigh ag marcaigheacht arís agus bíom ag gluaiseacht. Tá an oidhche fuar agus bóthar fada rómhainn."

Ní dubhairt an babliac a bheag ná a mhór ach déanamh mar adubhradh leis.

Chuireadar chun bóthair arís agus do shróiseadar Baile na mBreall gan brón gan báth lárna-bháireach le héirghe gréine.

Níorbh fhéidir a leithéid eile de bhaile d'fhagháil i n-uachtar na cruinne. Garsúin ar fad a bhí 'na gcómhnaidhe ann. Ní raibh an chuid ba shine acu ach cheithre bliana déag d'aois agus ní raibh na hocht bliana slánuithe ag an gcuid ab óige acu. Chuirfeadh an gleo agus an sgreadach a bhí acu goláin id chluasaibh. Ní raibh thoir thiar thall ach gasraí áilteoirí agus gach aoinne acu níos imeartha ná a chéile. Bhí cuid acu ag imirt mheárbhilí; cuid acu ag imirt chaidhtí agus ag ranngcás. Tuille acu ag imirt liathróide. Roinnt acu ag gluaiseacht ar rotharaibh. Buidhean acu ar an gcarra-róchain. Cuid acu agus cleas an phúicín mar chaitheamh aimsire acu. Dream acu ag cómhchoimhleang. Gasra ag caitheamh trí léim táilliúra. Sgata acu agus iad ar cosabacóide. Buidhean ag aithriseoir-eacht, agus buidhean agus cleas an chuaile ar siubhal acu. Cuid acu ag caitheamh trí trioslóga. Cuid acu ag iomrasgabháil. Sgata acu ag siubhal ar a lámhaibh agus a gcosa san aer. " Caipíní cogaidh ar an ndream ab óige. Roinnt acu agus clab gháiridhe ortha agus roinnt acu ag liúighrigh. Dream ag glaodhach, agus dream acu ag feadghail. Dream acu ag bualadh bas. Chun sgéal gearr a dhéanamh de bhí a leithéid sin de bhathram agus de gheoin acu go mbainfidís do mheabhair saoghalta dhíot. Bhí

Garsúin ar fad a bhí 'na gcómhnaidhe ann.

amharclanna d'éadach chanfáis i ngach uile chearnóig agus brúgh garsún ionnta ó mhaidin go hoidhche. Bhí na sgríbhinní seo, agus tuille nach iad, le feisgint ar an uile fhalla—" Gura fada buan fé réim do shúgradh agus do ghreann," " Fár fada ar sgoileanna," " Sgaipeadh agus ruag ar uimhiridheacht," ach bhí mórán de na focail agus an litriú go dona ortha.

B'é an chéad rud a dhein Buaicisín, Pinocchio, is na garsúin eile a tháinig leis an leithineoigín ná lár an tslóigh a bhaint amach. Ba ghearr go raibh aithne ar chách acu. Ní raibh garsúin le fagháil ba shásta agus ba mhó áthas ná iad. Maidir le spórt, aeridheacht agus greann níor mhothuigheadar an aimsir ag imtheacht—d'imthigh sí ar cosa anáirde."

"Ó, nach suairc an saoghal againn é!" adeireadh an babliac aon uair a castaí a chara Buaicisín air.

"Ná feiceann tú anois go raibh an ceart agam?" adeireadh Buaicisín á fhreagairt. "Seadh! is bhí sé beartuithe it aigne agat filleadh go tigh na Sidheoige chun bheith ag lot agus ag cailleamhaint aimsire le léigheann. Á! ba dheacair an méid sin a chur as do cheann! Mara mbeadh a chúramaighe a bhíos-sa id thaobh, agus mara mbeadh a dhúthrachtaighe a leanas de bheith ag tabhairt cómhairle do leasa dhuit, bheithfeá ad chiapadh féin fós ag gabháil don léigheann. Is maith an bhail ar dhuine cáirde maithe a bheith aige. Is mó comaoine a chuireann siad air. Ná fuil an ceart agam?"

"Admhuighim go macánta go bhfuil, agus mara mbeadh tú ní bheadh an saoghal ar mo thoil agam mar atá," arsan babliac. "An bhfuil a fhios agat cad deireadh an máistir liom agus é ag tromaidheacht ort-sa? 'Ná bíodh aon choidreamh agat leis an gcladhaire sin Buaicisín mar ní haon chuideachta fónta dhuit é. Ní thabharfaidh sé aon chómhairle dhuit ach cómhairle a chuirfidh ort t'aimhleas a dhéanamh!"

"Mo thruagh an máistir bocht," arsa Buaicisín. ag baint chrothadh as a cheann. "Tá a fhios agam go dian-mhaith go raibh milleán is míghreann aige orm, is go mbíodh sé de chaitheamh aimsire aige bheith am mhaslú. Ach is cuma liom 'na thaobh san. Maithim do."

"Ó, nach tú an buachaill deaghchroidheach!" arsan babliac ag breith barróige ar a chara agus á fhásgadh le n-a chroidhe, agus thug sé póg idir an dá shúil dó.

Um an dtaca 'nar thuit an méid seo amach bhí chúig mhí caithte i mBaile na mBreall acu. Ní raibh aon chúram eile ortha ach bheith á bpoit-bhiadhthadh féin, is bheith ag imirt is ag caitheamh aimsire ó mhaidin go hoidhche. Ní fheacadar leabhar, ná sgoil, ná aoinní eile a chuirfeadh gruaim ortha. Ach maidean áirithe tar éis dhúiseacht do Phinocchio thug sé fé ndeara rud gránna nár fhág fonn ná suairceas air.

XXXII

Dá chluais asail ar Phinocchio. Deintear asal den bhabliac agus briseann dúthchas asail amach ann.

NUAIR a dhúisigh an babliac maidean áirithe chrom sé ar bheith ag sgrabhadh a chinn. Mhothuigh sé greannmhaireacht éigin ar a chluasaibh, agus ba sgannradh saoghalta leis go raibh leath-chromadh d'fhaid tagaithe ortha. Is eol do chách ná raibh ach cluaisíní beaga ar an mbabliac nuair a tháinig sé ar an saoghal is nár tháinig aon bhreis ortha leis an aimsir. Bhí na cluaisíní chómh beag san ná raibh an radharc géar a dhóthain ag aoinne chun iad a thabhairt fé ndeara. Níorbh iongnadh go dtáinig alltacht ar an mbabliac nuair a·fuair sé go raibh dá liobar cluaise tagaithe air is gach ceann acu chómh mór le seana-shluasaid.

Siúd ag cuardach sgátháin é chun radharc a fhagháil air féin ann. Nuair ná raibh ceann le fagháil chuir sé uisge i n-árthach chun sgátháin a dhéanamh de. D'fhéach sé isteach ann is chonnaic sé go raibh dá chluais asail tagaithe ar an bplaoisgín cinn a bhí air, agus is aige ná raibh an fháilte rómpa.

Chrom sé ar ghol is ar liúighrigh agus ar bheith ag bualadh a chinn i gcoinnibh an fhalla. Níor luigheaduigh san na cluasa ná an t-anaithe a bhí air. Is amhlaidh a bhíodar ag leathadh is ag borradh is iad clúmhach amach 'na mbarraibh. Bhí cat-fiadhaigh 'na chómhnaidhe san úrlár ós a chionn, is nuair a airigh sí an sgreadach nimhe a bhí aige tháinig sí fé n-a dhéin. Nuair a chonnaic sí é agus é ar gealtaigh is í bhí go cúramach 'na thimcheall

is dubhairt sí—"Cad tá ort, a chómharsa an chroidhe
' stigh ? "

" Táim tinn breoidhte, a Chaitín. Is baoghlach
go bhfuil an bás buailte liom. An bhfuil aon tuisgint
agat i gcómhaireamh na gcuisleann ? " ar seisean.

" Aitheantóir maith iseadh mé," ar sise.

" Beir ar chuislinn orm féachaint an fiabhras a
bheadh orm," ar seisean.

Do rug, agus
d'fhéach sí go maith
é. Tháinig osna aisti
agus dubhairt :

" Is oth liom ná
fuil aon sgéal agam
duit."

" Is olc é sin," ar
seisean. " Cad tá
orm ? "

" Tá éagcruas
gránna ort," ar sise.

" Cad é an saghas
éagcruais é ? " ar
seisean.

" Éagcruas an
asail," ar sise.

" Ní ró-mhaith a
thuigim cad é an
saghas éagcruais é
sin," ar seisean, agus
do thuig go dian-

. . . dá liobar cluaise tag-
aithe air, is gach ceann
acu chómh mór le seana-
shluasaid.

mhaith ach ná leigfeadh sé air é.

" Míneochad dhuit mar sin cad é an saghas é,"
ar sise. " Ní hid gharsún ná id bhabliac a bheir
i gcionn trí huaire a chluig ach it asailín. Beir
ar nós na n-asailíní go mbíonn trucailí ortha is iad
ag breith cabáiste agus nithe eile go dtí an margadh."

" Ó, nach mé an truagh ! Go réidhidh Dia
dhúinn ! " ar seisean, is rug sé ar dhá chluais air

féin is bhí sé á stathadh is á stuthadh nó go raibh
sé nach mór ag tuitim i gceann a chos.
" Ariú, a laoigh," arsan Caitín is í ag iarraidh
é chur chun suaimhnis. " Cad tá agat le déanamh ?
Tá sé id chóir agus níl dul as agat. Tá sé sgríobhtha
cheana féin i mbreathaibh na heagnaidheachta
gurab é an chríoch a bheireann garsúin díchoisgithe
go mbíonn fuath acu do leabhair, do mháistrí,
is do sgoileanna, is a chaitheann laetheannta a

" Éagcruas an asail," ar sise.

n-óige ag imirt chluichí agus ag aeridheacht dóibh
féin, ná go ndeintear asailíní dhíobh is ná fuil dul
as acu."
" Beannacht Dé dhuit is an mar sin a bhíonn
an sgéal acu ? " ar seisean is é ag osnghail ghuil.
" Is mar sin díreach. Ní haon chabhair bheith
á chásamh anois. Ba cheart duit féachaint rómhat,"
ar sise.
" Ní horm-sa is cóir é agairt," ar seisean. " Creid
me leis gurbh é Buaicisín a shéid fúm."
" Cé hé an Buaicisín seo ? " ar sise.

" Comrádaidhe sgoile dhom. Is é is bun leis an mí-fhortúin go léir. Bhíos ceapaithe ar fhilleadh abhaile, ar leanamhaint den léigheann is cómhairle na Sidheoige a dhéanamh ach chómhairligh Buaicisín dom teacht go Baile na mBreall. Beidh saoghal aoibhinn annsan againn ag spórt is ag sgléip ó mhaidin go hoidhche agus meidhir fúinn gan deire c h o i d h c h e. Tuigim anois gur dheineas m'aimhleas ach tar éis a tuigtear gach beart," ar seisean.

Is é an rud a dhein sé ná biréad cotúin a chur ar a cheann, is é fhásgadh anuas air . . .

" Cad na thaobh go dtugais-se cluas do chomhairle an droch-chomrádaidhe sin ? " ar sise.

" Nach shin é an sgéal ! Cad 'na thaobh go dtugas ! " ar seisean. " Mar, a chaitín, is babliac gan chiall mise. Níl aon phioc den chroidhe agam nó ní thréigfinn an tSidheog. Ba chuma nó máthair mhaith dhom í. Bhí cion aici orm is táim fé chomaoine mhóir aici. Dá ngabhainn leor léi ní him bhabliac a bheinn anois ach im gharsún chiallmhar. Dóigh mhuise má castar Buaicisín orm beidh droch-sgéal le hinnsint aige mar brúghfadsa a chúl do."

Chuaidh sé chómh fada leis an ndorus chun

gabháil amach ach chuimhnigh sé air féin. Níor
mhór na "cluasa" d'fholachadh. Bheadh náire
air aoinne á fheisgint. Is é rud a dhein sé ná biréad
cotúin a chur ar a cheann is é fhásgadh anuas air
go raibh sé fé bhun bior a chuingcín.
Amach leis annsan ar thóir Bhuaicisín. Chuard-
uigh sé na sráideanna, na cearnóga, is na hamhar-
clanna dho, ach ní raibh sé le fagháil. Chuir sé a
thuairisg ar gach aoinne a casadh sa tslighe air, ach
a thuairisg ní raibh ag aoinne.
I ndeire thiar thall chuaidh sé go dtí an tigh
féachaint an ann a bheadh sé. Nuair a bhuail sé
ag an ndorus do labhair Buaicisín agus d'fhiaf-
ruigh cé bhí ann.
"Mise atá ann," arsan babliac.
"Fan go fóill is osglóchad duit," arsa Buaicisín.
Do hosgluigheadh an dorus i gcionn leath-uair
a chluig is b'ar Phinocchio a bhí an iongnadh nuair
a chonnaic sé Buaicisín is cathbharra anuas go béal
air sin leis. Ba shólás leis a cheapadh go raibh a
ghalar féin ar dhuine eile. Níor leig sé aoinní air.
Bheannuigh sé dho is dubhairt—
"Cionnus taoi, a Bhuaicisín, a chara?"
"Go háluinn go léir, mar a bheadh cat is a cheann
i bpic an uachtair aige," arsa Buaicisín.
"An bhfuilir ag innsint na fírinne dhom?"
arsan babliac.
"Cad 'na thaobh go mbeinn ag déanamh bréige
leat?" arsa Buaicisín.
"Ar mhiste a fhiafruighe dhíot cad 'na thaobh
duit an cathbharra san a bheith ort ag clúdach do
chluas?" arsan babliac.
"D'órduigh an liagh dhom é mar tá glúin tinn
agam. Cad 'na thaobh duit-se an biréad san a
bheith fáisgithe anuas ar do phlaosg agat?" arsa
Buaicisín.
"D'órduigh an liagh dhom é mar do leonas mo
chos," arsan babliac.

"Mo thruagh thú, a Phinocchio bhoicht," arsa Buaicisín.

"Ó, mo mhíle truagh tusa leis!" arsan babliac.

Níor labhair aoinne acu go ceann tamaill. Bhíodar ag féachaint ar a chéile is iad mar a bheidís ag fonómhaid fé n-a chéile.

I gcionn a bhfad dubhairt an babliac le n-a chomrádaidhe—"Tá an-iongnadh orm. Ní hamhlaidh a bheadh galar cluas ort!"

"Níl, is ní raibh riamh. Cad mar gheall ort-sa, an raibh sé ort?" arsa Buaicisín.

"Ní raibh riamh. Ach 'na thaobh san tá rud éigin ar chluais liom annsan ó mhaidin. Gortuigheann sé mé," arsan babliac.

"Tá rud éigin ar chluais liom-sa, leis" arsa Buaicisín.

"An bhfuil sé ort-sa, leis? Ciaca cluas atá ag déanamh trioblóide dhuit?" arsan babliac.

"Tá an dá chluais. Cad mar gheall ort-sa?" arsa Buaicisín.

"Tá tinneas sa dá cheann, Is dócha gurab é an galar céadna é," arsan babliac.

"Tá eagla orm gurab é," arsa Buaicisín.

"Bheinn fé chomaoin agat dá ndéanfá dhom rud a iarrfainn ort," arsan babliac.

"Déanfad go fonnmhar, le mórchroidhe," arsa Buaicisín.

"An dtaisbeáinfeá-sa do chluasa dhom?" arsan babliac.

"Cad 'na thaobh ná déanfainn! Ach ba mhaith liom do chluasa-sa d'fheisgint ar dtúis," arsa Buaicisín.

"Ní hé sin an margadh. Ba cheart duit-se iad a thaisbeáint ar dtúis," arsan babliac.

"Ní ceart, a dhaltha mo chroidhe. Taisbeáin-se ar dtúis iad is taisbeánfad-sa annsan iad," arsa Buaicisín.

" Nuair is gur mar sin atá an sgéal deinimís mar-
gadh le n-a chéile mar a dhéanfadh cáirde maithe,"
arsan babliac.

" Innis dom cad é an margadh é," arsa Buaicisín.

. . . is amhlaidh a chromadar ar bheith ag
déanamh cómharthaí sóirt dá chéile leis na
liobair chluasa a bhí tagaithe ortha.

" Bainimís araon ár gcaipíní dhínn san am gcéadna.
An bhfuil 'na mhargadh ? " arsan babliac.

" Tá," arsa Buaicisín.

Do chómhairimh an babliac "a haon, a dó, a trí."
Nuair a bhí 'a trí' ráidhte aige do caitheadh an dá
hata san aer.

Chuirfeadh an rud a thárla annsan iongnadh ar
aoinne a bheadh ag féachaint ortha. I n-ionad

buaidheart a theacht ortha, nuair a chonnaiceadar
go raibh an bárthan céadna taréis iad a ghabháil, is
amhlaidh a chromadar ar bheith ag déanamh cómh-
arthaí sóirt dá chéile leis na liobair chluasa a bhí
tagaithe órtha.   Agus tar éis a lán nithe gan chiall
mar sin a dhéanamh chuireadar sgearta gáire asta.

Ach ní gol ná blaidhreach a dheineadar ach
ah-á ! ah-ó ! ah-á ! ah-ó ! ar nós asail ag
béicigh.

Chuadar ins na trithí dubha ag gáiridhe.   D'éist
Buaicisín nuair ab aoirde a bhí na gáiridhe. Tháinig
meidhreán air is bhí sé anonn is anall. D'ionntuigh a
lí ann, is dubhairt :
     " Cabhair ! Cabhair ! a Phinocchio."
     " Cad tá ort ? " arsan babliac.
     " Mothuighim na cosa ag imtheacht uaim," arsa
Buaicisín.
     " Mothuighim-se an rud céadna orm féin," arsan
babliac is é ag gol.

Bhíodar ag lúbadh chun tailimh is iad ag rádh na cainnte seo. Thánadar anuas ar a ndeárnacha is siúd ag lámhacán iad is ag siubhal ar a gcrobhannaibh. Chromadar ar bheith ag rith timcheall an úrláir. Deineadh crúba de na lámhaibh is iad ag rith ar an gcuma san. Tháinig faid ar an dá aghaidh acu i dtreo gur soc fada is ceann beithidhigh a bhí ortha.

B'é sin an uair a tháinig náire is losgadh cléibh i gceart ortha nuair a mhothuigheadar na heirbaill ag teacht ortha. Deineadh stalcadh dhíobh. Thosnuigheadar ag gol agus ag caoineadh an uilc agus an íde a bhuail iad. Ach ní gol ná blaidhreach a dheineadar ach ah-á! ah-ó! ah-á! ah-ó! ar nós asail ag béicigh.

Le n-a linn sin do buaileadh ag an ndorus, is do labhair an té bhí amuich is dubhairt:

"Osgluighidh! Mise an leithineoigín. Mise cóisteoir an chóiste a thug go dtí an baile seo sibh. Ósgluighidh go mear nó díolfaidh sibh as."

XXXIII

An babliac ar aonach na n-asal. Rinnce is léim tré
fháinne dá mhúineadh dho. Imthigheann bárthan
air is díoltar le fear bodhrán a dhéanamh é.

NUAIR ná rabhthas ag osgailt don leithineoigín
thug sé buille láidir de bharra a bhróige don
chómhlainn is thiomáin sé roimis isteach í.
Dubhairt sé leis an mbeirt is é ag gáiridhe mar ba
ghnáth—

" A bhuachaillí a chroidhe 'stigh, is maith a
dheineabhair bhúr ngnó. D'aithnigheas bhúr nglór
béicighe is sid é an chúis dom theacht."

Nuair a chualaidh an dá asailín an méid sin is iad
a bhí go duairc. Níor fhan drud ionnta. Bhí a
gceann fútha acu, bhí a gcluasa 'na liobraibh leo,
agus na heirbaill isteach idir a dhá gcois deiridh.
Chrom an leithineoigín ar bheith ag déanamh peat-
ghala ortha, ar bheith á gcíoradh is á gcuimilt, is á
láimhseáil. Tharraing sé chuige an chíor mhór is
d'imir sé a cheárd ortha nó go raibh an croiceann go
slíobtha sleamhain ortha. Annsan chuir sé ceann-
rach ortha is d'árduigh leis go dtí áit an mhargaidh
iad, ag brath ar iad a dhíol, is go mbeadh rud éigin
aige dá mbarr. Bhí ceannuitheoirí go tiugh ann is
bhí glaodhach maith ortha. Feirmeoir go raibh a
asal tar éis bháis d'fhagháil indé roimis sin a cheann-
uigh Buaicisín. Díoladh an t-asailín Pinocchio le
Stiúrthóir de chualacht aisteoirí. Cheannuigh sé
é chun rinnce is léim a mhúineadh dho i dtreo go
mbeadh an aistidheacht san aige á dhéanamh i
dteannta na mbeithidheach eile a bhí sa chualacht.

Is tuigithe anois cad é an tslighe mhaireamhna a

bhí ag an leithineoigín. Théigheadh an aithid ghránna san, gur dhóigh leat gur mil is uachtar ar fad agat é, ar chuardaibh ar fuid an domhain. Ag taisteal na slighe dho do mhealladh sé, le geallamhaintí is le bladaireacht, isteach 'na chóiste chuige na garsúin díochoisgithe agus na garsúin go raibh fuath acu do leabhraibh is do sgoileannaibh. Nuair a bhíodh an cóiste lán aige bheireadh sé leis go dtí Baile na mBreall iad, i dtreo go gcaithfidís tréimhse le cluichí, le crostáil, is le caitheamh aim-

. . . is d'árduigh leis go dtí áit an mhargaidh iad, ag brath ar iad a dhíol . . .

sire, is ná beadh aon chúram foghluma ortha. B'é an rud a thagadh as an obair sin dóibh ná go ndeintí asailíní dhíobh. Annsan iseadh bhíodh an t-áthas ar an leithineoigín. D'árduigheadh sé leis ar na haontaighe iad is do dhíoladh sé iad. Bhí a theacht isteach chómh mór san go raibh sé 'na fhear mhórmhilliún ar an dtaobh istigh de bheagán blianta.

Ní fios cionnus d'éirigh le Buaicisín, ach bhí saoghal cruaidh ag an mbabliac. Fuair sé caragáil mhór má fuair aon fhear bán riamh é.

Chuir an máistir nua isteach sa chró é, agus do líon sé an máinséar de thuighe dho. Ní raibh taithighe ag an mbabliac ar an soghltas san, agus nuair a bhlais sé é chaith sé amach as a bhéal arís é. Do líon an máistir an máinséar annsan d'fhéar do. Ach níor thaithn san leis, ach an oiread.

" An amhlaidh ná taithneann an féar leat ? " arsan máistir agus fearg air. " Geallaim-se dhuit pé dúire atá istigh id chroidhe go mbainfead-sa amach asat é," agus bhuail sé greadóg dá laisg ins na cosaibh air chun eagla a chur i n-úil do.

Nuair a gortuigheadh an babliac do chrom sé ar ghol agus ar bhéicigh. " Í—á, í—á, í—á," ar seisean, " ní fhulaingeochadh mo ghoile an tuighe."

Thuig an máistir cainnt na n-asal go maith agus dubhairt leis :

" Ith an féar má seadh."

" I—á, í—á," arsan t-asailín, " chuirfeadh an féar treighid im bholg."

" Is dócha go mbíodh taithighe ar shoghlaistí agat-sa," arsan máistir. " B'fhéidir gur tur leat an féar san. Tabharfad-sa annlann duit leis," ar sé, ag bualadh an tarna greadóige air.

Cheap an t-asailín go mb'fhearr dho éisteacht, agus focal eile níor tháinig as.

Do dúnadh an dorus is do fágadh annsan é. Toisg ná raibh aon bhiadh caithte aige le roinnt mhaith uaire a chluig chrom sé ar mianfadhach le hocras. Agus é ag mianfadhach bhí a bhéal chómh leathan le béal corcáin.

Nuair ná raibh aoinní eile sa mháinséar aige ach féar ba thúisge leis breith ar ghreim de ná breith ar chrúib air féin. Nuair a bhí greim de coganta go maith aige dhún sé a shúile agus leig sé siar é.

" Seadh," ar seisean leis féin taréis é bheith ithte aige. " Níl an féar so go ró olc, ach b'fhearr go mór an béile a bheadh agam dá gclaoidhinn leis an léigheann. I n-ionad an fhéir seo bheadh cannta d'arán úr agus slisne de dhrisín mhéith agam. Ach ní mór dom bheith foidhneach," ar seisean.

Maidean lárnabháireach nuair a dhúisigh sé chuarduigh sé an máinséar féachaint an bhfaghadh sé a thuille féir ann, ach ní bhfuair, mar bhí sé á ithe leis i rith na hoidhche is bhí sé ithte go baileach aige. Thóg sé greim de thuighe ghearrtha, ach ní raibh san chómh deagh-bhlasta leis an bhféar ná leis na biadhaibh go raibh taithighe aige ortha.

" Grásta na foidhne dhúinn ! " ar seisean is é ag cogaint leis. " B'fhéidir go múinfeadh an míofhortún so atá orm ciall do gharsúin díochoisgithe nach maith leo bheith ag gabháil do léigheann. Foidhne ! Sgéal gan leigheas foidhne is fearr air."

" Foidhne, a bhrealláin ! " arsan máistir go hárd is é ag teacht isteach sa chró. " B'é gur dóigh leat-sa gur chun bheith ag ithe is ag ól a cheannuigheas-sa thú. Ní headh mhuise ach chun tú chur ag obair i dtreo go ndéanfainn mórán airgid ded bharr. Éirigh anois go héasga is gluais liom go dtí ciorcal na gcleas. Múinfead-sa dhuit cionnus léimt trí fháinní, agus frámhlacha páipéir a bhriseadh led cheann, agus cionnus rinnce agus damhas a dhéanamh ar áilneacht is tú id sheasamh lom díreach ar do chosaibh deiridh."

B'éigean do Phinocchio na nithe sin go léir d'fhoghluim.

Bhítheas á mhúineadh ar feadh trí mhí sar a rabhadar foghlumtha aige is is mó riasta a cuireadh ar feadh na n-easnaidheacha air ar feadh an méid sin aimsire. Nuair a bhí an t-ullmhúchán déanta cuireadh an fógradh so i ngach fuinneog agus ar gach polla sa bhaile bheag :

" TABHAIRT AMACH MÓR.

Iongnaí shaoghail san amharclainn anocht

Sár-chleasaidheacht ag fir is capaill

AN tASAILÍN PINOCCHIO

Togha is rogha na n-aisteoirí

Sgléip is greann is fáilte.

Rúnaí na Cualachta."

Bhí an amharclann lán an oidhche sin uair a chluig sar ar thosnuigh an tabhairt amach.

Níorbh fhéidir cathaoir shocair sheasgair, ná suidheachán i measg na maithe móra, ná fuarma d'fhagháil as san amach agus a meádhchaint féin d'ór a dhíol asta. Bhí na suidheacháin árda san amharclainn brúighte le leanbhaí, le garsúin agus le gearrachailí go raibh a gcroidhe ag sgiolpaidh chun an asailín a fheisgint ag rinnce. Nuair a bhí deire leis an gcéad chuid den taisbeánadh, tháinig Stiúrthóir na cualachta amach ar an árdán. Bhí casóg dhubh chuirp air, triúbhas bán, is bróga a bhí ag dul thar glúinibh suas air. D'úmhlaigh sé go talamh don chómhthalán is dubhairt, is é dáiríribh, an triféis cainnte seo—

" A dhaoine galánta, a ridirí agus a mhná uaisle !

Ar bheith ag gabháil don té go bhfuil a lámh curtha leis seo ar a thaistealaibh tríd an gcathair oirdheirc seo d'oir dom ní hamháin é bheith d'onóir ach é bheith de shásamh agam chómh maith go

dtaisbeáinfinn don lucht féachana iomráidhteach so,
an t-asailín clúmhail go raibh sé d'onóir cheana féin
aige bheith ag rinnce ós cómhair a Shoillse an
tImpire atá ar na Cúirteanna móra go léir den
Eoraip.

Ag gabháil ár mbuidheachais libh, bíodh fonn
orraibh is deagh-chroidhe agaibh chun cabhruithe
linn, is gabhaidh ár leathsgéal."

Nuair a hairigheadh an chainnt sin bhí bualadh
bas is gáiridhe go tiugh, ach níorbh aoinní an bualadh
bas san seachas mar bhí ann nuair a tháinig an t-as-
ailín Pinocchio i lár ciorcail na himeartha. Ba dhóigh
leat go mbainfí an ceann den tigh. Bhí an t-asailín
gléasta leagaithe amach i gcómhair na hócáide. Bhí
srian nua de leathar bhreágh shleamhain air, go
raibh búclaí is cnaipí d'fhionndruinne ann.

Bhí dá chamelia bhána ar a chluasa. Bhí a
mhuing 'na dhualaibh casta, is iad ceangailte le
ribíní de shíoda dhearg. Bhí crios mór leathan d'ór
is d'airgead ar feadh an chuim air. Bhí ribíní de
shróll fighte fuaighte ar an uile phioc den eirball
aige. Chun sgéal gearr a dhéanamh de, asailín thar
asailínibh ab eadh é. Le linn taisbeáint an asailín
don chruinniú dubhairt an Stiúrthóir an chainnt
seo :

"A dhaoine chreideamhnacha atá ag éisteacht
liom ! ní chuige thánag-sa annso chun bheith ag
sgeilceadh éithigh díbh mar gheall air mhéid an
duaidh a fuaras chun an ainmhidhe seo a ghabháil
is a smachtú, is é ag innéar ar a ádhbhar féin ó chnoc
go cnoc i machairí an Teo-chreasa. Féachaidh, má's
é bhúr dtoil é, is tugaidh fé ndeara an fiadhantas atá
sa dá shúil aige. Nuair a bhí ag teip ar gach aon
tslighe eile chun é mhíniú is é thabhairt chun láimhe,
b'éigean dom, go minic, labhairt leis i gcainnt
bhríoghmhair na fuipe. Ach i n-ionad cion is buidh-
eachas a bheith aige orm is amhlaidh a bhí sé ag
cnósach drochaigne chúgham. Fuaras-sa amach,

ámh, is mé ag leanamhaint an eolais a thug Gallas
dúinn, go raibh féithleog bheag chnámhach 'na
phlaosg. B'é an ainm a thug árd-chómhairle na
liagh i bParis uirthi ná meall tuismithe na gruaige
is meall an rinnce Ghréagaigh. Ba mhian liom dá
bhrigh sin ní hamháin rinnce, ach léimt tríd an bhfáinne
is tré fhrámacha clúdaithe le páipéar, a mhúineadh
dho. Féachaidh go maith air is tugaidh bhúr mbreith
annsan air ! Ach sar a bhfágfad an áit seo, tugaidh
cead dom, a dhaoine uaisle, chun cuireadh a thabh-
airt díbh go dtí an tabhairt amach laetheamhail a
bheidh ann istoidhche amáireach. Ach má tharl-
uigheann go mbeidh an aimsir bháistighe ag bag-
airt go ndéanfadh sé duartan, i n-ionad an tabhairt
amach a bheith ann istoidhche amáireach cuirfear
siar go dtí maidean amáireach é ar a haondéag
roim meán-lae um thráthnóna."

Do shléacht an Stiúrthóir arís, agus, ag ionnt-
áil anonn ar Phinocchio dho, dubhairt leis :
" Bíodh dóchas maith anois agat ! Sar a dtos-
nuighir ar do chuid cleas a dhéanamh úmhluigh
don chruinniú chreideamhnach so—idir ridirí, mná
uaisle, is aos óg ! "

Dhein Pinocchio mar adubhradh leis. Tháinig sé
anuas ar a dhá ghlúin ar an dtalamh. D'fhan sé
mar sin gur bhain an Stiúrthóir cnag as an laisg is
go ndubhairt leis :

" Siubhluigh leat anois ! "

D'éirigh an t-asailín, agus dhírigh sé ar bheith ag
siubhal ar fuid an chiorcail.

I gcionn beagán aimsire dubhairt an Stiúrthóir
—" Bí ar sodar leat anois." Dhein an t-asailín mar
adubhradh leis go héasga.

" Ar cos anáirde leat anois," arsan Stiúrthóir.

Siúd ar cos anáirde an t-asailín. " Ar ruaig leat,"
ar seisean is do chuaidh an t-asailín ar a dhícheall.
Agus é ag rith ar séirse do thóg an Stiúrthóir a lámh
anáirde is sgaoil sé urchar a pistol.

Le n-a linn sin do leig an t-asailín air gur leonadh
é, is thuit sé fiar-fhleasgán ar an dtalamh agus é mar
a bheadh sé ag fagháil bháis.

Nuair d'éirigh sé arís bhí a leithéid de gháir
gáiridhe is bualadh bas ann gur dhóigh leat go

Dhein Pinocchio mar adubhradh leis. Tháinig sé anuas ar a dhá
ghlúin ar an dtalamh.

n-aireofaí sa domhan toir é. D'fhéach sé uaidh
suas ar an gcruinniú mar is gnáth le lucht aistigh-
eachta a dhéanamh. Chonnaic sé 'na suidhe ar
cheann de na fuarmaí bean-uasal áluinn go raibh
práisléad óir ar a muineál, is bonn ag sileadh as.

Bhí ionchruth ar an mbonn—a ionchruth féin.
" Siúd é m'ionchruth-sa ! agus is í an bhean-uasal
san an tSidheog," arsan t-asailín mar d'aithin
sé láithreach í. Tháinig a leithéid sin d'áthas air
go dtug sé iarracht ar a rádh ós árd, "Ó, a Shidheog !
Ó, a Shidheog an chroidhe 'stigh." Ach ní cainnt
a tháinig as a bhéal ach uchtach de bhúirthigh
láidir a bhain gáiridhe as a raibh láithreach is go
mór mór as na leanbhaí.

Do bhuail an Stiúrthóir siúnsa de mhaide na
laisge sa phus air chun a chur i n-úil do nár bhain
sé le béasa bheith ag búirthigh ar an gcuma san
ós cómhair na cuideachtan. Chuir an t-asailín
bocht leath-chromadh dá theangain amach is bhí
sé ag lighreac a phuis ar feadh chúig neomataí
le hionnchas go dtiocfadh leis an tinneas a bhí
ann a bhaint as mar sin.

Nuair a fhéach sé suas an tarna huair is thug sé
fé ndeara go raibh an tSidheog imthithe as an áit,
d'éirigh a chroidhe air le díombáidh.

Shaoil sé go bhfaghadh sé bás ar an láthair sin.
Chrom sé ar ghol go fuigheach. Ach níor thug
aoinne an méid sin fé ndeara, is ní baoghal go dtug
an Stiúrthóir fé ndeara é, mar dubhairt sé ós árd
agus é ag baint cnag eile as an laisg :

" Feiceam anois go ndéanfair rud fónta, a
Phinocchio ! Taisbeáin do na daoine uaisle seo
cionnus is féidir leat léimt go héasga tré fháinne."

Thug an t-asailín dó nó trí iarrachtaí ar léimt
tríd. Ach gach aon uair a thagadh sé go dtí an
fáinne is amhlaidh a ghabhadh sé fé go breágh
socair do féin. Thug sé léim bhreágh sa deire is
chuaidh sé tríd. Ach bhí sé de mhí-ádh air gur
rugadh ar na cosa deiridh sa bhfáinne is gur caith-
eadh ar an dtalamh ar an dtaobh eile é. Nuair a
éirigh sé bhí sé bacach, is b'ar éigin a fhéad sé
filleadh go dtí an cró.

" Cuirtear amach chúghainn é ! Is é an t-asailín

atá uainn ! Tugtar amach an t-asailín ! " arsan t-aos óg go léir san amharclainn. Ach nuair a airigheadar a chosa bheith leointe, tháinig truagh acu dho is do stad an ulfairt.

Bhí an chloch trom, is do rug sí síos go tóin puill gan ró mhoill é.

Ní fheacathas an t-asailín a thuille an oidhche sin.

Tháinig liagh na mbeithidheach maidean lárnabháireach. Taréis an asailín a fhéachaint dubhairt sé go leanfadh an bhacaighe dhe an chuid eile dá shaoghal.

Nuair a airigh an Stiúrthóir an méid sin dubhairt sé leis an ngiolla é bhreith go dtí an margadh is é dhíol, ná beadh sé féin á chothú díomhaoin.

Rugadh ann é, is bhí ceannuitheoir ann do.

" An mór atá agat á lorg ar an asailín bacach san ? " arsan ceannuitheoir.

" Fiche raol," arsan giolla.

" Tabharfad fiche leathphingne dhuit air," arsan ceannuitheoir.

" Ní chun oibre atáim-se á cheannach. Ní theastuigheann uaim-se ach a chroiceann. Ní mór dom bodhrán a dhéanamh don chualacht ceoil atá sa tsráid-bhaile againn. Tá a sheithe árd-oireamhnach chun an ghnótha san mar tá sí righin cruaidh."

Is fuiriste a thuisgint cionnus a bhí ag Pinocchio nuair a airigh sé go rabhthas chun bodhráin a dhéanamh dá sheithe ! Fuair an ceannuitheoir ar a thairisgint é. Nuair a bhí díolta aige as, d'árduigh sé leis anáirde ar charraig a bhí ar bhruach na fairrge é. Cheangail sé cloch fé n-a mhuineál. Cheangail sé cos leis le téid is choingibh sé ceann na téide 'na láimh. Tháinig sé i gan fhios air is thug sé guala dhó is chaith sé isteach san uisge é.

Bhí an chloch trom is do rug sí síos go tóin puill gan ró mhoill é. Shuidh an ceannuitheoir ar an gcarraig do féin is greim aige ar an dtéid ag feitheamh go mbeadh sé báithte agus annsan go mbainfeadh sé an croiceann de.

XXXIV

Ithid na héisg an croiceann den asailín. Tagann sé
'na chló féin arís. Sa tsnámh do sloigeann Míol
Draide é.

Nuair a bhí an t-asailín deich neomat is dachad
san uisge dubhairt an Ceannuitheoir is é ag cainnt
leis féin : " Ní fulair nó tá an t-asailín báithte um
an dtaca so. Tarraingimís aníos é agus deinimís
bodhrán dá sheithe."
Chrom sé ar an dtéid a tharrac. I gcionn tamaill
chonnaic sé rud éigin ag teacht ar bharra an uisge.
Ní hasailín marbh a bhí ann ach babliac 'na bheath-
aidh agus é ag casadh agus ag lúbarnaigh mar a
bheadh eascú. Nuair a chonnaic sé an babliac
tháinig crith cos agus lámh air. Shaoil sé gur
neam-meabhair éigin a bhí ag teacht air.
Nuair a imthigh cuid den iongnadh dubhairt sé
agus snagadh 'na sgórnaigh agus é ag gol :
" Agus cá bhfuil an t-asailín a chaitheas isteach
sa bhfairrge ? "
" Mise an t-asailín," arsan babliac agus é ag
gáiridhe.
" Tusa ? " arsan Ceannuitheoir.
" Mise go díreach," arsan babliac.
" Ariú, a chladhaire, an ag magadh fúm ataoi ? "
arsan Ceannuitheoir.
" Ní headh ná cuid de mhagadh. Ní dhéanfainn
aoinní dá shórt. Táim ag innsint na fírinne dhuit,
a mháistir," arsan babliac.
" Ach ní thuigim i n-ao' chor cionnus a deineadh
an t-atharrú," arsan Ceannuitheoir. " Níl ach
fíor-bheagán aimsire ó thugas guala isteach san

uisge dhuit is tú it asailín, is sin é anois tú id bhab-
liac."

" Is dócha gurab é uisge na sáile fé ndear an
t-atharrú. Deineann an fhairrge rudaí greannmhara
mar sin uaireannta," arsan babliac.

Ní hasailín marbh a bhí ann ach babliac 'na
bheathaidh . . .

" B'fhearra dhuit na clis a chur uait agus gan
bheith ag iarraidh bheith ag magadh fúm.   Ní
haon dóichín mise má bhriseann ar an bhfoidhne
agam ! " arsan Ceannuitheoir.

" Bíodh agat, a mháistir.   Ach ar mhaith leat
fios fáth an sgéil go léir a bheith agat ?   Má's maith,

bain díom an ceangal san atá ar mo chois is 'neosad duit é," arsan babliac.

Do sgaoil an pleidhce ceannuitheora an ceangal, mar bhí dúil aige an sgéal a chloisint. Tháinig áthas an domhain ar an mbabliac nuair a fuair sé é féin sgaoilte. Bhí sé chómh saor leis an éan ar an gcraoibh, agus seo mar a labhair sé :

" Bhíos-sa im bhabliac i dtúis mo shaoghail mar atáim fé láthair. Ba dhóbair mé bheith im gharsún ar nós na ngarsún eile. Agus bheinn, leis, mara mbeadh a luighead dúlach a bhí sa léigheann agam, is mé bheith chómh mór ar díth céille is gur thugas cluas do chómhairle dhroch-chómhluadair. Ritheas ón mbaile. . . ach fóiríor cráidhte ! Nuair a dhúisigheas maidean áirithe bhíos im asailín—leadhbaí cluas orm, agus eirball go raibh faid an lae indiu agus an lae amáirigh ann. Ní fheadraís cad é an náire a bhí orm ! Do raghainn síos tríd an dtalamh dá mb'fhéidir dom é. Ó, nár leigidh Dia ná cualacht naomhtha na bhFlaitheas go n-imtheochadh a leithéid de bhárthan choidhche ort ná ar aoinne a ghoillfeadh ort ! Rugadh ar aonach na n-asal mé chun mé dhíol, is cheannuigh Stiúrthóir cualacht marc-chleas mé mar nárbh fhuláir leis go ndéanfadh sé rinnceoir oilte dhíom, is go mbeinn ag leimt tré fháinní dho. Ach oidhche áirithe, is an taisbeáint ar siubhal, fuaras droch-thurraing is do leonadh an dá chois agam i dtreo gur lean an bhacaighe dhíom. Annsan nuair a thuig an Stiúrthóir go mbeinn mar mhuirighin air thug sé órdú mé dhíol, is is tusa cheannuigh mé."

" Is fíor gur mé," arsan ceannuitheoir, is gur focas fiche leathphingne asat. Agus anois cé thabh-arfaidh mo fiche leathphingne thar n-ais dom ? "

" Agus cad é an mac mallachtain a bhí anuas ort is me cheannach ? " arsan babliac. " Nach chuige a cheannuighis me ná chun bodhráin a dhéanamh dem sheithe ? . . . bodhrán, a dhuine mo chroidhe 'stigh ! "

" Is fíor agus is ró fhíor ! " arsan Ceannuitheoir.
" Ní fheadar i bhfornocht Dé cá bhfaghad seithe
eile—seithe a bheadh chómh hoireamhnach ? "

" Ná bíodh san ag déanamh aon chrádh croidhe
dhuit, a mháistir. Níl aon teora le n-a bhfuil d'asail-
íní sa domhan bhraonach so," arsan babliac.

" Innis dom, a dhradaire dheisbhéalaigh, an bhfuil
an sgéal go léir innsithe agat ? " arsan ceannuith-
eoir.

" Tá beagán eile focal sa sgéal," arsan babliac.
" Tar éis mé cheannach do thugais leat mé go dtí
an áit seo chun mé mharbhú. Do sprioc rud éigin
tu i dtreo go dtáinig trócaire id chroidhe. B'fhearr
leat cloch a cheangal fém mhuineál is mé chaith-
eamh isteach sa duibheagán. Ba mhaith an mhaise
agat é a chneastacht a ghabhais chun an sgéil, is
ní baoghal go ndéanfad dearmhad ar an ngníomh
fónta san pé fhaid a bheidh cairt ar an saoghal so
agam. Ach ar an dtaobh eile den sgéal, a mháistir
an chroidhe 'stigh, bhí an méid seo sa treis is níor
thuigis-se é. Do dheinis margadh agus níor luadhais
leis an tSidheoig é."

" Agus cé hí an tSidheog so ? " arsan ceannuith-
eoir.

" Is í mo mhaimí í," arsan babliac, " agus is
deallrach leis na máithreacha maithe í go mbíonn
cion a n-anama ar a gclainn acu is nach maith leo
go n-imtheochaidís as a radharc choidhche. Nuair
a bhíonn brón ná buaidhirt orrainn is iad a dheineann
fóirithint orrainn agus a chuireann misneach agus
dóchas orrainn, le ceannsacht, le cneastacht, is le
cómhairle. Nuair a bhímíd breoidhte is iad a
dheineann banaltranas orrainn is is beag den
oidhche a chodlaid siad ach ag friothálamh orrainn.
Nuair a bhíonn gannachar bídh ann, coingbhíd na
máithreacha an biadh ó n-a mbéal féin is tugaid siad
dá leanbhaí é. Nuair a dheinimíd aimhleas nó
aoinní as an slighe is iad na máithreacha a ghabhann

ár leath-sgéal, is dá ndeinidís an ceart linn b'é an rud
a dhéanfaidís ná síntiús den tslait a thabhairt dúinn,
is sinn a chur an dorus amach is leigint dúinn báth-
adh nó snámh. Ach mar a bhí agam á rádh leat is
de bharr an cheana san a chuir an deigh-Shidheog an
sgol éisg im thimcheall nuair a chonnaic sí me is me
i gconntabhairt mo bháithte. Cheapadar san gurbh
asailín mé agus go rabhas marbh. Chromadar ar
mé d'ithe. Dob iongnadh saoghail na plaicí a bhain-
idís asam! Ba dheacair a chur 'na luighe orm,
tamall dem shaoghal, go bhféadfaidís bheith níos
amplaighe ná an t-aos óg. Bhí cuid acu ag ithe na
gcluas díom go fochallach, bhí flosg ar tuille acu ag
ithe an tsuic díom, bhí roinnt acu ag ithe na muinge
dhíom go geanamhail. Bhí airc ocrais ar an gcuid
acu a bhí ag ithe croiceann an droma go seadach
díom agus ba mhaith an mhaise ag iasg beag deagh-
mhúinte é, d'ith sé an t-eirball le fonn díom."

Dubhairt an Ceannuitheoir agus fionnaitheacht
is anaithe air:

" Táim ag dearbhú go daingean ná blaisfead a
thuille éisg an fhaid mhairfead. Dá n-osgluighinn
bléidhtheach nó faoitín bhruithte agus eirball asail a
fheisgint istigh i n-aon cheann acu do thuitfeadh
an t-anam asam."

" Is beag ná gurab é an údhálta céadna agam-sa
é " arsan babliac agus é ag gáiridhe. " Ach chun an
sgéil a chríochnú dhuit, nuair a bhí an tseithe go
léir ithte acu bhíodar dulta chómh fada leis an
gcnámh, nó is é ba cheart dom a rádh bhíodar
dulta chómh fada leis an adhmad—óir, fé mar is
eol duit, is d'adhmad chruaidh atáim-se déanta.
Ach nuair a bhí roinnt iarrachtaí tabhartha acu ar
bhéalóig a bhaint asam, thuigeadar na héisg bhead-
aidhe ná réidhteochainn le n-a gcuid fiacal ná le
n-a ngoile. Nuair a thuigeadar ná tiocfadh leo mé
chogaint do chaoluigheadar leo féin gan fiú slán ná
beannacht a fhágaint agam. Sid é an sgéal go l éir

tríd síos duit. Ní gádh dhom a innsint duit gur babliac 'na bheathaidh d'éirigh chughat i n-ionad an asailín a chaithis isteach."

" Ní fhéadaim gan gáire a dhéanamh fén sgéal," arsan Ceannuitheoir—ach b'é gáire Sheáin dóighte aige é. " Tá a fhios agam go dian-mhaith gur íocas fiche feoirling asat nuair a cheannuigheas tú, is oireann dom an t-airgead d'fhagháil thar n-ais. An bhfuil a fhios agat cad a dhéanfad leat ? Bhéarfad thar n-ais go dtí an margadh tú agus díolfad tú mar a díolfaí an mheádhchaint chéadna d'adhmad stáluithe chun na dteinte d'adú."

" Dein cheana. Táim-se lán-tsásta leis sin," arsan babliac. Agus é ag rádh na cainnte sin thug sé léim bhreágh agus sgeinn sé isteach san uisge uaidh, is d'fhág sé ag seinnt na bport n-uaigneach é. Dubhairt sé agus é ag snámh leis go seolta éadtrom agus é ag druidim ón dtráigh :

" Gura seacht fearr a bheir nuair a chíom a chéile arís agus má bhíonn easnamh seithe ort chun bodhráin a dhéanamh féach rómhat féin agus ná bíodh babliac i gcroiceann an asail a cheannóchair."

Do gháir sé is do lean sé air ag snámh. I gcionn tamaill d'fhéach sé uaidh siar agus liúigh sé ní b'aoirde chuige is dubhairt :

" Beannuighim uaim siar duit, a fhir an bhodhráin, agus má bhíonn gádh agat le beagán de chonnadh chruaidh thirm chun na teine a dheargadh ní has babliac a gheobhair é."

Do shnáimh sé leis mar a shnámhfadh frog, is an fhaid a bheithfeá ag féachaint thart bhí sé chómh fada ón dtráigh gurb ar éigin a fhéadfaí é fheisgint. Ní raibh ann ach mar a bheadh dubhradán san uisge.

Agus é ag snámh leis, agus ná feadair sé cá raibh a thriall, do chonnaic sé i lár na fairrge mar a bheadh carraig de mharmar bhán. Bhí mionnán áluinn ar stuaic na carraige sin agus í ag meigiollaigh go cneasta. Dhein sí cómharthaí chuige chun teacht fé n-a déin.

B'é an rud ba ghreannmhaire den sgéal ná gur dhath liath-ghorm thaithneamhach a bhí ar fhionna an mhionnáin sin i n-ionad é bheith dubh nó bán, nó ar dhá dhath ar nós na ngabhar eile. Bhí ana-chosmhalacht ag an ndath a bhí uirthi le dath gruaige an Leinbh áluinn.

Tháinig sgiatháin ar chroidhe an bhabliac bhoicht, is bhí a dhá oiread fuinnimh sa tsnámh aige, chun na carraige báine a shroisint. Bhí leath na slighe curtha aige dhe nuair a chonnaic sé rud éigin ag éirghe amach as an uisge agus ag déanamh air. Ceann gránna árrachtaidhe mara ab eadh é. Bhí a chraos ar dian-leathadh agus é chómh mór leis an súil droichid is mó a chonnaicís riamh. Bhí trí chír fiacla sa chraos san agus do chuirfeadh sé sgannradh saoghalta ar aoinne iad a fheisgint.

B'é an ollaphiast san an Míol Draide ar tráchtadh go minic cheana sa sgéal so. Bhí Murchadh na n-iasg agus na n-iasgairí mar leas-ainm air, mar dob éachtach an léirsgrios a dheineadh sé ar gach rud idir dhaonna is ainmhidhe. Bhí a ghoile chómh mór san go sloigfeadh sé an saoghal mór isteach 'na bholg.

Ba dhóbair go n-éireochadh a chroidhe ar Phinocchio nuair a chonnaic sé é. Thug sé slighe eile air féin chun druideamhaint as a raon. Bhí sé ag iarraidh teicheadh uaidh ach bhí an craos ar leathadh ag teacht 'na dhiaidh mar a thiocfadh an chaor.

" Ar son Dé agus brostuigh ort ! " arsan mionnán agus í ag meigiollaigh go hárd.

Do ghéaruigh an babliac sa tsnámh. Bhí na lámha, an t-ucht, na cosa agus na troighthe aige á n-oibriú i n-anaithe an tsaothair. " Rith ! mar tá an t-árrachtaidhe ag teacht suas leat," arsan mionnán.

Tháinig spionnadh mór sa bhabliac agus do dhúbail sé ar an mbuinne a bhí fé.

" Seachain, a Phinocchio, tá an t-árrachtaidhe i ngar duit, féach é ; féach é ! Ar ghrádh Dé agus dein togha an deithnis nó beir caillte," arsan mionnán.

Siúd Pinocchio ag snámh ar séirse fé dhéin na carraige. Bhí sé tagaithe ana-chómhgarach di.

Do ghéaruigh an babliac sa tsnámh. Bhí na lámha, an t-ucht, na cosa agus na troighthe aige á n-oibriú i n-anaithe an tsaothair.

Do bhí na cosa tosaigh sínte amach, ós cionn an uisge, ag an mionnán chun é tharrang chúichi ar an bport.

Ach bhí sé pas beag déannach ! Bhí an t-árrach-taidhe tagaithe suas leis. Tharraing sé a anál isteach is do shloig sé an babliac bocht siar 'na chraos mar a shloigfeadh sé iasg beag. Bhí an t-ampladh agus an slogadh chómh cóimhightheach, chómh cuthaigh sin, gur baineadh turraing as an mbabliac nuair a thuit sé isteach sa ghoile nár fhan corruighe ná mothú ann ar feadh ceathrú uair a chluig.

Nuair a tháinig sé chuige féin ní fheadair sé ciaca b'ar an saoghal so nó ar an saoghal eile a bhí sé. Bhí doircheacht éachtach ins gach aon bhall 'na thimcheall. Bhí an áit go léir 'na bhróin chíordhubh. Chuir sé cluas air féin féachaint an aireochadh sé aon fhothrom ach níor airigh. Do mhothuigheadh sé anois agus arís siollaí gaoithe ag séideadh isteach san aghaidh air. Dhein sé amach i gcionn tamaill gurb a sgamhóga an árrachtaidhe a bhí an ghaoth ag teacht. Bhí múchadh ar an Míol Draide agus b'é fé ndear an séidfaghal san.

Chruinnigh sé a mheabhair beagán agus bhí ag iarraidh a mhisneach a mhúsgailt. Ach nuair a fuair sé amach gur istigh i ngoile an árrachtaidhe a bhí sé, dhein cloch dá chroidhe, is phléasg sé ar ghol, agus dubhairt :

"Cabhair ! Cabhair ! Ó, nach mór an truagh mé ! An bhfuil aoinne ann d'fhóirfeadh orm ? "

" Cé is dóigh leat a fhóirfeadh ort, a rudín mhíádhmharaigh ? " arsan glór garbh briste mar a bheadh ag frog oidhche shamhraidh.

"Cé tá ag cainnt mar sin ? " arsan babliac is é i riochtaibh tuitim i gceann a chos le hanaithe.

" Mise ! Bullamán bocht iseadh mé. Do shloig an Míol Draide isteach 'na ghoile mé it theanntasa. Cad é an saghas éisg tusa, led thoil ? "

" Ní hiasg mise. Babliac iseadh mé," arsa Pinocchio.

" Nuair nach iasg tú cad é an donas a bhí ort a rádh gur chuiris fhiachaibh ar an Míol Draide tu shlogadh ? " arsan Bullamán.

" Ní mise fé ndear do mé shlogadh. D'á leointe féin a dhein sé é. Is anois cad tá le déanamh annso sa dhoircheacht againn ? " arsan babliac.

"Níl le déanamh againn ach feitheamh annso go mbeam díleachta i ngoile an Mhíl Draide," arsan Bullamán.

"Ní theastuigheann san uaim-se," arsa Pinocchio, is do liúigh sé is do bhéic sé.

"Is olc a raghaidh sé dhómh-sa, leis, ach is breágh í an fhoidhne! Is fearr go mór leis na Bullamáin bás d'fhagháil san uisge ná san ola friochaidh," arsan Bullamán.

"Cuir uait an magadh," arsan babliac.

"Sé mo thuairim-se . . ." arsan Bullamán. "Agus deir na Bullamáin ghlioca atá le palaitidheacht, gur rudaí iad tuairimí a thuilleann urraim . . ."

"Is é a bhun beag ar a bharr mór é go n-oireann dómh-sa bheith ag bailiú liom féin as an áit seo," arsan babliac.

"Andaigh, bailigh leat má fhéadann tú é," arsan Bullamán.

"An míol ana-mhór an Míol Draide seo?" arsan babliac.

"Tá breis is míle slat ar faid sa chorp aige gan an t-eirball a bhac," arsan Bullamán.

Shaoil an babliac, is iad ag cainnt, go bhfeaca sé gileacht éigin ana-fhada uatha.

"Cad é an saghas ruda an caoilte soluis sin atá a bhfad agus a bhfad uainn?" arsan babliac.

"Ní fuláir nó is duine bocht éigin mí-ádhmharach mar sinn féin é atá i n-umar na haimléise, leis, agus ná fuil aon fhuasgailt eile i ndán do ach é dhíleaghadh," arsan Bullamán.

"Ní mór dom dul fé n-a dhéin. Cá bhfios d'aoinne ná gur seana-iasg éigin é agus gurab é a thabharfadh eolus dúinn cionnus éalódh as an áit seo," arsan babliac.

"Tá brath agam go n-éireochaidh leat go geal," arsan Bullamán.

"Fágfad slán agat," arsan babliac.

" Slán leat," arsan Bullamán, " is go mbeiridh
Dia slán tú i ngach bóthar 'na ngeobhaidh tú."

" Ní fheadar cá bhfeicfam a chéile arís ? " arsan
babliac.

" Is maith an té go bhfuil a fhios aige. B'é ár
leas gan cuimhneamh i n-ao' chor air."

XXXV

*Castar na daoine ar a chéile—feith is ná fiafruigh,
agus beidh fios fáth an sgéil agat.*

TAR éis slán a fhágaint ag an mBullamán do ghluais Pinocchio fé dhéin an chaochóigín soluis is é ag ganncghail sa doircheacht. Dob fhada righin an obair air an tslighe a chur de sa dubh-dhoircheacht. Níorbh iongnadh san mar bhí an tslighe go haindeis is go haimhréidh roimis, is is mó turraing a baineadh as agus é ag gabháil tré pholl a bhí lán de dhraoib is d'uisge smearthaidh, agus bhí an bréantas ag baint a anáile dhe.

Bhí an soluisín ag dul i méid is i ngléinighe fé mar a bhí sé ag déanamh air. Ach pé'r domhan é bhí sé ag bailiú leis riamh is choidhche gur shrois sé ceann riain. B'air a bhí an iongnadh nuair a chonnaic sé bóirdín beag agus é leigithe amach. Bhí coinneal, is í socair isteach i mbuidéal uaithne, ar lasadh ag ceann an bhúird. Bhí sean-duine beag críona, go raibh a chuid gruaige agus a chuid éadaigh chómh geal le lítis, 'na shuidhe ag an mbórd agus é ag caitheamh a choda. Éisgíní 'na mbeathaidh a bhí mar bhéile aige, is dob ait leat bheith ag féachaint ortha is iad ag léimt amach as a bhéal sar a mbíodh sé d'uain aige iad a chogaint.

Nuair a chonnaic Pinocchio an té a bhí ag an mbórd baineadh preab as, mar cheap sé ná feaca sé aon oighre riamh ar a athair ach é. "Marab é m'athair é is é a mhac-samhail é," ar seisean leis féin nuair a fhéach sé cliathánach air. Nuair a tháinig sé aghaidh ar aghaidh leis is beag ná go raibh sé sealbhuithe gurb é a bhí aige. D'oir

do é féin a chur i n-úil ach ní raibh an chainnt ag
teacht leis. Ach taréis an tsean-duine a infhiúch-
adh ó mhullach talamh bhí an sgéal ó dhabht
aige. Do léim sé as a chorp agus do rug sé barróg
air is d'fháisg sé le n-a chroidhe é is dubhairt :
" A Dhaid, a dhaid, a dhaid is tú atá ann, is is
mise do mhac féin Pinocchio." Do lean sé ar
feadh tamaill mar sin ag tabhairt ainmneacha
ceana air. Do mhion-
nuigh sé is do mhóidigh
sé ná sgarfaí ó chéile
arís iad an dá lá is an
fhaid do mhairfidís.

Dá mhéid áthas a bhí
ar Phinocchio ba mhó
ná san an t-áthas a bhí
ar Gheppetto ach nár
leig sé air é. Bhí an
dubh déanta chómh
minic sin ag an mac air
gur dheacair leis aon
iontaoibh a bheith aige
as. Bhí sé á cheistiú i
dtaobh na gcúrsaí a
ghaibh é agus ag iar-
raidh a dhéanamh amach
ar cheart iontaoibh a
thabhairt leis ; agus 'na
theannta san bhí sé á
bhrath féachaint an
raibh fíor - aithreachas

Bhí an soluisín ag dul i méid
is i ngléinighe fé mar a bhí sé
ag déanamh air.

air. Nuair a thuig an
t-athair nár bhaoghal do feasta feádhanna an mhic
do bhog a chroidhe agus do thóg sé 'na ucht é agus
dubhairt :
" Má bhrisis mo chroidhe tá an lot leighiste anois
agat." " Bhí a fhios agem chroidhe-se i gcómh-
naidhe go maithfeá dhom ar dheineas as an slighe

ort, cé gur dheacair duit é," arsa Pinocchio. " Níl
do shamhail le fagháil le feabhas, ach foraoir géar,
ní raibh riamh, is ní dócha go mbeidh go deo, ag
aon duine bocht, mac chómh mí-ádhmharach
chómh héaganta liom-sa. Mise agus mo chuid
díth céille fé ndear duit bheith san angaid seo, is ní
fearrde mé féin ar dheineas. Ó, dá mbeadh a fhios
agat ar chuireas díom de chathannaibh ó shin !
Ghaibh gach aoinní im choinnibh. Is cuimhin
leat, a dhaid, cionnus mar a dhíolais do chasóg
chun aibghidir a cheannach dom i dtreo go bhféad-
fainn dul ar sgoil, ach d'éirigh na hárd-aidhmeanna
fúm is chuas ag féachaint ar na babaliac. Ba
dhóbair do mháistir na mbabliac mé chur sa teine
chun go bhféadfadh sé an molt a bhí aige á róstadh
d'ullmhú sa cheart. B'é an fear céadna a thug
na chúig píosaí óir dom chun iad a thabhairt duit-
se. Ach do casadh an Sionnach agus an Cat orm
is do mhealladar leo go tigh ósta na Piardóige me.
D'alpaidís a gcuid bídh mar a dhéanfadh dá fhaol-
choin chraosacha is d'fhágadar mise sa ghreim ag
an bhfear ósta. D'fhágas an áit sin ist'oidhche im
aonar. Bhuail dúnmharbhthóirí umam sa tslighe.
Chuireas ar na cosaibh is do leanadar súd me.
Thánadar suas liom is chrochadar a géig den Dair
Mhóir mé. D'órduigh Leanbh na Gruaige Goirme
mé thabhairt chun a tighe féin. Tháinig na liagha
is dubhradar tar éis féachaint orm : ' mara bhfuil
sé marbh is cómhartha maith é go bhfuil sé 'na
bheathaidh fós.' D'innseas bréag bheag dar liom
tré thionóisg, is chrom mo chuingcín ar bheith
ag dul i méid. Bhí sé chómh mór san ná féadfainn
gabháil amach tríd an ndorus. Chuas i n-aon-
fheacht leis an Sionnach is leis an gCat annsan chun
na cheithre buinn óir a chur i Machaire na Míor-
bhailtí. Bhí an ceann eile caithte san ósta agam. Do
chrom an Phíoróid ar mhagadh fúm. D'innseas
don bhreitheamh gur goideadh an t-airgead uaim.

B'é an sásamh a fuaras ná mé ropadh isteach i bpríosún. Nuair a thánag amach chonnac triopall breágh d'fhíon-chaoraibh i bpáirc. Isteach liom thar claidhe an bhóthair ach do rugadh i sáinn orm. Tháinig an feirmeoir orm is do chuir sé coiléar orm is dob éigin dom aire a thabhairt do thigh na gcearc. Nuair a fuair sé amach ná rabhas cionntach ann thug sé cead mo chos dom. Bhuail nathair-nimhe, go raibh deatach ag teacht as a heirball, ar an mbóthar umam is mé ag dul go tigh na Sidheoige.

Tháinig a leithéid sin de thritheamh gáiridhe uirthi gur chnag féith 'na chroidhe. Nuair a shroiseas tigh na Sidheoige bhí sí marbh. Ghoileas go fuigheach. Chonnaic Colúr mé is mé ag gol. Thug sé sanas dom go rabhais-se ag

Do léim sé as a chorp agus do rug sé barróg air, is d'fháisg sé le n-a chroidhe é . . .

déanamh báid chun dul am chuardach. Tharraig sé marcaidheacht dom is do ghlacas go fonnmhar í. Thánag ar a mhuin agus bhíomar ag cur na slighe dhínn ar feadh na hoidhche. Maidean lárnabháireach chonnaiceamair na hiasgairí bailithe ar an dtráigh. Dubhradar liom go raibh duine bocht amuigh ar an bhfairrge is é i gconntabhairt a bháithte. D'aithin mo chroidhe gur tusa a bhí

ann. Dheineas cómharthaí chughat filleadh thar
n-ais."

"D'aithnigheas-sa tusa, leis," arsa Geppetto,
"agus do thiocfainn thar n-ais go fonnmhar ach
nárbh fhéidir dom é. Bhí an fhairrge ró gharbh ró
chóimhightheach. Tháinig tonn mhór is chaith
sí an báidín ar a béal fúithi. Le n-a linn sin siúd
Míol Draide a bhí im chómhgar fém dhéin. Sháith
sé amach leadhb dá theangain is chuir sé fúm í go
réidh is go cneasta. Shloig sé mé mar a shloigfeadh
bradán cuideog."

"Cad é an fhaid aimsire atánn tú gaibhnithe
annso istigh ? " arsa Pinocchio.

"Ní fuláir nó táim ann le dhá bhliain anois, is
shamhluigheas go raibh faid bliana ins gach lá acu
san," arsa Geppetto.

"Cionnus a mhairis ? Cá bhfuarais an choin-
neal ? Cé thug duit na tinnlíní chun í lasadh ? "
arsa Pinocchio. " 'Neosad gach aon ní dhuit
láithreach," arsa Geppetto. "An stoirm chéadna
a dhein bárthan dom bháidín-se, do réab is do
bhris sí long lucht tráchtála. Tháinig na máir-
néalaigh saor. Níorbh aon tsásamh ar an airc
ocrais a bhí ar an ollaphéist mise a shlogadh. Le
linn na luinge bheith ag dul síos thug sí rúid fúithi.
D'osgail sí a béal is do shloig sí i dteannta a chéile
í."

"Mhuise le hanamann do mharbh cionnus a
dhein sí é ?

"Do shloig sé d'aon alp amháin í," arsa Geppetto.
"Níor chaith sí uaithi ach an crann mór mar
chuaidh sé sin i n-achrann idir a fiacla. Ní raibh
sa chrann, di siúd, ach mar a bheadh easna bric.
Bhí an t-ádh liom-sa mar is ualach bídh do bhí sa
luing. Bhí stáin lán d'fheoil thiormuithe leasuithe
innti. Bhí cóimhrthíní de bhrioscaí, de cháis,
d'fhíon-chaora sicithe, de chaifí, de shiúicre, de
choinnle geire, de thinnlíní céarach agus de bhuid-

éalaibh fíona innti. Do mhaireas ar feadh dá bhlian ar an dtabharthas san a sheol Dia chugham. Ach mar is eol duit caithtear gach maith le mionchaitheamh. Níl ruainne bídh ná dil dighe sa chúiláisiún anois. Níl de choinnle agam ach an blúire beag atá annsan ar lasadh."

" Agus nuair a bheidh san caithte cad a dhéanfam ? " arsa Pinocchio.

" Nuair a bheidh, beidh thiar orrainn. Beam araon sa doircheacht," arsa Geppetto.

" Nuair is gur mar sin atá an sgéal ní mór dúinn togha an deithinis a dhéanamh is rith as an áit seo," arsan babliac.

" As an áit seo ! Cionnus ? "

" Níl malairt is fearr againn ná an bóthar céadna amach a ghabháil, sinn féin a chaitheamh sa bhfairrge is bheith ag snámh linn."

" Tá san go maith, a mhic, ach níl snámh agamsa," arsa Geppetto.

" Ná cuireadh san aon cheist ort. Snámhaidhe maith iseadh mise. Féadfair-se teacht ar mo mhuin is béarfad slán sábhálta go dtí an tráigh tú," arsan mac.

Chuir Geppetto gáire beag cráidhte as agus dubhairt : " Ariú fiadhantas, a gharsúin. An dóigh leat go bhfuil sé de neart ionnat-sa, ná fuil ach trí troighthe ar aoirde, mise d'iomchur leat sa tsnámh ? "

" Beidh a fhios agat é ach é thriail," arsan babliac. " Ar aon chuma má tá sé i ndán dúinn bás d'fhagháil is mór an sásamh dúinn go bhfagham bás i bhfochair a chéile."

Do rug sé láithreach ar an gcoinnil agus siúd chun siubhail é chun soluis agus eoluis a dhéanamh dá athair, is dubhairt leis :

" Lean mise is ní baoghal duit."

Bhíodar ag siubhal rómpa ar feadh tamaill ar an gcuma san. Nuair a thánadar chómh fada le

craos an árrachtaidhe cheapadar go mb'fhearra
dhóibh súil-fhéachaint a thabhairt thórsa agus
gach aoinní a thabhairt fé ndeara go maith, is
teicheadh leo féin nuair a gheobhaidís uair na faille.
Bhí an Míol Draide árd-chríona. Bhí múchadh
is luas croidhe ag gabháil do, agus b'éigean do a
bhéal a bheith ar osgailt aige nuair a chodladh sé.
Bhí sé 'na chodladh is thug san caoi don bhabliac
dul amach go clár a bhéil agus a cheann a chur
sa dorus. D'fhéach sé uaidh amach. Chonnaic sé
gearra-réim den spéir is réilthíní uirthi, agus bhí
an ghealach ag taithneamh go háluinn. Nuair a
tháinig sé thar n-ais dubhairt sé le n'athair de
chogar —
" Anois an t-am againn chun bheith ar siubhal.
Tá codladh gaisgidhigh ar an Míol Draide. Tá an
fhairrge ciúin is tá sé chomh geal leis an lá. Lean-se
mé is beam ó bhaoghal i ngiorracht aimsire."
Siúd ar siubhal iad, is suas an sgórnach leo.
Nuair a thánadar amach sa chraos shiubhluigheadar
ar a mbarraicíní ar a theangain. B'shid í an teanga
leabhair fhairsing. Bhíodar amuich ar a barra is
iad ullamh chun iad féin a chaitheamh sa bhfairrge
nuair a chuir an Míol Draide sraoth as. Baineadh
a leithéid sin de shuathadh as a chorp, le linn na
sraoith' a chur as, gur baineadh áirleog asta is gur
caitheadh fiar-fhleasgán siar i mbolg an árrachtaidhe
arís iad. Do múchadh an choinneal is do fágadh
sa doircheacht iad.
" Seadh anois cad is fearr a dhéanamh ? " arsa
Pinocchio agus é ag machtnamh.
" Ariú, a bhuachaill bháin, táimíd réidh anois
nó riamh," arsa Geppetto.
" Nílmíd ná cuid de réidh. T'r'om do lámh, a
dhaid, agus seachain tú féin agus ná sleamhnuigh,"
arsan babliac.
" Cá ngeobhair liom ? " arsa Geppetto.
" Ní mór dúinn iarracht eile a dhéanamh chun

imtheacht as so. Téanam ort agus ná bíodh eagla
ort," arsa Pinocchio, agus rug sé ar láimh ar a
athair agus do chuireadar an bóthar céadna dhíobh
arís. Sar ar chuir an babliac chun fairrge dubhairt
sé le n' athair—

" Tair annso ar mo mhuin agus beir greim daing-
ean orm agus fág an chuid eile fúm-sa."

Dhein Geppetto mar adubhradh leis, agus chómh
luath agus bhí sé socair i gceart ar dhrom an mhic
do chaith seisean é féin san uisge agus chrom sé ar
shnámh. Bhí an fhairrge chómh sleamhain le
gloine. Bhí an ghealach ag taithneamh agus í go
breágh glan. Bhí an Míol Draide ag codladh leis,
agus bhí a leithéid sin de chodladh air ná dúiseochadh
fothrom tóirthnighe é.

XXXVI

Pinocchio 'na gharsún fé dheire thiar.

BHÍ Pinocchio agus a athair ar a mhuin aige, ag snámh leis go seolta fé dhéin na trágha. Bhí cosa an tsean-duine san uisge. Thug an babliac fé ndeara go raibh a athair ag crith mar a bheadh iarracht de ghalar na gcreathaí air Ní fheadair sé an le fuacht nó le heagla a bhí sé ag crith. B'fhéidir go raibh an dá ní ag cur air. Mheas Pinocchio gurbh eagla ba bhun leis an gcreathán agus dubhairt sé leis chun misnigh a chur air :

" Bíodh misneach agat, a dhaid ! Sroisfeam an talamh tirm i ngiorracht aimsire agus beam ó bhaoghal."

Bhí Geppetto ag glinneamhaint uaidh agus ag dul i neamh-fhoidhnighe um an am go ndubhradh an méid sin leis. " Ach cá bhfuil an tráigh ? " ar seisean. " Tá chúig áirde an domhain infhiúchta agus sean-infhiúchta agam, a mhic, agus ní fheicim ar gach taobh díom ach an fhairrge agus an spéir."

" Ach chím-se an tráigh," arsan babliac. " Is fearr an radharc a bhíonn ag an nduine óg ná ag an nduine críona. Is beag ná gurbh é nós na gcat agam-sa é. Is fearr an radharc a bhíonn agam istoidhche ná sa ló."

Leig Pinocchio air go raibh ana-dhóchas aige. Má bhí ba ghearr a fhan sé air. Bhí sé ag lagú. Bhí a anál á bhaint de agus bhí sé ag duanálaigh. Ní raibh ann dul níos sia agus bhí an tráigh ana-fhada uaidh fós.

Do lean sé air ag snámh an fhaid a sheasaimh

anál do. Annsan d'fhéach sé suas ar a athair agus dubhairt go lagfáiseach :

"Fóir orm, a athair . . . mar táim ag fagháil bháis."

Bhí an t-athair agus an mac i gconntabhairt a mbáithte nuair a airigheadar an glór garbh balbh á rádh :

"Cé hé atá ag fagháil bháis ? "

"Mise agus m'athair bocht," arsa Pinocchio.

"Aithnighim an glór san. Is tú Pinocchio," arsan guth.

"Is mé go díreach, agus cé hé tusa ? " arsan babliac.

"Mise an Bullamán, an comrádaidhe a bhí istigh i ngoile an Mhíol Draide it theannta," arsan Bullamán.

"Cionnus a éaluighis as ? " arsan babliac.

"Dheineas aithris ort-sa. Is tusa a thug eolas na slighe dhom. Do bhailigheas mé féin amach gan mhoill id dhiaidh-se," arsan Ballamán.

"Ó, is maith an teacht agat é, a Bhullamáin a chroidhe 'stigh. Aitchim ort as ucht an cheana atá agat ar do chloinn fóirthint a dhéanamh orrainn nó caillfear sinn."

Ba mhaith an mhaise ag an mBullamán é. Dubhairt sé—"Déanfad agus fáilte agus ní hí do dhóthain d'athchuinghe í. Beiridh araon greim ar eirball orm, agus fágaidh an scéal fúm-sa annsan. Cuirfead-sa ar an bport i mbeagán aimsire sibh."

Do ghlacadar araon an cuireadh go tapaidh, ní nárbh iongnadh, nuair a fuaradar an fonn ar an mBullamán, ach i n-ionad breith ar eirball air b'é an rud a dheineadar ná suidhe thiar anáirde ar a chaol-drom.

"An bhfuilimíd ró-throm ? " arsa Pinocchio

"Níl sibh ná aoinní is deallrach leis," arsan Bullamán. "Ní shamhluighim go bhfuil de mheádh-chaint ionnaibh ach mar a bheadh i dhá sliogán."

Bhí neart agus brigh beithidhigh dá bhlian sa Bhullamán.

Nuair a shroiseadar an port do léim Pinocchio go héasga i dtir agus chabhruigh sé le n' athair chun teacht 'na dhiaidh.

Nuair a bhíodar araon saor sábhálta arsa Pinocchio : " A chara mo chroidhe, táim féin agus

. . . ach i n-ionad breith ar eirball air, b'é an rud a dheineadar ná suidhe thiar anáirde ar a chaol-drom.

m'athair tugtha saor ón mbás agat. Ní fhéadaim méid mo bhuidheachais a chur i n-úil duit. Faghaim cead uait, pé sgéal é, tú phógadh. Do chuir an Bullamán a ghob as an uisge agus do chrom Pinocchio agus do phóg ar a bhéal é. Leis sin do chrom an Bullamán ar ghol, bhí maoithneachas chómh mór san air agus annsan le heagla go bhfeic-

feadh aoinne na deora leis do thum sé fén uisge
agus siúd leis.

Bhí sé 'na lá um an dtaca so. Bhí Geppetto
chómh lag chómh tréith sin gurbh ar éigin a bhí sé
de neart ann fanamhaint ar a bhonnaibh. Ba
mhaith an mhaise sin ag Pinocchio. Do shín sé a
lámh chuige agus dubhairt leis—" Leig tú féin
anuas ar mo láimh, a dhaid, a chroidhe 'stigh.

Do chuir an Bullamán a ghob as an uisge agus do
chrom Pinocchio agus do phóg ar a bhéal é.

Bímís ag gluaiseacht. Beam ag siubhal rómhainn
go mín réidh ar nós na seilchidí agus nuair a bheam
cortha suidhfeam agus cuirfeam ár dtuirse dhínn."

" Agus cá bhfuil ár dtriall ? " arsa Geppetto.

" Beam ag tiomáint linn go mbuailfidh tigh nó
bothán éigin umainn mar a bhfagham rud éigin le
n-ithe agus cead cur fúinn go maidin," arsa Pin-
occhio.

Ní raibh ach fiche coiscéim siubhalta acu nuair a chonnaiceadar beirt droch-dheilbhe 'na suidhe ar chlaidhe an bhóthair agus iad mar a bheidís ag lorg déarca.

B'é an Sionnach agus an Cat a bhí ann—cé gur dheacair iad a aithneamhaint mar ná raibh a gcruth féin fanta ortha. Bhíodh an Cat á leigint uirthi roimis sin go mbíodh sí caoch. Ach d'fhill an feall ar an bhfeallaire agus b'é an rud a tháinig as sa deire dhi ná nár fhan aon léas radhairc aici. Bhí cló na haindeise ar an Sionnach. Dá mhéid é a ghliocas agus dá mhéid camastghala agus gadaidheachta a dhein sé riamh níorbh fheairrde iad é. Nuair a chríonuigh sé bhí a chliathán crapaithe tinn agus do chruadhuigh an saoghal chómh mór san ar an gcladhaire bitheamhnaigh gurbh éigean do an sguab bhreágh eirbaill a bhí air a dhíol, agus ní bean uasal a cheannuigh í mar ghréas órnáide dá falluing, ach mangaire chun bheith ag pleanncadh chuileanna léi.

" A Phinocchio," arsan Sionnach agus glór an ghoil aige, "tabhair déirc éigin don dá aindeiseoir bhochta."

" Don dá aindeiseoir bhochta," arsan Cat.

" Greadaidh libh, a lucht an fhill agus na ceilge. D'fheallabhair cheana orm ach ní bheidh an sgéal san le n-innsint a thuille agaibh," arsa Pinocchio.

" Nílim ag déanamh bréige leat go bhfuilimíd go mí-ádhmharach agus go gádhtarach anois," arsan Sionnach.

" Is fíor san," arsan Cat.

" Má tánn sibh dealbh bíodh a bhuidheachas san agaibh orraibh féin," arsa Pinocchio. " An cuimhin libh an sean-fhocal úd ' an rud a fachtar go holc imthigheann sé go holc.' ?"

" Bíodh truagh agat dúinn," arsan Sionnach.

" Agat dúinn," arsan Cat.

" Greadaidh libh uaim, a chluanairí," arsa Pin-

" Slán agaibh a chladhairí," arsan babliac, "agus cuimhnighidh
ar an sean-fhocal eile úd, ' An té ghoideann brat a chómharsan,
is gnáth ná bíonn fiú an léine aige agus é ag fagháil bháis ! ' "

occhio. "Bíodh cuimhne agaibh ar an sean-fhocal adeir 'An rud a bailighthear de dhruim an diabhail caithtear fé n-a bholg é.'"

"Ó, ná himthigh uainn gan fagháltas éigin a thabhairt dúinn," arsan Sionnach.

"Rudín éigin," arsan Cat.

"Slán agaibh, a chladhairí," arsan babliac, "agus cuimhnigbidh ar an sean-fhocal eile úd 'An té ghoideann brat a chómharsan is gnáth ná bíonn fiú an léine aige agus é ag fagháil bháis.'"

Bhí Pinocchio agus a athair ag cur na slighe dhíobh go breágh socair an fhaid a bhí an méid sin aige á rádh leo. Nuair a bhí céad slat eile curtha acu dhíobh chonnaiceadar uatha isteach ag ceann bóithrín bothán deas agus ceann slinne agus brící air.

"Ní fuláir nó tá duine éigin 'na chómhnaidhe sa bhothán san. Téighimís chuige," arsa Pinocchio.

Chuadar agus bhuaileadar ag an ndorus.

"Cé tá annsan?" arsan guth beag istigh.

"Daoine bochta, athair agus mac, atá caithte ag an saoghal," arsa Pinocchio.

"Casaidh an eochair agus osglóchaidh an dorus uaidh féin," arsan guithín. Do dheineadar, agus isteach leo, ach ní raibh aoinne le feisgint istigh.

"Cá bhfuil fear an tighe?" arsa Pinocchio agus iongnadh air.

"Féach annso thuas mé," arsan guithín.

D'fhéachadar araon suas ar na frathacha. Cé bheadh ann ar cheann de na cleathacha ach Píobaire an Teallaigh.

"Ó, a Phíobaire, a chroidhe 'stigh, an tú atá ann?" arsan babliac go béasach.

"Ní mar sin a labhrais liom nuair a bhíos i n-aon-tigheas leat cheana. Tá 'Píobaire, a chroidhe 'stigh' agat á thabhairt anois orm. An amhlaidh nach cuimhin leat nuair a chaithis an ceap-órd adhmaid liom chun mé ruagairt as an dtigh," arsa Píobaire an Teallaigh. "Is fíor san. Caith-se ceap-órd liom-sa anois. Níl a mhalairt tuillte agam uait. Ná bíodh truagh ná taise agat dom, ach bíodh truagh agat dom athair bhocht," arsan babliac.

"Tá truagh agam díbh araon," arsan Píobaire, "ach níor mhiste liom a chur ar do shúilibh duit an droch-mhúineadh a dheinis orm i dtreo go dtabharfadh sé ciall duit. Is mairg ná beadh go séimh cneasta le cách mar ná feadair duine cathain d'oirfeadh a chómharsa dho."

"Is maith an chómhairle í agus is fíor an chainnt í, agus dá luighead é tú tá a bhfad níos mó céille agat ná mar atá agam-sa. Táim buidheach díot i dtaobh a bhfuil ráidhte agat liom agus ní leigfead thar mo chluasaibh é. Innis dom, led thoil, cionnus a fuarais an cábán gleóidhte seo."

"Do bhronn mionnán ghleóidhte, go bhfuil dath áluinn gorm uirthi, indé orm é," arsan Píobaire.

"Is cá bhfuil sí anois?" arsan babliac agus bhí a chroidhe ar sgiolpaidh chun a tuairisg d'fhagháil.

"Ní fheadar," arsan Píobaire.

"Cathain a thiocfaidh sí thar n-ais?" arsa Pinocchio. "Ní thiocfaidh go deo," arsan Píobaire. "D'imthigh sí indé agus ní fheadar cár thug sí a haghaidh. Bhí sí ag méiligh agus ag déanamh buaidheartha agus ba dhóigh leat gurbh é a bhí aici á rádh ná 'Pinocchio bocht. Ní fheicfead a thuille é, tá sé ithte ag an Míol Draide um an dtaca so.'"

"Mhuise le hanamann do mharbh, an í sin an chainnt a chaith sí. Is í bhí ann gan dabht. Is í bhí ann. Is í Sidheog mo chroidhe a bhí ann," arsa Pinocchio, agus a chroidhe dá shníomh le neart aithreachais.

Nuair a chuir sé an tocht san de shocruigh sé leabaidh tuighe agus chuir sé a athair 'na luighe innti. D'fhiafruigh annsan de Phíobaire an Teallaigh cá bhfaghadh sé gloine bainne dá athair. " Gheobhair i dtigh an ghárnóra é," arsan Píobaire. " Níl an tigh ach trí pháirc as so. Cruadhálaidhe is ainm do."

Siúd chun siubhail fé dhéin tigh an ghárnóra é agus dubhairt go dóchasach leis : " Thánag chughat d'iarraidh bainne."

" An mór an bainne atá uait ? " arsan gárnóir.

" Lán gloine," arsan babliac.

" Cosnuigheann an méid sin bainne leathphingne, agus sín chugham an t-airgead ar dtúis," ar seisean.

Do dhubhuigh agus do ghormuigh ag Pinocchio. " Airgead ! " ar seisean " táim-se gan leathphingne."

" Is olc an sgéal san," arsan gárnóir " mar diúir bhainne ní bhfaghair uaim-se gan díol as."

Bhuail an babliac a cheann fé, agus bhí sé chun bailiú leis nuair adubhairt an gárnóir—

" Ná himthigh go fóill—theastóchadh do leithéid uaim-se. Tá crann tochraiste annso agam agus má chasann tú é b'fhéidir go ndéanfaimís margadh."

" Agus cad é an rud an crann tochraiste ? " arsa Pinocchio.

"Gléas adhmaid iseadh é. Is leis a tarraingthear aníos as an umar an t-uisge a curtar ar na torthaí," arsa Cruadhálaidhe.

" Tabharfad fé," arsan babliac.

" Seadh má seadh má tharraingeann tú aníos céad soitheach de gheobhair an bainne," arsan gárnóir.

" Bíodh 'na mhargadh," arsan babliac.

Rug Cruadhálaidhe an babliac leis go dtí an gáirdín agus do thaisbeáin sé dho cionnus an crann tochraiste a chasadh. Do dhírigh Pinocchio ar an obair a dhéanamh, ach bhí allus cúirnín craoidhreac air sar a raibh lán céad árthach d'uisge tarraingthe aníos aige. Níor dhein sé a leithéid de chruadh-obair riamh.

" Is é an t-asailín atá agam a chasadh an crann
tochraiste go dtí so," arsa Cruadhálaidhe, " ach tá
an t-ainmhidhe bocht ag fagháil bháis."

" Ar mhiste leat é thaisbeáint dom ? " arsa
Pinocchio.

" Ó, ní miste is fáilte," arsan gárnóir.

Nuair a chuaidh an babliac isteach sa chró

Chrom sé anuas agus do labhair leis i gcainnt na n-asal,
agus d'fhiafruigh de—" Cé hé tú ? "

chonnaic sé asailín 'na luighe ar an easair agus é
i ndeire na preibe le hocras agus le hiomad oibre.

Taréis é infhiúchadh go maith tháinig leath-
eagla air agus dubhairt sé leis féin :

" Aithnighim an t-asailín sin. Ó, aithnighim go
deimhin ! Ní hí seo an chéad uair agam á fheis-
gint."

Chrom sé anuas chuige agus do labhair leis i
gcainnt na n-asal, agus d'fhiafruigh de—

" Cé hé tú ? "

D'osgail an t-asailín a shúile agus d'fhreagair sé é
go hanbhfainneach sa chainnt chéadna :

" Is mise Bua-cis-ín."

Do dhún sé a shúile arís agus do shín siar, agus
d'éag.

" Ó, a Bhuaicisín bhoicht," arsan babliac, agus
le buaidhirt shil sé frasa deor.

Nuair a chonnaic an gárnóir ag gol é dubhairt :
" Cad 'na thaobh go bhfuil a leithéid de bhuaidhirt
ort mar gheall ar asal ná baineann leat ? Is orm-sa
ba cheart an bhuaidhirt a bheith mar cheannuigheas
go daor é."

" Comrádaithe ab eadh sinn, " arsan babliac.

" Comrádaithe an eadh ? " arsan gárnóir.

" Comrádaidhe sgoile dhom ab eadh é," arsa
Pinocchio.

Chuir Cruadhálaidhe sgearta gáire as is dubhairt—
" Cionnus é sin ? Ní thuigim an sgéal i n-ao' chor.
Ariú an ar sgoil na n-asal a fuarais-se do chuid
léighinn ? Ní fuláir nó is árd-sgoláire tú mar sin."

Do ghriog an chainnt sin an croidhe ag an mbab-
liac. Do thóg sé an gloine bainne agus do chaoluigh
leis féin gan focal a rádh. Nuair a shrois sé an
baile bhí sgéal nua aige dá athair ar Bhuaicisín.
Do mhínigh sé dho tríd síos cionnus mar a mheall
an Leithineoigín iad araon—é féin agus Buaicisín—
chun dul go Baile na mBreall. Agus ar seisean :

" Sleamhnánaidhe críochnuithe ab eadh an
Leithineoigín. Nuair a chonnac anáirde ar a shuidh-
eachán é, agus a chraos ar leathadh le neart gáiridhe
cheapas gur liom féin ar fad é ; agus ar nóin bhain-
feadh an sult agus an gáiridhe a bhí ag an suaith-
eantas garsún a bhí le n-a chois, aoinne dá chosaint.
Is mó garsún tiomáinte le haer an tsaoghail ag an
mbioránach céadna san, agus is mó dúbláil nach é
déanta aige. Ba dhóigh le haoinne ná leaghfadh
an t-im 'na bhéal. Ach, a dhaid, b'é an feall ar

iontaoibh i gceart é. Tá súil agam go mbainfear
an fhail de agus nára fada go dtí san."

Ar feadh chúig mhí 'na dhiaidh san d'éirigheadh
Pinocchio gach aon mhaidean, sar a mbíodh an
ghrian 'na suidhe, chun dul chun an crann toch-
raiste a chasadh, agus chun an gloine bainne a
thuilleamh dá athair bhocht chríona chaithte. Ní
raibh sé sásta leis an dtionnsgal san mar d'fhoghl-
muigh sé, leis an aimsir, cionnus buscaodaí is
cléibhíní luachra a dhéanamh, agus leis an airgead
a gheibheadh sé ortha do sholáthruigheadh sé gach
aoinní a bheadh i n-easnamh ortha araon, is ba
ghasta chuige é. I dteannta gach aoinní eile a
dhein sé, do dhein sé as a mheabhair cinn féin,
cóiste beag chun a athar a bhreith amach fén aer
nuair a bheadh na laetheannta breághtha ann.

Bhíodh sé ag áirneán ag foghluim cionnus sgríobh-
adh agus léigheadh. Cheannuigh sé seana-
leabhar mór go raibh an clár agus roinnt eile bhilleog
d'easnamh air, agus b'shid é an leabhar a bhíodh
aige chun léightheoireacht a dhéanamh. Nuair ná
raibh peann aige d'aimsigh sé meathán agus do
shocruigh sé mar pheann é. Is é an dubh a bhí
aige ná súghlach sméaradubha agus silíní; agus
istigh i sliogán a bhí san aige.

Bhí fonn air chun oibre a dhéanamh agus chun
slighe mhaireamhna a dhéanamh do féin. Bhí sé
go tionnsgalach agus go maith chun an tsaoghail,
agus ní hamháin gur chothuigh sé a athair bocht go
seasgair ach chuir sé le chéile dachad bonn d'air-
gead ruadh chun culaith bheag a chur air féin.
Dubhairt sé mar seo maidean le n' athair :

"D'oirfeadh culaith éadaigh dom. Táim ag
dul go dtí an tsráid seo 'nár gcómhgar chun í a
cheannach. Nuair a thiocfad abhaile," ar seisean
agus é ag mion-gháiridhe, "bead chómh feis-
geanach go gceapfair gur mac duine uasail mé."

Is é a bhí go meidhreach is go háthasach ag

fágaint an tighe. Siúd ar geamh-shodar é, is nuair a bhí tamall den tslighe curtha aige dhe d'airigh sé a ainm á ghlaodhach. Ar fhéachaint thairis do do chonnaic sé Seilchide agus é ag teacht amach a fál.

" An amhlaidh ná haithnigheann tú mé ? " arsan Seilchide.

" Is dóigh liom go n-aithnighim . . . is b'fhéidir ná haithnighim," arsan babliac. " An amhlaidh nach cuimhin leat an Seilchide úd a bhí mar bhean-tighe ag Sidheoig na Gruaige Goirme ? " arsan Seilchide. " An amhlaidh nach cuimhin leat an uair úd a bhí do chos sáithte i gcómhla doruis tighe na Sidheoige agus gur mise a tháinig anuas chughat, is solus agam, chun tú leigint isteach ? "

" Is cuimhin go dian-mhaith," arsan babliac. " Innis dom láithreach, má 'sé do thoil é, cá bhfuil an tSidheoigín anois. Cionnus tá sí ? An bhfuil maithte aici dhom ? An bhfuil an deagh-chroidhe aici i gcómhnaidhe dhom ? An bhfuil sí a bhfad as so ? An bhféadfainn dul go dtí í ? "

Bhí a leithéid sin de dheithneas air ag cur na dtuairisgí go léir gurbh ar éigin a thug sé uain do féin ag rádh na cainnte. D'fhreagair an Seilchide é, mar ba ghnáth, go righin mall.

" Is oth liom, a Phinocchio, é bheith mar sgéal agam duit go bhfuil an tSidheog 'na luighe san óispidéal."

" San óispidéal an eadh ? " arsan babliac.

" Is ann go díreach. Tá sí ana-bhreoidhte mar do ghaibh a lán trioblóidí í. Agus níl aoinní aici a cheannóchadh biadh ná deoch," arsan Seilchide.

" Ó, Dia linn is Muire. Is truagh an sgéal aici é. Ó, a Shidheoigín mhaith ! Ó, a Shidheoigín mhaith ! Ó, a Shidheoigín a chroidhe 'stigh . . . Dá mbeadh milliún airgead agam, é go léir a bhéarfainn duit óm chroidhe . . . Ach níl ach dachad bonn d'airgead ruadh agam. Féach iad. Bhíos díreach chun culaith éadaigh a cheannach dom féin

leo. Seo dhuit iad is beir chun na Sidheoige láith-
reach iad," arsan babliac.

" Cad a dhéanfaidh tú gan an chulaith nua ? "
arsan Seilchide.

" Airiú is cuma liom mar gheall ar an gculaith,"
arsan babliac. " Do dhíolfainn na ceirteacha so
atá orm chun cabhruithe léi, agus ba mhaith an
ceart dom é. Imthigh agus beir chúichi iad chómh
luath agus is féidir é. Bí annso i gcoinn dá lá.
Tá brath agam go bhféadfad roinnt eile airgid a
thabhairt duit chun é bhreith chúichi. Táim ag
obair go dtí so chun m'athar a chothú, ach as so
amach oibreochad chúig uaire sa mbreis gach lá
chun cabhruithe lem mhaimí. Go dtéighir slán,
is bead ag brath ort go dtiocfair i gcionn dá lá."

Ach rud nár bhéas leis an Seilchide do rith sé
chómh deitheanasach agus do rithfeadh airc luachra
lá brothail sa bhfoghmhar.

Nuair a tháinig Pinocchio abhaile d'fhiafruigh a
athair de—

" Cá bhfuil an chulaith nua ? "

" Níobh fhéidir dom aon cheann a fhagháil a
oireamhnóchadh me. Caithfam bheith sásta. Ceann-
óchad uair éigin eile í," arsan babliac.

Bhíodh sé ag áirneán go dtí n-a deich agus dhein-
eadh sé ocht gcinn de chléibhíní gach oidhche go dtí
san. Ach an oidhche sin bhí sé ag áirneán go dtí
n-a dó dhéag agus do dhein sé sé cléibhíní déag.
Annsan chuaidh sé a chodladh, agus ba ghearr gur
throm suan do. Agus é 'na chodladh do taidh-
righeadh do go bhfeacaidh sé an tSidheog agus
deallramh ana-dheas uirthi agus í go gealgháirit-
each ; agus tar éis póige a thabhairt do go ndubhairt
sí leis ar an gcuma so :

" Is groidhe an buachaill tú, a Phinocchio.
Maithim duit an uile ní a dheinis as an slighe orm,
mar gheall ar do dhaonnacht agus do dheagh-
chroidhe. Na garsúin a fhóireann go deagh-

chroidheach ar a n-aithreacha agus ar a máith-
reacha, le linn iad a bheith críona caithte, tá moladh
mór ag dul dóibh, agus is ceart cion a bheith ortha,
bíodh nach ró mhaith a bheidís maidir le humh-
laidheacht agus le deagh-iomchur. Dein do dhích-
eall ar bheith níos fearr feasta agus beidh an rath
agus an séan ort."

Chríochnuigh an taidhreamh annsan. Do
dhúisigh Pinocchio agus do bhain sé leathadh as a
shúilibh.

Is tuigithe d'aoinne cad é an iongnadh a bhí air
nuair a dhúisigh sé agus thug sé fé ndeara go raibh
sé 'na gharsún mar gach aon gharsún eile. D'fhéach
sé 'na thimcheall agus chonnaic sé i n-ionad an
tseana-bhotháin, seomra gleoidhte agus triosgán
breágh ann, agus gach aoinní socair go blasta
agus go slachtmhar 'na áit féin. Ar léimt amach
as an leabaidh do, fuair sé culaith nua ghreannta,
biréad, agus bróga leathair agus iad déanta go
hoireamhnach do.

Chómh luath agus do bhí an chulaith air do
sháith sé a lámha síos 'na phócaí is fuair sé sparán
eabhra go raibh na focail seo sgríobhtha air : " Tá
an tSidheog ag tabhairt an dachad bonn thar n-ais
arís duit, agus tá sí ag gabháil buidheachais leat i
dtaobh do dheagh-chroidhe." D'osgail sé an sparán
agus i n-ionad dachad bonn d'airgead ruadh, bhí
dachad bonn óir ann, glan gléineach as muileann
an airgid.

Annsan chuaidh sé go dtí an sgáthán chun go
bhfeiceadh sé é féin. Bhí a leithéid sin d'athrú
tagaithe air gur shamhluigh sé nárbh é féin a bhí
ann i n-ao' chor. Níorbh é gnúis an bhabliac a bhí
le feisgint ach gnúis anamamhail thuisgionach
gharsúin, go raibh ceann donn air, súile gorma aige,
agus é chómh sultmhar chómh gliadarach agus a
bheadh garsún Oidhche Nodlag.

Chuir na nithe seo go léir an oiread iongnadh air

ná feidir sé ciocu ag taidhreamh nó 'na dhúiseacht a bhí sé.

Dubhairt sé le háthas agus le deithneas : " Cá bhfuil m'athair ? " Isteach leis sa tseomra a bhí le n'ais. Bhí Geppetto istigh roimis agus é chómh bríoghmhar, chómh cruaidh, chómh maith sin 'na shláinte gur dhóigh leat gur dulta i n-óige a bhí sé. Bhí an sean-duine ag obair ar a chéird—greanadh

Bhí babliac mór caithte i gcoinnibh suidheacháin ann.

adhmaid. Bhí fráma áluinn ghreanta aige á dhéanamh agus duilleabhair, bláthanna, agus cinn ainmhithe éagsamhla aige á snaoidhe agus á dhealbhadh aige san adhmad.

" Is neam-meánach an t-athrú atá tagaithe ar an dtigh agus orainn féin, a dhaid. An bhfead-araís cad fé ndear é ? " arsa Pinocchio ag casadh a dhá lámh timcheall mhuiníl a athar agus á mhúchadh le póga.

" Is ró-bheag dá mhearbhall orm," arsa Geppetto. " Tusa fé ndear é."

" Mise ! Cionnus san ? " arsa Pinocchio.

" Mar bíonn aithreacha agus máithreacha go dúbhach brónach nuair ná deinid a gclann a réir," arsa Geppetto. " Bíonn mairg agus duairceas ar a gcroidhe agus ar a n-aigne. Ní fhanann fonn ná áthas ortha, ná dúil i ngreann ná i ngáire acu. Is mór an neamh-shólás dóibh agus an ghiorracht ar a saoghal an chlann a bheith ceanndána díochoisgithe. Ach nuair a dheinid an chlann a leas agus réir Dé bíonn an tigh go solusmhar. Bíonn meidhréis ar mhuinntir an tighe. Bíonn siad go grádhmhar, caradach, síothchánta le chéile, agus go séimh sultmhar geal-gháiriteach. B'é an t-aimhleas a dheinis-se a bheir dom bheith gan luadhail ná tapa ionnam. B'é bhreoigh mo chroidhe go raibh sé chómh dubh le háirne. Ach b'é toil Dé gur dheinis do leas."

" Ó ! a dhaid, nár mé an cuirbtheach, nár mé an cladhaire, nár mé an t-éagan ! Bhí cioth-mearú éigin orm. Ní ceart bheith milleánach orm mar bhí droch-dhúthchas an bhabliac ionnam. Ach cár ghaibh an seana-bhabliac adhmaid go dtugtaí Pinocchio air, ná feicim é ? " arsan mac.

" Féach ! Sid é thall é," arsan t-athair á thaisbeáint do. Bhí babliac mór caithte i gcoinnibh suidheacháin a bhí ann. Bhí leath-cheann air. Bhí na lámha ag sileadh anuas leis. Bhí a ghlúine ag lúbadh agus na cláiríní cos ag imtheacht ó chéile ; agus ba mhór an mhíorbhailt le feisgint é agus é 'na leath-luighe, 'na leath-shuidhe, 'na leath-sheasamh ar an suidheachán.

D'ionntuigh Pinocchio agus d'fhéach sé air.

Taréis é infhiúchadh go maith dubhairt sé leis féin, agus is é bhí go sásta leis féin :

" Nár ghreannmhar agus nár ghránna an chuma 'na rabhas nuair a bhíos im bhabliac ! ach a bhuidhe le Dia mé bheith anois im gharsún bheag deagh-iomchuir."